U0902675

国学经典丛书
名家注评本

千家诗

王星 注评

长江出版传媒
长江文艺出版社

图书在版编目（CIP）数据

千家诗 / 王星注评. -- 武汉 : 长江文艺出版社,
2015.7(2023.9 重印)
(国学经典丛书)
ISBN 978-7-5354-8055-2

Ⅰ. ①千… Ⅱ. ①王… Ⅲ. ①古典诗歌—诗集—中国
—青年读物②《千家诗》—注释 Ⅳ. ①I222.72

中国版本图书馆 CIP 数据核字(2015)第 105464 号

责任编辑：王天然　　　　责任校对：毛季慧
封面设计：新华智品　　　　责任印制：邱　莉　胡丽平

出版：长江出版传媒 | 长江文艺出版社
地址：武汉市雄楚大街 268 号　　邮编：430070
发行：长江文艺出版社
电话：027—87679360
http://www.cjlap.com
印刷：三河市百盛印装有限公司

开本：880 毫米×1230 毫米　1/32　　印张：9.375
版次：2015 年 7 月第 1 版　　2023 年 9 月第 3 次印刷
字数：240 千字

定价：75.00 元

总　序

郭齐勇　武汉大学国学院院长

国学大师钱穆先生曾说“今人率言‘革新’，然革新固当知旧”。对现代人尤其是青年一代来说，缺乏的也许不是所谓的“革新力量”，而是“知旧”，也即对传统的了解。

中国文化传统的源头，都在中国古代经典当中。从先秦的《诗经》《易经》，晚周诸子，前四史与《资治通鉴》，骚体诗、汉乐府和辞赋，六朝骈文，直到唐诗、宋词、元曲和明清小说，在传统经典这条源远流长的巨川大河中，流淌着多少滋养着我们精神的养分和元气！

《说文解字》上说“经”是一种有条不紊的编织排列，《广韵》上说“典”是一种法、一种规则。经与典交织运作，演绎中国文化的风貌，制约着我们的日常行为规范、生活秩序。中国文化的基调，总体上是倾向于人间的，是关心人生、参与人生、反映人生的，当然也是指导人生的。无论是春秋战国的诸子哲学，汉魏各家的传经事业，韩柳欧苏的道德文章，程朱陆王的心性义理，还是先民传唱的诗歌，屈原的忧患行吟，都洋溢着强烈的平民性格、人伦大爱、家国情怀、理想境界。尤其是四书五经，更是中国人的常经、常道。这些对当下中国人治国理政，建构健康人格，铸造民族精魂都具有重要意义。经典是当代人增长生命智慧的源头活水！

长江文艺出版社历来重视中华民族优秀传统文化的传播及普及，近年来更在阐释传统经典、传承核心文化价值，建构文化认同的大纛下努力向中国古典文化的宝库掘进。他们欲推出《国学经典丛书》，殊为可喜。

怎么样推广这些传统文化经典呢？

古代经典和现代读者的阅读习惯及趣味本来有一定差距，如果再板起面孔、高高在上，只会让现代读者望而生畏。当然，经典也不是任人打扮的小姑娘，一味将它鸡汤化、庸俗化、功利化，也会让它变味。最好的办法就是，既忠实于经典的原汁原味，又方便读者读懂经典，易于接受。在这个原则的指导下，《国学经典丛书》首先是以原典为主，尊重原典，呈现原典。同时又照顾现实需要，为现代读者阅读经典扫除障碍，对经典作必要的字词义的疏通。这些必要精到的疏通，给了现代读者一把打开经典大门的钥匙，开启了现代读者与古圣先贤神交的窗口。

放眼当下出版界，传统文化出版物鱼目混珠、泥沙俱下，诸多出版商打着传承古典文化的旗号，曲解经典，对现代读者尤其是广大青少年认知传承经典起了误导作用。有鉴于此，长江文艺出版社推出的《国学经典丛书》特别注重版本的选取。这套丛书30个品种当中，大多数择取了当前国内已经出版过的优秀版本，是请相关领域的名家、专业人士重新梳理的。这些版本在尊重原典的前提下同时兼顾其普及性，希望读者能有一次轻松愉悦的古典之旅。

种种原因，这套丛书必然会有缺点和疏漏，祈望方家指正。

前言

一

我们这一代人，对中华五千年的古代文明和文化总是有些隔膜，作为一个农村长大的放牛娃，其隔膜更甚。大约是读到中师的时候，才听到一位老师提及，中国古代最著名的启蒙读物有四种——“三、百、千、千”。当时只知道“三”是《三字经》，“百”是《百家姓》，“千”则是《千字文》，但还有一个“千”，却不太清楚。那时也没有电脑网络，不可能“外事不决问谷歌，内事不决问百度”。当然，也怪自己“不求甚解”、“不敢上问”。

进入大学的第一个学期，我的伯父，一位始终有着忧国忧民情怀、靠自学考上大学的五十年代的大学生，给了两本书让我拿去读。一本是红色封面，题目可能是《天安门诗抄》或者《革命诗抄》，是1976年广大人民在天安门广场自发悼念周恩来总理的诗歌集。当时读来热血沸腾，至今还记得其中一首：“欲悲闻鬼叫，我哭豺狼笑。洒泪祭雄杰，扬眉剑出鞘。”后来他又引导我阅读了周恩来、孙中山、毛泽东的传记等等。那种感觉，和读父亲买给我的、也是我的第一本图书——《中国历代农民起义故事》时的感觉很相似，对于行侠仗义、救世济民很是向往。

还有一本，就是一个旧的石印本的《千家诗》，这时才恍然大悟，那还有一个“千”，就是《千家诗》。一首首依次读来，走过了诗中的春夏秋冬，渐渐对古诗有了些领悟和兴趣。于是裁了一个小本子，将自己觉得好的诗歌抄下来，带在身边，随时背诵。想想后来的人生道路，多少与此有些关联吧。只是经济大潮涌动起来，后面的十来年，虽然还在读古书读学位，心却不再沉静，简单概括来说，就是为了两个字：“谋生”。

不想，去年年底时，教研室领导找到我，说出版社要出一套古代文化经典的评注本，其中《千家诗》一书还没有落实，希望我能接下这个任务。虽然还有很多事很多压力，我最终接下了这个任务，大约是因为和《千家诗》有一份未了之缘吧。

二

最早的《千家诗》名字很长，叫《分门纂类唐宋时贤千家诗选》，据说是南宋后期号称一代文宗的大诗人刘克庄编选的。刘克庄（1187-1269），字潜夫，号后村居士，故这本诗选又称《后村千家诗》，简称《千家诗》。全书共22卷，分时令、节候、气候、昼夜、百花、竹林、天文、地理、宫室、器用、音乐、禽兽、昆虫、人品14门，133类，442目。收录作者368人，录诗1281首，都是律诗和绝句，多选唐宋人作品。这本书未被收入《四库全书》，但清代康熙四十五年（1706），曹雪芹的祖父曹寅刊行的《楝亭十二种》中收录了此书，这时离此书的诞生近四百五十年。又过了大约九十年后，清代学者阮元花几十年心血收集、编纂、抄录成一套共175种古籍的丛书，嘉庆皇帝赐名《宛委别藏》，也收录了这本书。新中国成立后，1957年东海文艺出版社将此书简称为《千家诗评译》出版，杨鸿儒校订，有标点和简明注释。1986年12月贵州人民出版社又以《后村千家诗校注》

的名称出版，胡问侬、王皓叟校注。这一年，离此书的诞生已经七百多年了。

从上面的介绍中，可以看到刘克庄的《后村千家诗》因为篇幅过大，流传并不广。好在古人早已意识到这一点，据传南宋末年谢枋得（1226–1289）以刘克庄的《分门纂类唐宋时贤千家诗选》为底本，从中精选出七言绝句和七言律诗共百余首，编成《重定千家诗》，被福建建阳书坊大量刊刻，成为儿童蒙学畅销书，影响极为深广，甚至影响到明代皇家教学。北京图书馆馆藏有明彩绘插图本《明解增和千家诗注》一卷，用明代内府专用加厚皮纸抄写，收七律三十六首，每首依原韵和诗。版式为上图下文，其中金色的线条和画幅，用真金粉描绘。据专家考证，这是明末宫廷内供皇太子们学习的读本。

明末清初，江西临川人蒙学大师王相，有感于通行本《千家诗》只有七言的不足，又在《后村千家诗》的基础上选录五绝和五律，编成《新镌五言千家诗》，又称《五言千家诗》。据“他乡临川人”的博客：王相，字晋升，号讱庵，江西临川人。祖籍山东琅琊，故其作品往往署名琅琊王相。他是清朝学者、蒙学家，编辑和注释过多部蒙学书籍。如《新镌五言千家诗》、《女四书》（刊刻于明天启四年 1624）、《三字经诂》（撰于康熙五年1666）、《百家姓考略》等。经他编辑的蒙学著作在明末广为流传，更成为清代蒙学经典。

王相还为署名谢枋得的七言《千家诗》作注，题为《增补重订千家诗》。虽然此前的《千家诗》选者是否为刘克庄和谢枋得，还有争议，但可以确定清代流行的五言和七言《千家诗》是经过王相编注的。推测编定的时间，可能在康熙五年（1666）前后。

后来，坊间把五言和七言《千家诗》合印在一起，总称《千家诗》，成为后代最为流行的本子。一般所谓《千家诗》，都是指这种合刊本。全书共四卷，选七言绝句94首，七言律诗48首，五言绝句39首，五言律诗45首，共计226首（也有本子为224首），多为唐宋两代著名诗人的名篇佳作，唐代六十五家，宋代五十二家。选诗最多的是杜甫，共二十五首。

此时，《后村千家诗》已走过四百多年的历史，而这合刊本《千家诗》，流传至今也有三百四十多年。此后又过了大约一百年，蘅塘退士孙洙于清乾隆二十九年（1765）编成《唐诗三百首》，此书一出即风行海内，影响不仅限于蒙学，也是唐诗的权威通行选本，被世界纪录协会收录为中国流传最广的诗词选集。而《千家诗》则渐渐淡出人们视线，但仍然断续有人出版。

新中国成立后，在二十世纪五十年代，八十年代曾有两个《千家诗》的出版高潮。如1982年，四川人民出版社出版了赵兴勤、杨侠注的《千家诗新注》，华东师范大学出版社出版了张哲永著的《千家诗评注》等。

进入二十一世纪后，新出的《千家诗》版本更多，并出现了全解，名家讲解，注音、绘图等各种版本，还有一些出于网络作家，其中不乏精品。如成松柳的《名家讲解千家诗》，中华书局张立敏注的《千家诗》，李梦生的《千家诗全解》，邓启春的《中华传统蒙学精华注音全本：千家诗》，李淼的《国学一本通：千家诗》（彩图全解），江湖夜雨石继航先生的《千年霜月千家诗》等，此外还出现了袁行霈先生的《新编千家诗》等。可以想见，走过了七百多年的《千家诗》，已经成为经典，再不会走丢了。

三

《千家诗》之所以能长期流传不衰，并在当今阅读经典的潮流中再次辉煌，大约有以下一些原因：第一，所选篇目数量适中，全书二百多首，篇幅不大，便于携带和吟诵。第二，《千家诗》比较亲民、比较平民化。所选大多是唐宋名家名作，但没有门户之见。作者既有帝王将相、名人学士，也有平民百姓，和尚、牧童、无名隐士，近似于一个草根选本。第三，只选五言七言绝句和律诗，篇幅短小，易于记诵。所选诗歌大多内容浅近，语言平易，而律诗绝句原本音韵铿锵，故而非常适合青少年和初学者的诵读学习。第四，《千家诗》的篇目基本按照春、夏、秋、冬四季来编排，诗中景物、诗人情感随季节的变化而变化，读后给人一种特别鲜明的季节感，很能调动读者的生命体验，这是绝大多数选本都不具备的。

但作为旧时代的选本，《千家诗》也有一些缺点，比如应制诗与酬和诗较多。个别诗歌艺术性、思想性不强。此外五言绝句也较少，只有39首。

因此，我们这本《千家诗》注评本，在旧本的基础上做了一些增删。除保留了几首应制诗、当值诗作为标本，删除了一些应制之作和艺术性不太高的作品；也因原选杜甫诗数量过多而删除了杜甫的几首作品。增加了一首七言绝句和16首五言绝句。这些五言绝句都为唐宋人作品，以宋人名篇为多，正是旧本《千家诗》五言所缺少的。所增诗歌，仅《除夜宿太原寒甚》一首，为明代于谦作品。一则此诗是除夕所作，适合做五言收尾。二则于谦为民族英雄，理当以诗存人，加以表彰。

此外我们还进行了一些改编，涉及诗歌的排列位置、错误更正、篇目合并等方面。总之，本书在保留传统版本《千家诗》优点的基础上，查漏补缺，更正还原，增删评议，力求推陈出新，使该版本具有如下特色：

一是合理增删，保持整体平衡。本书对原本《千家诗》删除的并不多，保留了原选作品二百多首。我们只是对有些诗作进行了合并处理，将原本同题或相关的诗歌放在一起解释。如卢梅坡两首《雪梅》诗合并；玉堂当值诗单篇注释了白居易的《直中书省》一首，周必大的《入直》和洪咨夔的《禁锁》都放在了评析中。还将一些原本所选的诗作放到了附录中。而本书增加的诗歌主要是五言绝句，正可弥补原本五绝偏少的缺憾。本书单独评析诗篇共217篇（个别诗歌一题之下或有两篇），其中五言绝句52篇，七言绝句85篇，五言和七言律诗均为40篇，篇目分布较为平衡。

二是多种途径，扩大本书容量。本书除将部分原选诗作保存在附录和评析中，还尽量引用与所评析作品相关的诗词作品，并尽量引录全篇，以便于读者领悟理解所选诗歌并扩大视野。据粗略统计，本书收录诗词超过310篇。

三是调整位置，使顺序更合理。本书保留了《千家诗》按一年四季编排的独特体例特点，但对有些诗作顺序进行了调整，新增诗歌也大致按时间顺序插入。如：杨万里的《晓出净慈寺送林子方》提前到了夏季部分，王维的《红豆》放在春季部分等等。

四是吸收众长，力求注析知识性、思想性和趣味性并重。编写过程中，我们查阅了大量资料，广泛吸收前人的成果。评析部分力求在准确解读诗作的基础上，既搜罗万象广泛征引，又新颖独到坚持己见，希望既利于读者全面客观地了解原诗，又有助于读者独立见识和创造发散思维的培养。力求做到知识正确，思想正大，情感高尚和并不失趣味性，避免有些《千家诗》解析过于个性化的偏颇。其中一些篇目的解读，如王安石的《梅花》、皇甫冉的《婕妤怨》、王质的《灯花》、卢竹坡的《雪梅》、李朴的《中秋》等篇目，均含有编注者深入研究后的独到见解，或能让读者有耳目一新之感。

此外，对原本《千家诗》简化或弄错的诗题、作者等，我们或进行了改正还原，或在注释评析中予以了说明。为帮助读者对诗歌的理解，我们还对部分作品做了编译，或韵或散，不拘形式，力求对读懂诗歌有所帮助。对一些生僻字，我们也加注了拼音，以便于读者阅读。

在写作过程中，本书参考了大量前贤今人的著作，以及大量网文博客资料，其中重要参考者均在附录和行文中提及，以表示尊重。但因篇幅和个人精力等原因，没能一一注明来源，特表歉意。除了署名编注者外，门下研究生龚敏同学、编注过程中认识的网友太原绎逖女史也参与了本书的部分写作。同事邹福清副教授提供其编注的《名家解读唐诗三百首》书稿以作参考，责编曾莉女士多次交流、审阅书稿、提出宝贵意见，在此一并表示衷心的感谢！

著名学者袁行霈先生在他主持编写的《新编千家诗》前言中曾说，编选《新编千家诗》"是一件积德的事情"，但愿我们这本小书也能为读者们阅读经典提供一些小小的帮助。如能有一些启迪，那就是我们极大的荣幸！但正如明人何宗曾所指出的："夫注杜者，求之太深，则言非事实；质之太浅，则趣乏悠长；未必尽能得杜之情，而观者难焉。"（明何宗曾《〈杜律测旨〉后跋》），注析杜甫诗歌如此，注古诗莫不如是。加之编注者才疏学浅，成书匆促，其中错漏定然不少，敬请读者方家批评指正，以待有机会时再做修改。

王星　龙雨

2015 年 3 月 23 日

记于望江楼

目　录

千家诗卷四　七律 · 219

千家诗卷一　五绝

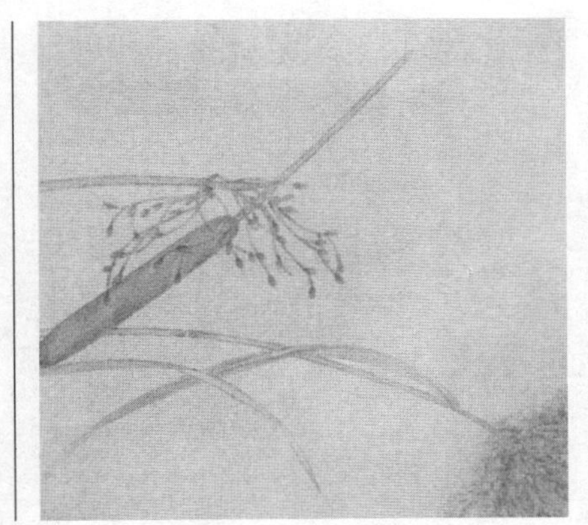

春晓[1] 孟浩然

春眠不觉晓[2]，处处闻啼鸟。
夜来风雨声，花落知多少！[3]

【注释】 ①春晓：春天的早晨。②不觉晓：不知不觉天就亮了。③知多少：不知有多少，极言落花之多。

【评析】 孟浩然（689—740），襄阳人（今湖北襄阳）。他与王维齐名，世称“王孟”。他早年隐居襄阳鹿门山，漫游吴越。但在人人向往功业的盛唐，他也曾在开元十二年（724）往洛阳求仕，开元十六年（728）进京考进士，不第后还乡。开元二十五年（737），张九龄为荆州长史，他也曾被招致幕府，后仍返回家乡做隐士，不久即因背上长毒疮而死。李白盛赞他“红颜弃轩冕，白首卧松云”（《赠孟浩然》），孟浩然即使并不像李白所赞，是个一心一意的高洁隐者，但终究对仕途不够积极，更难以去奔去竞。如果还多活些年，也许还是会像陶潜一样，终生归隐田园吧。在他的心灵中，对高洁的追求始终强过世间的奔竞之心。

这首《春晓》，一题作《春晚绝句》，大约是写于快到晚春的时节。诗歌写春日晨起时的感受，一夜好睡，不知不觉就天亮了，外面到处都是鸟儿清亮的鸣叫之声，春天是多么的美好呀！然而昨夜，却下过雨，在沙沙的风雨声中，不知有多少美丽的花儿被吹落了！诗人敏锐而细微的心灵感受，通过这首精美的诗句定格下来，传达到我们的心中。

这首诗应该是没有经过什么特别的构思，只是从作者纯净的心间自然流淌出来的。诗人准确抓住了清早醒来最突出的鸟声，而且是“处处闻啼鸟”，无限的春光通过听觉而得以充分的展现。又从听觉入手，引入昨夜似乎有风雨之声，而深深感慨“花落知多少”！可以说这是一首听出来的诗，以听觉和联想为主是它最大的一个特色。

比起“春晚群木秀，关关黄鸟歌”、“喧鸟覆春洲，杂英满芳甸”，诗中的鸟声更单纯、更突出、更清亮，更能唤醒我们曾经有过的听觉感受，更能让我们感受到无限春光和勃勃生机。所以尽管后面有“花落知多少”的深深感慨，我们却不会有“惜春长怕花开早，更何况落红无数”、“林花谢了春红，太匆匆，无奈朝来寒雨晚来风”的悲伤，后者更多引发的是一种身世之悲，一种负面的情绪，而这里却是让我们深思生命与美的易逝，而更加热爱生命。

访袁拾遗不遇[①] 孟浩然

洛阳访才子，江岭作流人[②]。
闻说梅花早，何如此地春！

【注释】 ①袁拾遗：袁瓘（guàn），襄阳人，后移居宋州（今河南商丘），唐玄宗时曾任左拾遗。拾遗：唐代谏官名，掌供奉讽谏、荐举人才，从八品上。②江岭：指长江、五岭一带。五岭在湖南、江西与两广、福建交界处。流人：判罪被流放的人。

【评析】 袁瓘是襄阳人，喜爱剑术，是孟浩然的老乡兼好友，后迁居到河南睢阳，孟浩然到洛阳曾专程寻访袁瓘，而当时袁被贬官岭南，故此诗一题《洛中访袁拾遗不遇》。后来袁瓘遇赦而归，授官太祝，孟浩然写有《南还舟中寄袁太祝》。孟浩然最终曾在长安与袁瓘重逢，而袁瓘不久调任赣县尉，孟浩然写了《送袁太祝尉豫章》诗，可见两人交往时间很长，友谊很深。

这首诗写他特意到洛阳去拜访老友，千里来访，也可能不仅仅是为了单纯的友谊，或许还有其他的期望，然而从两人的交往来看，这次寻访应该主要出于友情。不带其他目的、纯情的交往是多么美好，尤其是当人们成年了，进入社会之后。

但当他找到那里时，却得知朋友被流放江岭。专程寻友不遇，诗人当然十分失望，但朋友不是去旅游了，而是获罪贬官流放了，所以诗人并没有在诗中多表达失望情绪，更多的是对朋友的关心和同情、安慰和祈盼。但这些，都说得十分委婉、平淡。“我到洛阳来访你这个大才子，你却被流放江岭一带了。虽然听说岭南的梅花开得要早一些，但哪里比得上这洛阳的春天呢!”洛阳是繁华之都，牡丹名动天下，春色格外美好，他多么盼望能和好友在洛阳的春天里重聚呀。“何如”二字，包蕴丰富。

诗人孤独地来，在不遇的失落中以平淡的语言诉说着对友人的关心和思念，然后又孤独地离去，如果不是他留下的这首诗，谁能看到貌似平淡的诗人深情重情的那一面呢？真正的朋友总是尽力不给你负担，却总是淡淡地牵挂、思念、同情帮助着你，尤其是在你失意的时候!

闻一多先生曾说：“真孟浩然不是将诗紧紧地筑在一联或一句里，而是将它冲淡了，平均地分散在全篇中……淡到看不见诗了，才是真正孟浩然的诗……孟浩然几曾做过诗？他只是谈话而已。甚至要紧的还不是那些话，而是谈话人的那副‘风神散朗’的姿态。读到‘求之不可得，沿月棹歌还’，我们得到一如张洎从画像所得到的印象：‘风仪落落，凛然如生。’”读这首诗歌时，我们也仿佛看见了闻一多先生所描绘的孟浩然。

送郭司仓① 王昌龄

映门淮水绿②，留骑主人心③。
明月随良掾④，春潮夜夜深。

【注释】 ①郭司仓：作者友人，姓名不详。司仓：唐代官职，即司仓参军，为州刺史的下属官吏，主管仓库。唐于诸卫府、东宫诸率府、王府、京府、都护府、都督府称仓曹参军，于州称司仓参军，县称司仓佐。②淮水：淮河，淮河发源于河南桐柏山，干流经河南、安徽、江苏，汇入长江。与长江、黄河、济水并称“四渎”。③留骑：骑（jì）：坐骑。指代留客，留住郭司仓的意思。心：心意。④良掾：掾（yuàn）本意为辅助、辅佐，古代州刺史的下属官吏统称为“掾”。

【评析】　王昌龄（698–756），字少伯，京兆长安（今陕西西安）人，一说山西太原人。唐玄宗开元十五年（727）中进士，年近而立，授秘书省校书郎。后中博学宏词科，超绝群伦，任汜水县尉。开元二十五年获罪贬岭南，二十七年遇赦北归，过访孟浩然。二十八年至长安，授江宁丞。天宝六年（747）贬为龙标尉。安史乱中，避于江淮之间，为濠州刺史闾丘晓所忌而杀害。王昌龄以七绝著称，后人称为“七绝圣手”，边塞、闺怨和送别诗写得最好。其边塞诗流畅通脱，格调高昂。其闺怨诗语言圆润蕴藉，音调婉转和谐，尤擅于刻画人物心理。绪密思深，情感浓郁，耐人寻味。

这是一首送别友人的诗。诗人重点突出留住朋友不舍分离的深深心意，以及别时对朋友的依依不舍，和别后将会产生的长久思念之情。但诗人并不是直接说出，而是用传统的比兴手法，通过深绿的淮水，有情的明月和夜夜春潮渲染烘托出来，托物寄情，言有尽而情无穷。“那门前滔滔不尽的淮水呀，是那么绿那么浓那么深，就像你我深厚的友情，就像此刻我留住你的坐骑、舍不得你离去的浓浓心意。酒罢歌残，不得不说再见了。此时此刻，我是多么不舍，就让那深情的明月代替我、伴随着你远走天涯去吧！朋友啊，你可知道，从今而后，我的心潮会像今夜的春潮，夜夜深深地涨起。”

这是一首十分深情的送别诗，和孟浩然诗歌的平淡正相反，它的情感则特别深浓。这深浓的情感来源于比兴的成功运用。别时的景物经过诗人的精心选择和提炼，安排得十分自然，却又饱含着作者的感情，已经不是单纯的自然之景。而“春潮夜夜深”的佳句，紧扣着淮水来写，照应开篇，更带有诗人特别的寄托。比兴兼之，唱叹有情，不得不让人感慨诗人的匠心独运、妙斧神工。

洛阳道 储光羲

大道直如发，春日佳气多[①]。

五陵贵公子[②]，双双鸣玉珂[③]。

【注释】 ①佳气：指阳气，春天气温回升，生气蓬勃，春光无限。②五陵：本指汉代高祖长陵、惠帝安陵、景帝阳陵、武帝茂陵、昭帝平陵五个皇帝的陵墓，皆在长安。汉高祖九年（前198），刘邦接受了郎中刘敬的建议，将关东地区的二千石大官、富人、豪杰兼并之家大量迁来祀奉长陵，并在陵园附近修建长陵县邑，供迁徙者居住。后面几代皇帝也都效仿，相继在陵园附近修造安陵邑、阳陵邑、茂陵邑和平陵邑，形成五陵原。此处五陵则泛指权贵人家。③玉珂：马络头上的装饰物。晋·张华《轻薄篇》："文轩树羽盖，乘马鸣玉珂。"双双：形容贵公子们联翩结驷，成队出游，意气风发，纵马飞驰的样子。

【评析】 储光羲（约706—763），润州延陵（今江苏丹阳）人，祖籍山东兖州。开元十四年（726）举进士，授冯翊县尉，转汜水、安宣、下邽等地县尉。仕途失意，遂隐居终南山。后复出任太祝，世称储太祝，官至监察御史。安史之乱中被俘，迫受伪职。后归朝廷请罪，被系下狱，贬死岭南。

储光羲的诗歌效法魏晋，多用五言古体，内容也常常关涉时政，如《效古》诗云："大军北集燕，天子西居镐。妇女役州县，丁壮事征讨。老幼相别离，哭泣无昏早。稼穑既殄灭，川泽复枯槁。""翰林有客卿，独负苍生忧。中夜起踯躅，思欲献厥谋。"故殷璠《河岳英灵集》说他"格高调逸，趣远情深，削尽常言，挟《风》、《雅》之迹，浩然之气"；《四库全书总目》说他的诗"源出陶潜，质朴之中，有古雅之味"，则更多是针对他的山水田园诗歌而言的。

这首诗是《洛阳道五首献吕四郎中》中的第三首。第一首写洛阳的春水与落花，第二首写游侠，第四首写洛阳春柳。第五首或有作者身世之感，诗如下：

洛水照千门，千门碧空里。少年不得志，走马游新市。

而这第三首则写洛阳贵公子们在无限美好的春光中结对出游之景。

诗歌下笔即言“大道直如发”，紧扣诗题，而又突出了洛阳大道笔直的鲜明形象。继而以“春日佳气多”概括洛阳的春光明媚。然后推出一个特写镜头，专门描绘五陵贵公子出游的风采。有论者把此诗当作讽刺诗歌看待，大约不是作者的本意。通观五首诗歌，洛阳春光的美好、繁华，游侠的奔竞，贵公子的俊游，寂寞的柳树，失意的少年，诗人的笔墨如同相机一样，只是忠实地记录，并未仇富，也无艳羡。

王小平的《我的兄弟王小波》中，有一段文字颇能启发我们理解这首诗歌的意趣：

“当时的北京郊区，有不少白杨夹道的大路。春日的早晨，我和小波在笔直的大道上驾车东行。驾的当然是自行车。当时我们在有节奏的锵锵声中骑车东进，眼前大道如弦，两边的旷野向远方伸延，真是大块烟景，不禁心生荡漾。我想起古人的诗句，就大声念起来：‘大道直如发，春日佳气多。五陵贵公子，双双鸣玉珂。’小波在旁边纵情大笑。比起诗中的境界，我们眼前的景致差不了什么，只是身穿补丁衣服，骑着破车，与五陵贵公子有一定差距，但这点可以用想象来补足。我们想象自己鲜衣怒马，玉面绮貌，在长安大道上行进。随着马背的颠簸，玉珂轻叩，发出有节奏的清音，若合符节。而脚蹬子有规律的撞击，把我们的想象与现实弥合得天衣无缝。”

其实无论富人、穷人，无限春光中能有无限的生机和春意，总是一件美好的事情。

绝句 其一　杜甫

迟日江山丽[①]，春风花草香。
泥融飞燕子[②]，沙暖睡鸳鸯[③]。

【注释】 ①迟日：春天日渐长，所以说迟日。即春日的意思。《诗经·豳风·七月》："春日迟迟"。②泥融：春日雨多，泥土潮湿、滋润、柔软。③鸳鸯：一种水鸟，雌雄成对生活在水边。

【评析】 杜甫（712–770），字子美，自号少陵野老，本襄阳人，后徙河南巩县。杜甫有"致君尧舜上，再使风俗淳"的宏伟抱负，有"吾庐独破受冻死亦足"的伟大同情心。用杜甫自己的话来说，'穷年忧黎元'，是他的中心思想，'济时肯杀身'，是他的一贯精神。他拿这些来要求自己，也用以勉励朋友。他表彰元结说，'道州忧黎庶，词气浩纵横。'他对严武说，'公若登台辅，临危莫爱身。'他对裴虬也说，'致君尧舜付公等，早据要路思捐躯。'正是这些进步思想，形成了杜甫那种永不衰退的政治热情、坚忍不拔的顽强性格和胸怀开阔的乐观精神，使他成为我国历史上政治性最强的伟大诗人，被推尊为"诗圣"。

杜甫一生心系苍生，忧怀国事，涉笔社会动荡、政治黑暗，反映当时社会矛盾和人民疾苦，记录唐代由盛转衰的历史巨变，表达了崇高的儒家仁爱精神和强烈的忧患意识。他的诗歌真实再现了唐代由盛转衰的历史过程，忠实记录了他的时代，因此被称为"诗史"。

他的诗以古体、律诗见长，风格多样，以"沉郁顿挫"为主。这样一位大诗人，他注目时代动荡，抒写历史风云，他的一部《杜工部集》，不逊于巴尔扎克的《人间喜剧》。而对于生活中方方面面细腻的美，他也同样有着惊人的直觉，涉笔成趣，时有名篇。这首绝句，就是这无数珍宝中璀璨的一颗。

小诗是杜甫居于成都浣花溪草堂的时候所写，草堂闲居时期是杜甫在兵荒马乱的岁月里最美好最愉快的日子。当春天来了，山清水秀，花草芬芳，诗人的心，真的要醉了：

"春日迟迟啊日渐长，江山沐浴着春光啊多么秀丽。温柔的春风送来了花草的芳香，可爱的燕子正衔着湿泥筑巢忙，暖和的沙滩上啊，还睡着成双成对的野鸳鸯。"这是一个多么和谐的世界，多么美好的春天！

诗歌的前两句，从大处着笔，粗线勾勒，"丽"、"香"二字，突出了视觉和嗅觉感受，写出春天勃郁的生机和美好的气息；后两句则工笔细描，仿佛让人看见轻飞的燕子，静卧的鸳鸯；让人感受到泥土的湿润清凉柔软，以及阳光下沙砾的温暖。让人们的整个身心，都沉浸在无限的春意之中。

明人王嗣爽在其《杜臆》中更一语道破天机：“上二句见两间莫非生意，下二句见万物莫不适性。岂不足以感发吾心之真乐乎？”真乐从何而来？是因为诗人有一颗“仁民而爱物”之心，常常和自然交融一处、化入其中，真切的感受都了自然万物的神妙。“自去自来堂上燕，相亲相近水中鸥。”（杜甫《江村》）“菊垂今秋花，石戴古车辙。青云动高兴，幽事亦可悦。”（杜甫《北征》）看到什么，走到哪儿，都可以写出动人的诗句。

这首五言绝句，明丽悠远，格调清新。全诗景物鲜明，对仗工整，自然流畅，不假雕饰，实在是古诗中永恒的经典。

春天是美丽的，生活是美好的，然而生活也是沉重的。当杜甫看过满目春光，回到现实中时，他不觉有些惆怅。他继续写下了《绝句 其二》：

江碧鸟逾白，山青花欲燃。今春看又过，何日是归年？

碧绿的江水映得飞过的白鸟更加洁白，青翠的山峰映得盛开的红花像要燃烧。今年的春天眼看又要去尽哪，不知何日啊，才是我的归年？

山中送别　王维

山中相送罢，日暮掩柴扉①。
春草年年绿，王孙归不归②？

【注释】　① 柴扉：柴门。掩：关上。② 王孙：贵族的子孙，这里指友人。

【评析】　这首送别诗，不写送别本身，而从别后写起，写法上和司空曙的《别卢秦卿》正好相对，一个写别前一刻的依依难舍；一个写别后独处的寂寞和渴盼友人早日归来的殷切心愿。二者都匠心独运，深情感人。

“山中相送罢，日暮掩柴扉”，起句就说“相送罢”，丝毫没有提及相送时的具体情状，但归来时却已经是日暮时分：也许是执手送了一程又一程，也许是离亭饮过一杯又一杯，“劝君更尽一杯酒，西出阳关无故人”。虽然没写送别的过程，一个“罢”字，仍显得依依不舍之情是那么浓。

而且最让人难受的，其实在别离之后。当送别归来，感觉离人似乎还在身边，然而他确然已经走远，那种孤寂与失落远胜送别之际的不舍与感伤。“掩柴扉”之际该是怎样一种无奈？

友人别后已经是那么失落，掩上柴门则更觉得孤单寂寞，多么希望友人能早些回来呀！然而春草再绿自有定期，离人归来却不知在何时。“春草年年绿，王孙归不归？”春草明年再绿的时候，游子啊你会不会回来呢？也许是“王孙游兮不归，春草生兮萋萋”（《楚辞·招隐士》）；甚至是，一别之后，从此永诀！唐汝询在《唐诗解》中评析此诗云：“扉掩于暮，居人之离思方深；草绿有时，行人之归期难必”，好一个“归期难必”，直教人魂牵梦绕，相思无极。想到那首歌曲：“你问我何时归故里，我也轻声地问自己。不是在此时，不知在何时。我想大约会是在冬季。”

平凡的题材，朴素的语言，深厚的感情，灵妙的构思，真是一首让人难忘的诗。

相思 王维

红豆生南国[①]，春来发几枝？
愿君多采撷[②]，此物最相思。

【注释】 ①红豆：一名相思子。《本草纲目》载：相思子生岭南，树高丈余，白色，其叶似槐，其花似皂荚，其荚似扁豆，其子大如小豆，半截红色，半截黑色，彼人以嵌首饰。②采撷：采摘。

【评析】 此诗借咏红豆来表达相思情意。红豆又名“相思子”，古诗词中常用它来关合相思之情。如：“两岸人家微雨后，收红豆，树底纤纤抬素手”（唐欧阳炯《南乡子》）；“玲珑骰子安红豆，入骨相思知不知”（唐温庭筠《杨柳枝》）；“江南红豆相思苦，岁岁花开一忆君”（清王士祯《悼亡诗》），晚清的王国维还写有《红豆词》。然而第一个托红豆写相思的，则是王维。也正是王维这首诗歌的成功，才使得红豆成了相思的永恒象征。

此诗一题为《江上赠李龟年》，可见不仅仅限于写男女相思之情，但终究以表达男女爱情为多。

这首诗的成功在于比兴兼用，亦比亦兴。首句就红豆生长于南方起兴，“红豆生南国，春来发几枝？”轻声一问，将诗人对红豆的喜爱、关切，希望红豆多发枝、多结果的心意都表达了出来。我不知道红豆的产量高不高，可能不是很高吧，至少红豆所象征的真情在人间是并不常有的。所以诗人殷切地“劝君多采撷”，因为“此物最相思”，此物最能寄托相思之意。因为这里的红豆是赤诚友爱的一种象征，劝君多采撷红豆，即是劝君多珍重每一份真情。这样写来，语近情遥，令人神远。

而诗中唱叹的语气，更是摇动心旌。《相思》于是成为梨园弟子爱唱的歌词之一。据说天宝之乱后，歌者李龟年流落江南，经常为人演唱它，听者无不动容。

读此诗，常想起杜秋娘的《金缕衣》：

劝君莫惜金缕衣，劝君惜取少年时。花开堪折直须折，莫待无花空折枝。

它告诉我们珍惜生命、爱情、时光，但却流露出对时光流逝的恐惧和拼命抓住一切的贪婪。不像王维，只是循着自然的风云际会，发现并珍藏生命中的每一颗红豆。只要生命存在，只要这美好的情怀在，王维永远都不会有“无花空折枝”的哀伤。

读此诗，我也常会想起席慕容的《一棵开花的树》，想起她的《无怨的青春》的引子：

在年轻的时候，如果你爱上了一个人，请你，请你一定要温柔地对待他。/不管你们相爱的时间有多长或多短，若你们能始终温柔地相待，那么，所有的时刻都将是一种无瑕的美丽。/若不得不分离，也要好好地说声再见，也要在心里存着感谢，感谢他给了你一份记忆。/长大了以后，你才会知道，在蓦然回首的刹那，没有怨恨的青春才会了无遗憾，如山冈上那轮静静的满月。

春怨　金昌绪

打起黄莺儿，莫教枝上啼。
啼时惊妾梦，不得到辽西[①]。

【注释】　①辽西：今辽宁省辽河以西，指丈夫从军戍守之地。

【评析】　金昌绪，生卒年不详，余杭（今浙江）人，生活于唐玄宗时代。《全唐诗》仅存此诗一首。

此诗又作《伊州歌》，据《乐府诗集·伊州》题解，此曲乃是“西京节度盖嘉运所进也”。也有人认为盖嘉运就是此诗的作者。盖嘉运，盛唐开元年间人，早先任北庭都护，因为战功而被加封河西、陇右两节度使。他很有音乐才华，曾经作有《八声甘州》献给喜爱乐舞的玄宗皇帝。他的作品多描写征人长久戍边的心境以及羁旅情怀。

蒲松龄《聊斋志异》中《林四娘》一篇曾写林四娘：“唱伊凉之调，其声哀婉。歌已，泣下。”可见这是一首唱来十分哀怨的曲子。诗歌的文字朴素，有歌谣的味道。歌谣，自然而贴近生活，贴近百姓，读来通俗易懂，又有一定的现实意义。

这首诗歌结构也很新颖，它设计了一个极富戏剧性的特写镜头，用倒叙的方式展开。起句以挥杆打鸟的动作来表达女子思念丈夫而不得的种种懊恼，新颖独特，让人过目不忘。诗歌起得突兀，“打起”的凶狠动作中埋下引人入胜的伏笔。“莫教枝上啼”是承，解释了打的目的是不让鸟儿啼，同时又引入了新的悬念，为什么不让鸟儿啼呢？“啼时惊妾梦，不得到辽西。”直到此时，一切疑惑都已解开，诗歌的题旨显露出来，真可谓精妙无比。全诗一句勾连一句，“一篇一意”，“摘一句不成诗”（谢榛《四溟诗话》），“篇法圆紧，中间增一字不得”。（王世贞《艺苑卮言》）

然而合卷思之，这迁怒打鸟的动作恐怕不是实有，但一个人因为思念的折磨，痛苦得想找一切机会发泄的心情却是万分真切。一个人被折磨到想去打打杀杀，这该是怎样深厚的一种痛苦。

敦煌词中有一首《鹊踏枝》词，也是借鸟儿来节外生枝，和此诗有异曲同工之处。但词写的仅仅是小儿女盼归之情，既没有此诗简练含蓄，更没有此诗含蕴深广。词云：

“叵耐灵鹊多谩语，送喜何曾有凭据？几度飞来活捉取，锁上金笼休共语。”比拟好心来送喜，谁知锁我在金笼里。欲他征夫早归来，腾身却放我向青云里。

左掖梨花[①] 丘为

冷艳全欺雪[②]，余香乍入衣[③]。
春风且莫定[④]，吹向玉阶飞。

【注释】 ①左掖：唐代门下省的官署，在宫廷东的东边，称之为左省，又称左掖。掖：旁边。②欺：压倒，胜过。③乍：初，刚刚。④定：停止。

【评析】 丘为，生卒年、字、号均不详，苏州嘉兴（今浙江嘉兴市）人。事继母孝，有灵芝生堂下。累举不第，归里苦读。至唐玄宗天宝二年（743）年始登进士，与王维、刘长卿友善，官终太子右庶子，年九十六，以寿终。诗擅五言，多写湖山景色、田园风物，抒发作者的幽雅情趣和旷达胸怀，格调清幽淡逸，为盛唐田园山水诗派作者之一。

这是一首咏梨花的诗，诗人不仅写出了梨花的冷艳高洁，同时含蓄表达了诗人希望得到君王眷顾与重用，一展抱负的心愿。

诗歌一开始即灌注精神，极力写梨花的冷艳，不仅以洁白冷艳的雪做对比，更用“全”“欺”二字，将梨花的冷艳强烈突显出来，显然重在刻画梨花的精神气质，而作者的襟怀也就寄寓其中。

接着写梨花的香气，诗人用为什么要用“余”字、“乍”字呢？应该是为了暗写出这梨花正在飘落，带有对梨花命运的同情。“左掖的梨花开了，她的冷艳高洁完全压倒了白雪。如今她就要凋零了，可她的余香才刚刚吹入人们的衣襟呀！春风啊春风，请你不要停下来，将飘零的梨花吹向玉阶去吧!”正是上句中成功的暗写，接句“春风且莫定”就十分自然，而“吹向玉阶飞”则十分含蓄地表明了希望君王眷顾的心意。

此诗以梨花的冷艳高洁暗喻自己的人品才华，祈盼君王眷顾，但并不改变自己的人格与操守，更不乞求。如果春风没将这梨花吹上玉阶，那并非梨花的不幸，而是玉阶的不幸。诗人能活到九十六岁的高龄，应该是和这样的性格相关的。

全诗物我契合，藏而不露，含蓄委婉，确实高妙。相比较而言，令狐楚的《思君恩》：

小苑莺歌歇，长门蝶舞多。眼看春又去，翠辇不曾过。

借宫怨来表达希求仕进的心愿，则要逊色得多。而朱庆馀《闺意》：

洞房昨夜停红烛，待晓堂前拜舅姑。妆罢低声问夫婿，画眉深浅入时无?

描绘新媳妇见公婆的细腻心理，来征询主考官张籍的意见，则别是一种风味。

春游曲　王涯

万树江边杏①，新开一夜风②。
满园深浅色，照在绿波中。

【注释】　①万树：成千上万的杏树，极言其多，非实指。②新开一夜风：言杏花在春风中仿佛一夜盛开。岑参《白雪歌送武判官归京》“忽如一夜春风来，千树万树梨花开。”

【评析】　王涯（764—835），字广津，太原人。在王涯走过他一生的71年中，大唐正在衰落，皇帝也换了一个又一个：代宗、德宗、顺宗、宪宗、穆宗、敬宗、文宗。他博学工文，于唐德宗贞元八年（792）进士及第，又举宏辞科。那些年士大夫们结党营私，互相倾轧，而王涯独以“孤进自树立”，深得唐宪宗信任。唐宪宗元和十一年（816），王涯拜相，当时为讨伐淮西（今河南汝南）藩镇吴元济，执政大臣裴度、李逢吉等为和战问题斗争得非常激烈，身为宰相的王涯竟不发一言，元和十三年（819）因“循默不称职”罢相。

唐穆宗、敬宗在位的数年间，王涯主要任剑南东川（治在四川绵阳）和山南西道（治在陕西汉中）节度使。唐文宗时，再次回京任职。太和七年（833），唐文宗任命王涯为宰相，九年（835）十一月“甘露之变”发生，王涯被禁军抓获，腰斩，全家遭诛灭，家产田宅被没收入官。他死后，又过六十多年，唐朝就灭亡了。而直到唐朝将亡，王涯等人才被平反昭雪，追复爵位（901）。中晚唐的历史，王涯的人生命运，可为一叹。

王涯还雅好典籍、书画。《旧唐书》记载他“前代法书名画，人所保惜者，以厚货致之；不受货者，即以官爵致之”。厚资“获书数万卷”，并且所藏书皆装潢华丽精美。及被杀，众人得其卷轴，皆取其奁盒、金玉、牙锦，其余弃于道旁，遭践踏者无数。也可为一叹。

王涯能文工诗，文风清丽。如他下面的这首《春闺思》，写得清丽而哀愁。

雪尽萱抽叶，风轻水变苔。玉关音信断，又见发庭梅。

而这首《春游曲》则写得非常浓烈。“万树江边杏”极言其多；“新开一夜风”，写出杏花开放得迅速猛烈；“满园深浅色”写出杏花繁茂灿烂。而这一切都“照在绿波中”。一个“照”字，引人遐想。前面三句散，最后一句收，收束有力。“满园深浅色”倒映“绿波”中，色彩对比鲜明，好一幅绮丽的“江边万杏图”。相比王安石的《北陂杏花》：

一陂春水绕花身，花影妖娆各占春。纵被春风吹作雪，绝胜南陌碾成尘。

王安石诗写一树杏花，重在托物言志。王涯写江边万杏，重在绘景，景中溢出春天的浓烈生机，让人热爱。

商歌[①] 罗与之

东风满天地，贫家独无春。

负薪花下过[②]，燕语似讥人。

【注释】 ①商歌：古代乐府旧题。“商”是五音之一，象征萧瑟的秋天，曲调哀怨悲凉。②负薪：背着烧火用的柴枝。

【评析】 罗与之，宋代诗人，字与甫，一字北涯，号雪坡，螺川（今江西吉安南）人。宋理宗赵昀端平年间（1234—1236）应试不第，隐居以终。晚年潜心性命之学，诗多写山水景物和隐逸趣味，其诗为刘克庄（1187—1269）所赏，有《雪坡小稿》两卷。而刘克庄是最早编辑《千家诗》的人。

罗与之的诗歌，语言很质朴、很自然，比如他的《看叶》诗：“红紫飘零草不芳，始宜携杖向池塘。看花应不如看叶，绿影扶疏意味长”，明白如话，哪里需要解释分析，只要好好涵咏品味就好。

他的诗情感也很真实、深挚。如《寄衣曲》其一云：“忆郎赴边城，几个秋砧月。若无鸿雁飞，生离即死别。”其三云：“此身傥长在，敢恨归无日！但愿郎防边，似妾缝衣密。”他总能设身处地地体会，传达出别人真实的感受。诗中说，分别几年经过了几个秋天，真是想念你呀，好在有鸿雁传书，不然生离就像死别一样了。只求你还活得长久，哪敢恨你不能归来。希望你把边关防得严严实实，就像我缝衣服缝得密密实实。诗歌把女子对丈夫的思念、担心、希望、嘱托都写了出来，夫妻之爱恋、自我的宽慰、报效国家的嘱托，种种情愫，真切感人。

这首小诗写的是一个穷人，也真切地写出了穷人的心态，将穷人畏人笑怕人讥的心理刻画得十分鲜明，读了让人怜悯同情。

诗人说：“东风已吹遍大地呀，独独贫苦的人家没有春天。我背着柴草从花下经过，听到莺声燕语，却觉得也像是在讥笑我这苦命的人。”

笑贫是多数人的通病，甚至有“笑贫不笑娼”的俗语，有“势利眼”之说。他们的眼里只看得见权势金钱，别的什么也看不见，早就没了同情心。贫苦的人衣衫破烂、形容潦倒，也就常常遭到白眼、讥笑、欺侮。他们的心浸在苦水中，那里感受得到春天呢？他们平日不知受了多少讥讽，多少委屈，甚至迫害，所以现在听到燕语也觉得是在讥笑自己。

贫苦的人因此就特别畏人，大诗人杜甫对这一点就体会得特别深刻，读他的《又呈吴郎》常常让人感动流泪：

堂前扑枣任西邻，无食无儿一妇人。不为困穷宁有此，只缘恐惧转须亲。

即防远客虽多事，便插疏篱却甚真。已诉征求贫到骨，正思戎马泪沾巾。

诗人说：“吴老弟呀，我草堂前的枣子你就由着西边的邻居打吧，她是一个没有饭吃没有儿子依靠很孤苦的人，还是个女的！你说她不是因为穷困到极点，怎么会来偷偷打你的枣子呢？只怕她恐惧害怕，你反倒要对她亲切一些呀。即使她因为看见远来而陌生的你，就防着你，这是有点儿多心了；不过你一搬来，就插上稀疏的篱笆，却搞得真的像要防她似的，这是不是有点过头了，有点太认真了呀。你看现在都是什么年代呀？那个妇人曾跟我说过，她因为赋税的征求都贫穷到骨子里头了。再看看你我，我不是背井离乡、你不是也还要借住我的房子才得以安身！这仗还在打，还不知什么时候能结束，这兵荒马乱的年月里，不知还有多少更可怜更遭罪的人，哎，想到这些事呀，我就不由得流眼泪，连衣服都打湿了。”杜甫不仅深刻体会到邻居妇人的痛苦，还劝吴郎对她好一点。他还因为同情战乱中更痛苦的人，担心着国家的命运而落泪——这就是仁者的胸襟。

罗与之显然是受到杜甫影响，与杜甫同类的人，所以他能深切感受到负薪者心中的苦涩。而且他表达得也很成功。

首先他给诗歌定了一个好题目，本来是写春天这一美好季节的，他却题名《商歌》。其次，对比用得好，练字练得精。“满”和“独”，对比鲜明，无可替代。试着换成“来”“却”二字，力量就差远了。而“春”字既是自然的春，也暗示贫者心中感觉上的春，一语双关。三是景物细节和人物心理细节提炼得好。“负薪”者衣衫褴褛汗流浃背，与春花灿烂莺歌燕语，细节对比鲜明；而心理上觉得鸟儿也讥人的感觉，实在是体验得深。

登鹳雀楼[①] 王之涣

白日依山尽，黄河入海流。
欲穷千里目[②]，更上一层楼。

【注释】 ①鹳雀楼：位于唐代河中府（今山西永济县），高三层，前瞻中条山，下瞰黄河，鹳雀常栖楼上，故名。②穷：尽。目：指视力。意谓欲穷尽目力，看得更远。

【评析】 王之涣（688—742），字季凌，祖籍晋阳（今山西太原），其高祖迁绛郡（今山西绛县），王之涣即出生于此。曾任冀州衡水主簿，后因被人诬谤，乃拂衣去官，家居十五年，起为河北文安县尉，天宝元年（742）卒于任所。靳能在墓志铭中称王之涣“孝闻于家，义闻于友，慷慨有大略，倜傥有异才”，可以想见其人品风采。

这是一首登楼而作的小诗，但写景雄奇壮丽，寓意深厚高远。气象阔大，催人向上。首二句写登楼所见之景，写得景象壮阔，气势雄浑，咫尺万里，涤荡人心。诗人登楼远望，只见一轮落日缓缓沉入连绵起伏的群山，而奔腾咆哮、滚滚而来的黄河一直向远方奔流过去，奔向苍茫的大海。“白”字再现了落日的光景与颜色，“依”字如见落日缓缓下沉的轨迹，“入”字则显出黄河奔流直到远方、直到看不见的地方终汇入大海的情貌。让人如临其地，如见其景，胸襟为之一开。特别是后一句，把当前景与意中景融合为一，画面更增加了深广度。

“欲穷千里目，更上一层楼”，这两句既别出机杼、出人意表，又十分自然，连接紧密，把诗篇引入更高的境界。“欲穷”、“更上”活画出一个“登”字，而收结于一个“楼”字，结篇点题，浑化无迹。诗人想进一步穷目力所及看尽远方景物，于是“更上一层楼”，在平实的铺叙中蕴含着深厚的哲理，既展示了诗人积极进取的精神、高瞻远瞩的襟怀，也道出了只有站得更高才能看得更远的哲理。

沈德潜《唐诗别裁》云："四语皆对，读来不嫌其排，骨高故也"，正是对此诗精神高度的肯定。另一方面，此诗虽四句皆对，但前一联用的是正名对，所谓"正正相对"，语句工整，厚重有力。落日与黄河，两图相并，历历在目。后一联用流水对，虽两句相对，而语义一贯而下，丝毫不显对仗的痕迹，对仗技巧十分成熟。

宋代沈括《梦溪笔谈》中曾指出，唐人在鹳雀楼所留下的诗中，"惟李益、王之涣、畅当三篇，能状其景"。特录二诗如下，以为比较。李益诗云：

鹳雀楼西百尺墙，汀洲云树共茫茫。汉家箫鼓随流水，魏国山河半夕阳。

事去千年恨犹速，愁来一日即为长。风烟并起思乡望，远目非春亦自伤。

畅当诗云：

迥临飞鸟上，高出世尘间。天势围平野，河流入断山。

独坐敬亭山[①] 李白

众鸟高飞尽，孤云独去闲[②]。
相看两不厌[③]，只有敬亭山。

【注释】 ①敬亭山：在今安徽宣城市北，原名昭亭山，晋初避帝讳改名敬亭山，属黄山支脉，东西绵亘十余里，大小山峰60余座。《江南通志》记载："敬亭山在府城北十里。府志云：古名昭亭，东临宛、句二水，南俯城闉，烟市风帆，极目如画。"②孤云：陶渊明《咏贫士诗》"孤云独无依"。独去闲：形容云彩悠闲自在地飘走了。③两不厌：两指诗人和敬亭山互相欣赏，长久不厌。厌：满足。

【评析】 李白（701—762），字太白，号青莲居士。自称祖籍陇西成纪（今甘肃秦安），隋末其先人流寓西域碎叶（唐时属安西都护府，在今吉尔吉斯斯坦北部托克马克附近)。约五岁时随父迁居绵州昌隆（今四川绵阳江油）青莲乡。少年即显露才华，“五岁诵六甲，十岁观百家”（《上安州裴长史书》）、“十五观奇书，作赋凌相如”（《赠张相镐》），仗剑任侠，行走蜀中。

开元十二年（724），二十五岁的诗人仗剑出蜀，从此再没回过家乡。先是游历吴楚、长安、洛阳、太原、山东等地，声名日盛，于天宝元年(742)，四十岁时被玄宗征诏入京，供奉翰林，文章风采，耸动天下，很快即遭权贵谗毁，天宝三年被赐金放还，复漫游梁宋齐鲁吴越之地。安史之乱中，诗人怀着爱国之心应召加入永王李璘的幕府，后因此获罪，流放夜郎，中途遇赦东还，漂泊东南一带，最后病卒于当涂（今属安徽）。李白崇儒、好道、任侠，他轻视金钱，蔑视权贵，“黄金白璧买歌笑，一醉累月轻王侯”，“不屈已，不干人”，傲然独立，高蹈出尘。他的诗表现出对权贵的傲岸不屈，对人民疾苦的深切同情，又擅于描绘自然景色，大好河山。诗风雄奇豪放飘逸，语言流转自如，音律和谐多变。“清水出芙蓉，天然去雕饰”，被誉为“诗仙”。

最喜欢李白的两段文字：“近者逸人李白自峨眉而来，尔其天为容，道为貌，不屈已，不干人，巢由以来，一人而已。”（《代寿山答孟少府移文书》）“白，陇西布衣，流落楚、汉。十五好剑术，遍干诸侯。三十成文章，历抵卿相。虽长不满七尺，而心雄万夫。王公大人，许与气义。”（《与韩荆州书》）那种“老子天下第一”的自信，那种“虽长不满七尺，而心雄万夫”的气概，大约是李白最突出的精神特征，最有力的精神支柱。

这首诗写独坐敬亭山的感触，贵在“传‘独坐’之神”（沈德潜《唐诗别裁》）。明代人朱谏注此诗云：“言我独坐之时，鸟飞云散，有若无情而不相亲者。独有敬亭之山，长相看而不相厌也。”大意说得不错，体会还可细化。

诗中首二句渲染得好，后二句衔接得紧，诗意贯通，连成一气。而中间鸟飞云去，似乎一无所有了，却接以“只有”敬亭山，起伏抑扬之中更显得敬亭山的可爱可亲。“众鸟都高高飞尽了。鸟是俗物，飞就飞吧，飞尽了也无所谓。而那一向引以为知已的悠闲而孤独的白云，也悠悠地飘走了。只有这敬亭山呀，他会永远地陪伴着我、注视着我，正如我将永远陪伴着他，欣赏着他，永远不会离弃，永远不会厌倦。”这里的敬亭山，既是自然界的山，也应当是一种精神的象征。王安石《游钟山》诗显然受到了这首诗歌的思想启发。诗云：

终日看山不厌山，买山终待老山间。

山花落尽山长在，山水空流山自闲。

这首诗中山与人对视、交流，我们称之为拟人手法，其实是诗人真切地感受到人只是大千世界的一部分，以物观物，人与自然交流无碍。这种表现手法启迪着后人，如：辛弃疾《贺新郎》“我见青山多妩媚，料青山见我应如是”，网民水上鸥的《咏梅》诗：“梅花见我如知己，我见梅花如故人”。

题袁氏别业[①] 贺知章

主人不相识，偶坐为林泉[②]。
莫谩愁沽酒[③]，囊中自有钱。

【注释】 ①别业：别墅。②林泉：指代别墅附近美好的风景。③谩（màn）：谩字从言从曼，曼亦声。“曼”意为“延展”“萦回”“长久”，此处即反复唠叨的意思。沽酒：买酒。

【评析】 贺知章（659—744），字季真，唐越州永兴（今属浙江萧山市）人。武则天证圣元年（695）年进士及第，历官至礼部侍郎兼集贤院学士，后迁太子宾客、检校工部侍郎、秘书监等官，故人称“贺监”，而他自己则笑称自己“秘书外监”，晚年更自号“四明狂客”。其族姑子陆象仙曾评价说：“季真清谭风流，吾一日不见，则鄙吝生矣。”贺知章好饮，与张旭、李白等被称为“醉中八仙”，又与包融、张旭、张若虚并称为“吴中四士”。天宝三年（744），贺知章上疏请还乡里，玄宗御制诗以赠，赐鉴湖一曲，太子率百官饯行，一时传为美谈。

这首留题记游的即兴之作，颇能表现诗人潇洒坦荡的性情。诗人并非专程访友，只是随性游春至此，因为风景优美，虽然主人不相识，仍然停留下来，“主人不相识，偶坐为林泉”。不是一个开朗、洒脱、好交友、好结客的人，是不会这样行事的。

既然留下来了，对着周遭美景，怎可枯坐？饮酒赏春，岂不快哉！诗人心里这样想着，嘴上也就说了出来，“莫谩愁沽酒，囊中自有钱”。“主人你可不要发愁、唠叨说你没钱买酒呀，我的荷包里自有钱。只要你能陪着我，咱们来痛快地喝上一杯，如何？”这真是心无城府，豪放、洒脱、大方。

拥有这样的天真，这样的豪爽，无怪乎老贺归乡，最先迎上来的是一群儿童，“笑问客从何处来”。比起苏轼“却戴葛巾从杖履，直将和气接儿童”（参寥《东坡先生挽词》），别是一番景象。

夜送赵纵[①] 杨炯

赵氏连城璧[②]，由来天下传。
送君还旧府[③]，明月满前川。

【注释】 ①赵纵：杨炯友人，生平不详。②赵氏连城璧：战国时，赵国得到一块叫和氏璧的美玉，秦王知道后，要用十五座城池交换，故称连城璧。因赵纵姓赵，故用赵国的连城璧喻指其才华。③旧府：赵国的故地，指赵纵的家乡山西。

【评析】 杨炯（650-693），弘农华阴（今陕西华阴）人。杜甫诗云：“王杨卢骆当时体，轻薄为文哂未休。尔曹身与名俱灭，不废江河万古流”（杜甫《戏为六绝句》），王勃、杨炯、卢照邻、骆宾王都是当时开拓风气的诗人，他们都位卑而才大，官小而名高。杨炯更在唐高宗显庆四年（659）即被举为神童，高宗上元三年（676）应制举及第，授校书郎。武后垂拱元年（685），因其从祖弟参与徐敬业起兵讨伐武则天，降官为梓州司法参军。武后如意元年（692）秋后改任盈川县令，卒于任所，后人称他为“杨盈川”。

这首送别友人的诗，一开始就用连城璧来比赵纵，十分贴切。因为赵纵姓赵，又是赵国旧地山西人，用赵国的连城璧来比就特别切合其身份。而以美玉比人，将赵纵的品行、才能、风貌都烘托了出来，内蕴丰厚。再加上“由来天下传”的进一步烘托，更突出了人物的美好。

夸完了赵纵其人之后，即刻转入送人的正题，“送君还旧府，明月满前川”。“明月满前川”一句，是全诗最精彩的一句，以景结情，“含有余不尽之意”。“满前川”三个字，既写出了明亮的月光洒满河川的夜送之景，又隐约表达了希望赵纵一路平安，并且回乡后前程美好的祝愿。须知赵纵不是背井离乡漂泊他方，而是回到故乡，所以诗人相送时并没有什么担心和惆怅，更多的是一种美好的祝愿，这是和许多送别诗歌不一样的地方。

清人毛先舒在《诗辩坻》中云“第三句一语完题，前后俱用虚境”。前二句的虚，是通过比喻来写赵纵其人，后一句的虚是以景结情，唱叹兴怀。以玉喻人通俗易懂，以景结情贴切自然，真是“猝然相遇，借以成章，不假绳削”。以比起，以兴结，神韵绰约，极臻妙境。

竹里馆[1]　王维

独坐幽篁里[2]，弹琴复长啸[3]。
深林人不知，明月来相照。

【注释】　①竹里馆，辋川别墅的胜景之一，因屋周围有竹林，故名竹里馆。②幽篁（huáng）：幽深的竹林。③啸（xiào）：长声呼啸，撮口发出悠长清越的声音。

【评析】　王维（701—761），字摩诘，祖籍山西祁县，后举家迁往蒲州（山西永济县）。王维少年多才，开元九年（721）刚二十出头就高中进士，他精通书画，创造了水墨山水画派。亦通音律，曾任太乐丞。他还是一位未出家的虔诚的佛教徒，中年丧偶不娶，晚年更是“斋中无所有，惟茶铛药臼，经案绳床而已。退朝之后，焚香独坐，以禅颂为事”（《旧唐书》），后人称之为“诗佛”。王维早年诗作，充满大唐气象，言志抒怀，昂扬动人，风格雄浑开阔。中晚年诗作，静观万物，清幽隽永，极富诗情禅意。今存诗400余首，有《王摩诘文集》行世。

《竹里馆》是《辋川集》20首之一。辋川在陕西蓝田，原为宋之问的别墅，地处终南山下，景色奇胜。王维与友人裴迪闲游其中，诗赋相酬为乐。《辋川集》中部分诗作充满了禅意，如《辛夷坞》“木末芙蓉花，山中发红萼。涧户寂无人，纷纷开且落。”而这首诗则写诗人在修竹中弹琴、长啸，虽无人知，却有明月相照。诗人与环境融为一体，“安闲自得，尘虑皆空”。

殷璠评价他的诗说：“维诗辞秀调雅，意新理惬，在泉为珠，着壁成绘，一字一句，皆出常境。”此诗中幽篁、深林、明月，独坐、弹琴、长啸也都是极其平常之语，但却以自然平淡的笔调，描绘出了清新诱人的月夜幽林的意境，表达出诗人物我交融、怡然自得的情怀。不论外界环境如何，诗人心中自有其圆融完整的世界。

诗中以弹琴长啸，反衬月夜竹林的幽静；以明月的光影，反衬深林的昏暗；“独坐”与“人不知”相衬，又与“明月来相照”相应。表面看来平平淡淡，信手拈来，实则匠心独运，浑化无迹。

送崔九[①] 裴迪

归山深浅去[②]，须尽丘壑美[③]。
莫学武陵人，暂游桃源里[④]。

【注释】 ①送崔九：此诗原题《崔九欲往南山马上口号与别》，是送朋友入山山居的诗。崔九：即崔兴宗，尝与王维、裴迪同居辋川。②归山：山指辋川南边的终南山。此句正常语序应该是，归山去深浅，去到山中深深浅浅的地方。③丘壑：山峰和山谷。壑（hè）：坑谷，深沟。此句含有劝友人隐逸山林，莫改初衷之意。④武陵人：指陶潜《桃花源记》中的武陵渔人。

【评析】 裴迪（生卒年不详），关中（今属陕西）人。他和大诗人王维、杜甫关系密切，曾官蜀州刺史及尚书省郎，晚年居辋川、终南山，与王维来往更为频繁。其诗多是与王维的唱和之作。裴迪的诗大多为五绝，描写的也常是幽寂的景色，大抵和王维山水诗相近。

王维曾有《辋川闲居赠裴秀才迪》诗：“寒山转苍翠，秋水日潺湲。倚仗柴门外，临风听暮蝉。渡头余落日，墟里上孤烟。复值接舆醉，狂歌五柳前。”诗中用楚国狂人接舆（jiē yú）来形容他，可略窥其性格之一斑。

唐玄宗后半生很荒唐，任用奸相李林甫，宠幸杨贵妃，政治黑暗，很多士人厌倦官场，去官归隐。崔兴宗是裴迪的老朋友，大约这个时候也归终南山隐居，裴迪为之饯行，在马背上随口吟成此诗作别。

诗歌的文字平易，语言朴实，所用典故也易懂，通篇用说话的语气表达出来，很好理解。

他说：“崔兄，你既然回到终南山去隐居，到山里无论深处浅处、高峰深谷都要去看看，要尽情赏玩够山峦沟壑的美景。千万别学陶渊明笔下那个武陵人，只在桃花源里暂时住了几天就跑出来了。”也有人用韵语翻译此诗，译得很好，录之如下：

你若要归山无论深浅都要去看看；
山峦沟壑清净秀美要尽情地赏玩。
千万别学陶渊明笔下那个武陵人，
只在桃花源游了几天就匆匆出山。

这首诗语言浅显易懂，但含义很丰富，可以有多种不同的理解：可以理解为是劝勉崔九既然要隐居，就必须坚定不移，不要三心二意，隐居了又复出，不甘久隐。也可以理解为是劝崔九离开朝廷就走得远远的，再不要回来了，以表达对现实官场的不满和谴责。还可以理解为，这是一首劝学诗，比喻学习不能浅尝辄止，要沟沟壑壑都搞懂搞通。看似赏景，却富哲理。

其实也不仅仅是学习，生活中很多事情都是如此：对一件东西，只有深入探索，全盘把握，成为其专家，才能成为赢家。专即精也，精才能妙而通神。《世说新语·品藻》载：“明帝问谢鲲：‘君自谓何如庾亮？’答曰：‘端委庙堂，使百僚准则，臣不如亮；一丘一壑，自谓过之。’”只有一丘一壑有过人之处，才有价值。看看德国和日本那些专工于一项产品的成功小企业，不正合乎这个道理吗？

送朱大入秦[①] 孟浩然

游人五陵去，宝剑值千金。
分手脱相赠[②]，平生一片心。

【注释】 ①朱大：名去非，作者友人。秦：指长安。下文则以五陵代长安。②分手：分别之际。脱相赠：脱本意是掉下、脱落，此处形容干脆果断，不假思索，意思和“脱口而出”中的“脱”字相当。

【评析】 孟浩然是高洁隐者，但作为盛唐时人，他的性格中仍有豪迈的一面。唐人王士源在《孟浩然集序》中称他“救患释纷，以立义表”，《新唐书·文艺传》谓其“少好节义，喜振人患难 。”这首小诗正表现了孟夫子这一方面的个性。

古人送别之际，多持酒相劝，折柳寄情，像这首诗歌中慨然以千金宝剑相赠的，并不十分常见，诗歌就紧紧扣着赠剑这一情节展开。“游人五陵去”是赠剑之因，“宝剑值千金”是剑之珍贵，“分手脱相赠”写出赠剑时的干脆果断、痛快淋漓、豪气干云，而“平生一片心”则是赠剑所寄托的无限深情。

千金之剑，脱然相赠，不由让人想起那个最为震撼人心的“季札挂剑”的故事。受封延陵的吴国公子季札将要到西边的晋国出使，中途拜访了徐君。徐君好季札剑而未言。季札心知之，但因为出使上国，未曾献给徐君，但心已许之。待季札回来时，徐君已死，于是将宝剑赠给徐君的儿子，徐君的儿子不敢接受，季札于是解其宝剑，系在徐君坟墓上的树枝上，飘然而去。徐国人感慨而作了一首歌：“延陵季子兮不忘故，脱千金之剑兮带丘墓。”

烈士重剑，尤重宝剑。千金之剑，脱手相赠，该是怎样一种深情！“平生一片心”，妙在含混而不说破：那是一片仗义之心，一片报国之心，一片关切之心，或者一片相惜相期之心？一个人能慨然将千金之剑赠给朋友，或者得到朋友慨然相赠的千金之剑，这是多么深厚的友情。因为这不仅仅是物质，更是一种精神上的投契与激励。

长干行[①] 崔颢

其一

君家在何处，妾住在横塘[②]。
停船暂借问，或恐是同乡。

其二

家临九江水，来去九江侧[③]。
同是长干人，自小不相识。

【注释】 ①长干：地名，即长干里，靠近长江，在今江苏南京秦淮河南。长干行：又称“长干曲”，南朝乐府曲名。②横塘：地名，古时叫横塘的地方很多，最著名的是苏州横塘。但这里应是堤名，三国时吴国沿秦淮河南筑堤至长江口，称横塘。故址在南京市西南。③九江：江西九江市。这里泛指长江流域，因长江支流众多，故云九江。王维《汉江临眺》云：“楚塞三湘接，荆门九派通。”

【评析】 有论者指出：“这两首可以看作是男女相悦的问答诗，恰如民歌中的对唱。第一首是天真无邪的少女起问；第二首是厚实纯朴的男子唱答。诗以白描手法，朴素自然的语言，刻画了一对经历相仿，萍水相逢的男女相识恨晚之情。”

笔者对这一评价非常认同，“悲莫悲兮生别离，乐莫乐兮新相知”（《楚辞·少司命》），新相知，特别是男女之间的新相知，总是让人回味，常常是又一段新故事的开始。

诗中的女子或者并不是简单的天真无邪、不谙世事，相反，她心思细密、性格大方，甚至可以称为勇敢。看到那人长得很帅，听口音好像是同乡，心里很想认识他和他交往，于是她果断地停下船，大胆相问：“请问阿哥你家在何方？我家是住在建康的横塘。停下船来暂且借问，听口音咱们好像是同乡。”他们也或许并不是萍水相逢，她已经不是第一次关注他了，但这一次，她终于勇敢地走出了第一步。

结果还真的很美好，“我家临近长江边，来来往往长江畔。你我同是长干人，可叹从小不相识”，真是相见恨晚呀！

这是一首干净的诗，截头去尾，突出主干，只取二人的问答之语成诗，仅仅“停船暂借问”一句叙事，可见作者的匠心；它更像一场精彩的独幕剧，人物的声音，女子的大胆真率、心中的爱慕和期待，男子的喜悦、相见恨晚之感，全都鲜明可见，于此可见作者的功力。

生活中的男女或是自然相识，或是有意结识，当两个都有意结识的人因某种机缘碰到了一起，而终于相识，那真是“金风玉露一相逢，便胜却人间无数”。

悯农[①] 李绅

其一

锄禾日当午[②]，汗滴禾下土。
谁知盘中餐[③]，粒粒皆辛苦。

其二

春种一粒粟[④]，秋收万颗子。
四海无闲田[⑤]，农夫犹饿死。

【注释】 ① 悯：怜悯。② 锄禾：用锄头锄松禾苗周围的土，除去杂草，让庄稼生长得更好。方言称薅草（hāo cǎo）。③ 谁知盘中餐：在台湾，香港等地写为谁知盘中飧（sūn），国内用简化字改为餐。餐飧：昼饭为餐，晚饭为飧。餐字指一切饭食，更好。④ 粟：（sù）谷子，脱壳以后称小米。⑤ 闲田：没耕种的田，荒田。

【评析】　李绅（772—846），唐朝亳州谯县（今亳州人），字公垂。六岁丧父，母亲含辛茹苦将他养育成人。唐宪宗元和元年（806）中进士，补国子助教。与元稹、白居易交游甚密，与李德裕、元稹并称三才。在中唐牛李党争中，依附于李德裕。曾任河南尹、汴州刺史等，拉帮结派，为人不齿。开成五年（841）任淮南节度使，后入京拜相，居相位 4 年。唐武宗会昌四年（844）中风辞位，第二年（845）出为淮南节度使，次年病逝扬州，终年 74 岁。唐宣宗大中元年（847），李德裕被罢相，李党一干人等全部被贬崖州，李绅被追夺爵位，子孙不得做官。可为官场争斗一叹。

虽然李绅后来所为被人不齿，但这两首《悯农》诗却有不朽的声名。诗中第一首，写劳动的艰辛，劳动果实来之不易。“锄禾日当午，汗滴禾下土”先描绘烈日当空，农民在田间劳动，汗流浃背，十分辛苦。笔者出生农村，劳动多年，三伏双抢插秧，头顶烈日如火，脚下水热似汤，汗流不止，深有体会。有了这两句具体形象的描写，“谁知盘中餐，粒粒皆辛苦”的感叹和告诫，就成为有血有肉、意蕴深远的格言。

第二首则先用“春种一粒粟，秋收万颗子”，具体形象地描绘了丰收之景。接着却笔锋忽然一转，提出了质问：“四海无闲田，农夫犹饿死”？农民这么勤劳，收成这么好，为什么老百姓还是被饿死呢？这实在是一个十分深刻而沉重的问题。

这首诗没有从具体人、事落笔，它所反映的不是个别人的遭遇，而是整个农民的生活和命运。诗人选择比较典型的生活细节和人们熟知的事实，深刻揭示出了社会的严重问题。

咏史　高适

尚有绨袍赠[①]，应怜范叔寒[②]。

不知天下士[3]，犹作布衣看。

【注释】 ① 绨袍（tí páo）：粗丝绸制成的袍子，比较厚实。② 范叔：指战国时魏人范雎。范雎曾随魏国中大夫须贾出使齐国，受到齐襄王的赏赐，须贾怀疑他通齐，回国后报告魏相魏国齐。范雎含冤被打伤，险些没命，后装死改名张禄逃到秦国，沉沦数年，最终得到秦昭王重用，当上宰相。秦国强大后，魏国派须贾出使秦国，范雎扮作穷人去见他。须贾见状就送他一件绨袍，最后被范骗到相府，发现他是秦相，吓得一再谢罪求饶。范雎说本该杀了你，看你赠我一件粗丝袍，还有点老朋友的情谊，所以放你一条生路。后人多用为眷念故旧的典故。（《史记》卷十九《范雎蔡泽列传》）③ 天下士：天下豪杰之士。

【评析】 高适（700—765），字达夫，沧州（今河北省景县）人。早年客居宋城（今河南商丘一带）。少孤贫，爱交游，有游侠之风，以功业自期。曾游长安、览蓟门，寻求进身之路而无功。唐玄宗天宝八载（749），经睢阳太守张九皋推荐，有道科及第，授封丘尉。年过五十二毅然辞官，入河西节度使哥舒翰幕，为掌书记。安史乱后，曾任淮南节度使、彭州刺史、蜀州刺史、剑南西川节度使等职。唐代宗广德二年（764）召回长安，任刑部侍郎，转左骑常侍，世称“高常侍”，封渤海县侯。永泰元年（765 年）卒，终年 64 岁，赠礼部尚书，谥号忠。

高适为唐代著名的边塞诗人，与岑参并称“高岑”。笔力雄健，气势奔放，洋溢着盛唐时期所特有的奋发进取、蓬勃向上的时代精神。虽然后人说唐“诗人之达者，唯适而已矣”，但高适直到五十岁之前都是落拓失意的，五十岁时虽有了官职，仍不得意，最终追寻理想，毅然弃官从军，终至显达。他的人生经历，给人颇多鼓舞，他是个像曹操一样，“老骥伏枥，志在千里”的实干家。

这首《咏史》诗，借须贾和范雎的故事，抒发怀才不遇的悲愤之情。前两句咏史，后两句抒怀，是咏史诗歌最常见的结构方式。

范雎和须贾，都算不上是品德高洁之人，须贾早先对范雎嫉妒谗毁，见其受冤不救还迫害有加。范雎也曾留下“睚眦必报”的典故。但诗人并真不关心二人的是非，只是借他人酒杯，浇自己心中块垒。须贾虽然不能看出范雎的杰出才能，不能看出他是个天下英豪，但毕竟在范雎装作落魄潦倒的时候，还能给予一点恻隐同情之心，赠以绨袍。而像自己一样的豪杰之士，却仍被人当作普通人看，没有任何人赏识，哪怕只是给予一点点关心。“尚有”二字，充分突出了作者的心寒。世态炎凉，真正能关心他们帮助他们的人，能有多少？

“天下士”，这既是说他自己，也是说和他一样有理想有抱负的许许多多的豪杰，诗歌的含蕴也就深化了。

罢相作　李适之

避贤初罢相[①]，乐圣且衔杯[②]。

为问门前客，今朝几个来？

【注释】　①避贤：退位让贤，辞去相位。表面说避贤，实际是无奈避祸。②乐圣：喜欢饮酒。古人将清酒称为圣人，浊酒称为贤人。

【评析】　李适之（？—747），原名昌，陇西成纪（今甘肃秦安）人。他是皇室后裔，唐玄宗天宝元年（742）担任左相，此前做过通州刺史、秦州都督、河南尹、御史大夫等职。“以强干见称”“饮酒一斗不乱，夜则宴赏，昼决公务，庭无留事”，他性情简率，不务苛细，待人随和，雅好宾客，是一位公私分明、是非得当的宰相。

但他当宰相时，正是李林甫擅权之际，口蜜腹剑的李林甫开元二十二年（734）拜相，两年后就逼走了老宰相张九龄，到天宝元年已经固权八年。李适之与之“争权不协”，害怕被害，于天宝五年（746）辞去相职，出为宜春太守。次年李林甫杀李邕、裴敦复，朝野震动，李适之忧惧交加，自杀身亡，成为那场政治斗争的牺牲品。

这首诗歌是诗人辞职被批准后的即兴之作。首句将惧祸、避奸称之为“避贤”，实在是有苦难言、无可奈何。而“乐圣且衔杯”却是发自内心的一种解脱，即便有痛苦，痛饮狂歌也足以消解了。后二句则感叹世态炎凉，李适之平素“夜则宴赏”，天天宴请宾客，但“为问门前客，今朝几个来？”

有几个人敢赴宴得罪李林甫，惹来祸患呢？

这首诗有感慨，有无奈，也有暗暗的讽刺。“避贤”是反语，我斗不赢你们，那就给你们这些“贤人”让路吧。“乐圣”是双关语，既指饮酒，也指皇帝；为了让你皇帝先生高兴，我就去衔杯乐圣吧，因为皇帝早说过，“悉以政事委林甫”（《资治通鉴》卷215，天宝三载）。

逢侠者　钱起

燕赵悲歌士①，相逢剧孟家②。
寸心言不尽，前路日将斜。

【注释】　①燕赵悲歌士：燕赵多慷慨悲歌的豪侠之士。燕赵：春秋战国是国名，燕地在今河北北部和辽宁南部，赵地包括今陕西北部和河北西南部。②剧孟：西汉洛阳人，“剧孟以侠显……行大类朱家，而好博，多少年之戏。然孟母死，自远方送丧盖千乘。及孟死，家无十金之财。”（《史记·游侠列传·剧孟传》）这里指代豪杰之家。

【评析】　钱起（710？—782?），字仲文，吴兴（今浙江湖州）人。钱起是“大历十才子”之首，以天宝十载（751）参加进士考试所做的《省试湘灵鼓瑟》诗最为著名，诗中“曲终人不见，江上数峰青”的佳句传诵一时，奠定了他在诗坛的不朽声名。其空灵蕴藉的意境深深影响了后代诗人词客。钱起长于五言，词彩清丽，音律和谐。与郎士元齐名，士林语曰：“前有沈宋，后有钱郎。”

千古文人侠客梦，从曹植的《白马篇》到李白的《侠客行》，再到金庸笔下形形色色的大侠们，没有一个时代的文人不崇拜侠客。侠客代表的是正义、是豪气、是力量、是慷慨、是意气……“银鞍照白马，飒沓如流星。十步杀一人，千里不留行。事了拂衣去，深藏身与名”（李白《侠客行》），甚至连陶渊明也曾高唱：“君子死知己，提剑出燕京。”似乎每一个文人，心底都有一股侠的精神。

所以当钱起与侠客相遇之时，不由得心潮澎湃，壮怀激烈。“燕赵悲歌士，相逢剧孟家”，这两句劈空而来，点到为止，并未正面实写，但悲歌慷慨的燕赵侠士，相逢于大侠剧孟家，该是怎样的激动人心、热闹非凡，侠客们的豪气已经迎面扑来。

接下来两句，诗人仍从侧面入笔，平平道来：“寸心言不尽，前路日将斜。”心中的千言万语永远也说不完，而太阳已经西斜就要下山，道一声珍重去也，虽然前路漫漫后会难期，但我们并不孤单。真正的侠客，他们的心灵是相通的，他们的追求是相似的，前赴后继，永无断绝。正如《史记·剧孟传》结尾所写“及孟死，家无十金之财。而符离王孟，亦以侠称江、淮之间。是时，济南瞷氏、陈周肤亦以豪闻。景帝闻之，使使尽诛此属。其后，代诸白、梁韩毋辟、阳翟薛况、陕寒孺，纷纷复出焉。”

“新丰美酒斗十千，咸阳游侠多少年。相逢意气为君饮，系马高楼垂柳边”（《少年行》），这是王维笔下少年游侠相交的豪气；“寸心言不尽，前路日将斜”，则更多一些深藏不露，不事张扬的大侠之风。

答李浣　韦应物

林中观易罢[①]，溪上对鸥闲。
楚俗饶词客[②]，何人最往还？[③]

【注释】　①观易：读《易经》。②楚俗饶词客：楚地最多诗人词客。饶：盛，多。③最往还：交往最密切。往还：往来。此句意即：谁是你最亲密的朋友？

【评析】　韦应物（737—792），京兆（今西安）人。韦应物出生于关中大族，家世显赫。他的高祖、曾祖都是唐初位列三公的大臣，家族中出过十几个宰相。“自唐以来，氏族之盛，无逾于韦氏”（《旧唐书》）。正因为如此，唐玄宗天宝十年（751），韦应物十五岁就轻而易举地入宫做了三卫郎，成为皇帝的扈从近侍。他也年轻不更事，豪纵不羁，横行乡里，乡人苦之。安史之乱起，玄宗奔蜀，流落失职，大约二十三、四岁时，始立志读书，从一个富贵无赖变为忠厚儒者。后来做过洛阳丞、江州刺史、苏州刺史等，世称韦江州、韦左司或韦苏州。

韦应物曾经疏狂放纵过，当他重新找回自我后，就比别人更有定力、更从容、闲适。他的诗歌也高雅闲淡，自成一家。

《答李浣》即是一组从容平淡的赠答诗，共有三首，这是其中第三首。

第一首写友人春暮时怀念我，海隅寄书，秋天才送到洛阳："孤客逢春暮，缄情寄旧游。海隅人使远，书到洛阳秋。"

第二首则是在诗人收到书信的秋天怀想友人，他想到司马长卿虽家贫如洗、居徒四壁，但李浣更惨，居无定所，漂泊江湘："马卿犹有壁，渔父自无家。想子今何处，扁舟隐荻花。"

这第三首，诗人以简淡平和的语气告诉友人自己的生活状况，关心着友人的近况，流露出对友人的浓浓关心和自己独居无友的一丝寂寞。

前两句是诉，告诉朋友自己近来很闲，在幽静的山林中潜心读《易经》，读累了，就陪陪溪边悠闲的白鸥，看看周遭的景色。日子过得很悠闲，但也有一丝寂寞。后两句是问，问李浣在楚地如何？和哪些诗人来往得最密切？有没有找到知心的朋友？透露出对好友的浓浓思念，也含有希望李浣慎重交友，多多向楚地的文士学习的意思。

宿建德江[①] 孟浩然

移舟泊烟渚[②]，日暮客愁新。

野旷天低树[③]，江清月近人。

【注释】 ①建德江：指新安江流经建德（今属浙江）的一段江水。新安江发源于安徽徽州（今黄山市）休宁县境内，是钱塘江的源头河段。② 渚：水边的沙洲。③天低树：指远处的天幕好像比树还低。

【评析】 这是一首描绘秋江暮景的写景诗。建德江在今天的浙江省，据此地名可以推断出应该是孟浩然洛阳求官不得后，漫游吴越时所写。这个时候的孟浩然心情是比较伤心的。他曾经满怀希望地到洛阳长安求仕，但却失望而归。他孤身一人来到吴越之地，远离家乡，心情就更消沉了。他在《自洛之越》诗里说："皇皇三十载，书剑两无成。山水寻吴越，风尘厌洛京。扁舟泛湖海，长揖谢公卿。且乐杯中物，谁论世上名。"前面四句把自己的"两无成""厌洛京"的情绪说得非常明白，而且悲愤。后面虽说要"扁舟泛湖海""且乐杯中物"，说是要看开些，但心里的痛苦，一时是无法消散的。

所以当他在建德江边停船靠岸时，怀着功业无成的忧伤和思念家乡的惆怅，抬头看看周围：江边沙洲清冷，洲上树木稀疏。空旷的原野，低垂的天幕，一切全都笼罩在傍晚弥漫的烟雾中。只有清亮的江水中，那轮月亮，是那么明亮美好，离自己那么近，好像手都能触摸到似的。好像这月亮和他特别地亲近，这带给了他一丝丝慰藉。于是一首清丽而又带着一股浓浓忧伤的小诗，就这样从孟浩然的心间悄悄地滑落了出来。刘勰在《文心雕龙》中说："人禀七情，应物斯感；感物吟志，莫非自然"，正是。

孟浩然当时的心情，和他眼前的景色正好一隐一现，虚实相映，互为补充。情景相生、思与境谐，这首从心间自然流出的小诗，显示出一种风韵天成、淡中有味、含而不露的艺术美，有着永恒的魅力。

秋风引[①] 刘禹锡

何处秋风至，萧萧送雁群[②]。

朝来入庭树，孤客最先闻。

【注释】 ①秋风引：即《秋风曲》。引是古代乐府诗歌的一种名称。②萧萧：象声词，指秋风声。

【评析】 刘禹锡（772-842），字梦得，洛阳（今属河南）人，贞元九年（793）登进士第。后因王叔文事贬为朗州（今属湖南）司马。十年后还朝，因作诗讽刺权贵，又贬连州刺史，复辗转多地，直到晚年方得以还朝，为太子宾客，加检校礼部尚书，人称“刘宾客”。

刘禹锡，有“诗豪”之称，他的诗多简洁明快，风情俊爽，有一种哲人的睿智，斗士的豪情。“芳林新叶催陈叶，流水前波让后波”（《乐天见示伤微之敦诗晦叔三君子皆有深分因成是诗以寄》），“沉舟侧畔千帆过，病树前头万木春”（《酬乐天扬州初逢席上见赠》），充满了哲人的智慧，给人心智的启迪；“马思边草拳毛动，雕眄青云睡眼开。天地肃清堪四望，为君扶病上高台”（《始闻秋风》），“自古逢秋悲寂寥，我言秋日胜春朝。晴空一鹤排云上，便引诗情到碧霄”（《秋词》），则充满斗士的豪情，情调激越，催人向上。

当然，人生有起有落，诗豪也有情绪低落的时候。这首贬谪时作的《秋风引》即是。这首诗写秋声，借秋风忽至时的所见所闻，感叹自己的际遇，表达了诗人羁旅之情和思归之心。

首二句写所见，后二句写所闻，诗中没有直接地抒写自己的情感，但却曲说而妙，深刻再现了孤客的心思意绪，“为孤客传神”。

“何处秋风至，萧萧送雁群。”“何处”二字，写出秋风的不知其来、忽然而至的特征，让人惊心。“萧萧”状秋风吹落木的凄凉之声，大雁群飞而去，则显得个体很孤独。皆用曲笔表露作者心绪，无限情怀，溢于言表。

后二句抓住一个细节，写诗人一早起来，最先听到秋风。秋风吹庭树，人人都可能听到，但“孤客之心，未摇落而先秋，所以闻之最早”（唐汝询《唐诗解》）。“最先闻”三字写出了诗人特定心境下的敏锐感觉，而且曲折见意、含蓄不尽。因此钟惺《唐诗归》云：“不曰‘不堪闻’，而曰‘最先闻’，语意便深厚。”沈德潜《唐诗别裁集》也说：“若说‘不堪闻’，便浅。”再对比上面提到的《始闻秋风》和《秋词》，可见诗人心境变化之大，而斗士的风采终究是他的本色。

秋夜寄丘员外[①] 韦应物

怀君属秋夜[②]，散步咏凉天。
山空松子落，幽人应未眠[③]。

【注释】 ①丘员外：即丘丹，他是苏州嘉兴人，此时隐居杭州临平山炼丹学道。此诗一题《秋夜寄秋二十二员外》。②属：正好遇上。③幽人：隐士，这里指邱丹。

【评析】 这是一篇怀友之作。和他的《答李浣》第三首一样，这首诗也是前两句写自己，后两句写友人，它没有强烈的情感，没有绚丽的色彩，没有丰厚的故实，从容写来，风格闲淡，韵味深厚。

前两句写自己，不仅写出自己当时的环境、动作、心态，还直接表白对友人的怀念，这和《答李浣》中“林中观易罢，溪上对鸥闲”仅写动作，不涉情感略有不同。但两诗中诗人的心态还是相近的，读书也好，散步也罢，诗人心中都是平静而充实的，即便有一丝寂寞孤单，也并不浓。

后两句则不再是问朋友，而是想象朋友此时此刻的情状，“山空松子落，幽人应未眠”。如此凉爽的秋夜里，你一定还没有睡，你隐居的空山中应该听得见松子落下的清音，你应该也同我一样正在享受着美好的夜色吧。

秋日 耿湋

返照入闾巷[①]，忧来谁共语。
古道少人行，秋风动禾黍[②]。

【注释】 ①返照入闾巷：秋天落日的余晖照着里巷。返照：落日的余晖。闾巷：里巷，白居易《挽歌词》：“晨光照闾巷，輀车俨欲行。”

闾（lǘ）：里巷的门。② 禾黍：稻谷和黍。黍：（shǔ）亦称稷、糜子、黄小米，有糯质和非糯质之别，糯质多作以醇酒，非糯质以食用为主。

【评析】 耿湋，河东（今山西永济）人，唐代宗宝应元年（763）进士及第，登进士第后有三、四年的时间任周至县尉，大历初曾任拾遗、大理司法，后曾被贬许州。大约贞元三年以后的数年间去世。耿湋为“大历十才子”之一，工诗，多赠别登临之作。他一生久经离乱，诗篇多感伤色彩，善以感伤之笔来写经过长年战乱后的荒凉情景。

这首小诗写秋日乡居的孤独寂寞。安史之乱后的秋天，显得格外萧瑟冷清，古道上行人稀少，只有秋风吹动无边的禾黍，让人忧心。先从近处入笔，阳光返照着里巷，正是鸟归巢、人归家的时候，但却没有一个可以共语的人。再将视线移向远处，西风黍离，人烟稀少，用景物来烘托内心的孤单与感伤。

西周灭亡后，一位周朝大夫路过旧都，见昔日宫殿夷为平地，长满禾黍，不胜感慨，写下了一篇哀婉悲伤的诗歌，即《诗经·王风·黍离》“彼黍离离，彼稷之苗。行迈靡靡，中心摇摇。知我者谓我心忧，不知我者谓我何求。悠悠苍天！此何人哉……”

耿湋此诗显然有《诗经》的影子，虽没有那么强烈的黍离之悲，却带着那个时代的印记，表达了诗人对乱后时世的感伤情绪。

秋日湖上　薛莹

落日五湖游[①]，烟波处处愁。
浮沉千古事，谁与问东流？

【注释】 ①五湖：指太湖。太湖位于江苏省南部，是华东最大、中国第三大淡水湖，古代太湖有“一湖跨三州”之说，即东吴（苏州）、中吴（常州）、西吴（湖州），实即环太湖城市群。

【评析】 薛莹，唐文宗（827—840 年在位）时人，曾隐居山中，有

《洞庭诗集》。薛莹生活的年代已经接近晚唐，那个时代的人常会感到盛世不再的忧愁，感慨社会历史的变迁。这首小诗就是诗人秋日傍晚，泛舟太湖，烟波苍茫之际，感慨千年沉浮，世事如烟。

首句直接入题，同时点名时间。太湖原本苍茫无边，又当日暮之际，秋风瑟瑟，烟波浩渺，触目所见，处处生愁，接以“烟波处处愁”句，十分自然妥帖。“日暮乡关何处是，烟波江上使人愁”，“纵一苇之所如，凌万顷之茫然……寄蜉蝣于天地，渺沧海之一粟。哀吾生之须臾，羡长江之无穷”。崔颢的乡愁，苏轼个体渺小、人生短暂之愁，也许诗人薛莹都有。“处处”两个字，也正好可以包蕴这一切，显得很厚重。但身处晚唐的诗人，感受更多的大约是时代兴衰、历史更替之愁。所以后二句借“浮沉”来抒发深沉的感慨。读诗时如果不了解这一层，这首诗的意蕴就少了很多。

“浮沉千古事，谁与问东流？”太湖处吴越之间，当年吴越的兴衰更替多么惊心动魄，勾践、夫差、西施、范蠡……历史的风云走过，英雄、美人、成功、失败，都随着这东流水化为云烟。如今的大唐也眼见得一日日衰败下去，又有几个人关心，又能怎样加以挽留？

这首小诗，有很深厚的内容，带给我们深沉的思索。比起杨慎《临江仙》中对待历史的旁观态度，我觉得更有价值。

临江仙　杨慎

滚滚长江东逝水，浪花淘尽英雄。是非成败转头空。青山依旧在，几度夕阳红。

白发渔樵江渚上，惯看秋月春风。一壶浊酒喜相逢。古今多少事，都付笑谈中。

宫中题　李昂

辇路生秋草[①]，上林花满枝[②]。
凭高何限意，无复侍臣知[③]。

【注释】　① 辇路：帝王车辆行驶的道路。② 上林：即上林苑，是汉武帝刘彻在秦代旧苑上扩建的宫苑，这里泛指皇家宫苑。③ 无复：无法告诉。

【评析】 李昂（809—840），唐敬宗宝历二年（826）十二月初八日，宦官刘克明等杀死18岁的唐敬宗，伪造遗旨，迎唐宪宗之子绛王李悟入宫为帝。两天后，宦官王守澄、梁守谦又指挥神策军入宫，杀死刘克明和绛王李悟，立李昂为帝，改年号为"大和"，他就是唐文宗。那年他也是18岁。他为宦官所立，受着宦官的控制，在位十四年，总想除掉宦官，却始终没能摆脱宦官的控制。

唐文宗大和九年（835年），27岁的唐文宗不甘为宦官控制，和宰相李训、大臣郑注策划诛杀宦官，夺回皇权。11月21日，唐文宗以观露为名，将宦官头目仇士良骗至禁卫军的后院欲斩杀，结果被发觉，双方激烈战斗，李训等朝廷重要官员被宦官杀死，家人也被灭门。在这次事变后受株连被杀的有一千多人，史称"甘露之变"。"甘露之变"后，唐文宗一直被宦官软禁，直到840年郁郁病死。

这首诗真实表达了李昂孤立无援，身不由己，无可奈何的痛苦。因为表达了帝王特定境遇中的心声，让我们看到历史的一角，有如历史的碎片，而别具一种认识历史的意义。

开篇就写"辇路生秋草"，不一定是杂草丛生，但却没有皇家的繁华、热闹，显得很是荒凉，这是来自心底的荒凉。因此尽管还有"上林花满枝"，也无心游赏。是什么让一个皇帝这么凄凉呢？"凭高何限意，无复侍臣知"，登上高处，心中有无限的心事，却能向谁去诉说呢？"侍臣"是皇帝的近臣，本该是皇帝的心腹，现在却要避着他们，防着他们，这皇帝做得实在是委屈窝囊。

李昂的这首诗，大约是写在秋天，也许就是在谋划甘露事变前不久，所以心事满腹。这是一首写实之作，所以也没什么技巧，只是写他所见，写他所感。但是从诗的表达角度而言，如果写成"辇路生春草"，以美景作对比，更显得哀情突出，也能表现出一些踌躇满志。

寻隐者不遇　贾岛

松下问童子[①]，言师采药去[②]。
只在此山中，云深不知处。

【注释】　①童子：小孩子，这里特指隐者的小弟子。②言：告诉。

【评析】　贾岛（779—843），字浪仙，一字阆仙，范阳人（今北京附近）。贾岛早年出家，是个僧人，写诗内容较生僻，好苦吟，重推敲，“郊寒岛瘦”，别具特色。后来还俗求官，做过长江主簿，世称贾长江。

也许是曾经为僧人，或者写此诗时他还正是僧人，所以贾岛对高人隐士特别敬慕，这首诗就是写他去寻访一位高人，结果却没有遇到，难免有点失落惆怅。

人们称赞此诗构思如何如何好，我倒觉得这首诗好就好在没怎么经营构思，自自然然地讲自己的小故事：他心怀渴慕，好不容易走到山中，在古松下遇到童子，向他询问，童子用手一指：“诺，就在这座山里面。只是云雾太深了，不知道他在哪个地方。”

但这首诗也有经营的地方，这就在于诗人通过精心选择的字词，将隐者的形象烘托得十分鲜明。诗中的隐者虽没有露出庐山真面目，但“松下”、“童子”、“云深”等字，却做了很好的烘托。松当是古松，童子也当是个精明伶俐的天真小童。山确实是大，云遮雾绕，隔断红尘。住在这儿的隐者，显然是个得道高人，好不让人仰慕。可见贾岛的“推敲”功夫，真的不简单。

李白《山中问答》云：

问余何意栖碧山，笑而不答心自闲。桃花流水窅然去，别有天地非人间。

诗人问而不答。贾岛诗中是有问有答，但只写了答语。而崔颢的《长干行》则是一问一答，全部记录。诗中问答，各臻其妙。

汾上惊秋　苏颋

北风吹白云，万里渡河汾[1]。
心绪逢摇落，秋声不可闻。

【注释】　① 河汾：汾即汾（fén）河，汾水。汾河发源于山西宁武县，全长 700 多公里，最后汇入黄河，是黄河第二大支流。这里说河汾，指汾河流域广袤的地域。②摇落：零落。

【评析】　苏颋（670—727），字延硕，京兆武功（今陕西武功县）人，弱冠即进士及第，历任给事中，中书舍人。唐玄宗开元间当过宰相，封许国公，谥号“文宪”。他以文章著称于时，和燕国公张说并称为“燕许大手笔”，朝廷制诰文书，多出其手。他的诗多应制奉和之作，风格以秀丽文雅为主。

这首诗也写到了秋声，但和刘禹锡的《秋风引》不同，不是用含蓄的曲笔，以“朝来入庭树，孤客最先闻”来暗写出诗人的伤感。而是以直说为妙，直抒“心绪逢摇落，秋声不可闻”，然后戛然而止。

那么是什么让诗人感到“秋声不可闻”呢？前两句写出了原因：一是北风吹白云的萧瑟之景。二是远渡河汾还要万里跋涉之悲，因为越往北越是贫瘠寒冷，万里渡河的漫长旅程，诗人的心里更多的是疲惫和厌倦吧。三是内在心绪原本不佳。“摇落”二字，既是写秋天万木凋零，也是写心中情绪不佳、憔悴凄凉。至于何以心绪摇落，则并未说明。而前因后果的联系，即成为此诗的结构。

汾河很有名气，这是因为汉武帝当年也曾泛舟汾河，并写下《秋风辞》一首：

秋风起兮白云飞，草木黄落兮雁南归。兰有秀兮菊有芳，怀佳人兮不能忘。泛楼船兮济汾河，横中流兮扬素波。箫鼓鸣兮发棹歌，欢乐极兮哀情多，少壮几时兮奈老何！

苏颋当时一定想到过这首诗，但人家老刘是志得意满、楼船画舫，尚且乐极返哀，情不能禁。而自己则是艰难备尝、前路漫漫，当真是“秋声不可闻”。

蜀道后期[①] 张说

客心争日月[②]，来往预期程[③]。
秋风不相待，先至洛阳城。

【注释】 ①后期：言本有预定的日期，结果却延后了。②客心：游子之心。争日月：言与日月争夺时间，指游子为了在预定期程还乡，把一切都安排得满满当当，一心希望按期返回。③预期程：预定了日期和行程。

【评析】 张说（667—730），字道济，一字说之。就是前面提到过的“燕许大手笔”之燕国公。他在武后时登贤良方正科第一，因帮助唐玄宗决策诛杀太平公主有功，封燕国公，也曾当过宰相，文章也写得好，一时文书诰命多出其手，碑志墓铭人争相求，和苏颋还真般配。

古代交通很不发达，人们重视和亲人朋友的团聚，为了能在年前按期回乡，加上深冬风雪阻人，多半早早就得动身，要赶在深秋之前回乡。到了中秋还没动身，那就有些晚了。所以常常秋风一至，古人就开始思乡，因为他们可能回不去了。唐张籍《秋思》“洛阳城里见秋风，欲作家书意万重。复恐匆匆说不尽，行人临发又开封。”刘禹锡“何处秋风至，萧萧送雁群”，除了自然景物的影响，更有这深沉的文化原因。

张说的这首诗，也是因为出使蜀中，原本预定好了来去日期行程，预定秋天返回洛阳，结果却因为一些意外事件，不能按时还乡，心中有所憾而作。

这首诗最妙的地方在于诗人设想自己与秋风相约同在秋日还乡，结果秋风却先跑回去了。题目说《蜀中后期》，诗中回应秋风“不相待”，原来诗人是与秋风“相期”，诗与题扣合，真是新颖独特，过目难忘。可见好诗需同题连读，诗家贵在能出新。

“客心争日月，来往预期程”。古人说志士惜年、贤人惜日、圣人惜时，一个“争日月”，还“来往”皆预期程，看来张说至少是个志士或贤人。但安排得好好的计划却没有实现，诗人却只是风趣地说，“秋风这家伙，也不等等我就先跑了”。多少有些“不以外物萦心”的襟怀，这是否可以看作一种人生的从容和智慧呢？正如有论者所云“诗人被阻途中，心里着急是有的，但也不难看出，诗人心中还有安然，有一种经过历练后形成的从容不迫。俗话不是有人情练达即文章么，我想这首作品就是一个例子。”

静夜思[①] 李白

床前明月光[②]，疑是地上霜。
举头望明月[③]，低头思故乡。

【注释】 ①静夜思：一作《夜思》。②床：有多种解释，或云井台、井栏，或云卧床，或云胡床、如同今天的小马扎。③举头：抬头。

【评析】 李白诗“清水出芙蓉，天然去雕饰”，这首小诗就是这样纯净天然，而情意深厚、余韵悠远。

《静夜思》为我们记录下了可能大家都曾经体验过的一种境界。然而没有沐浴过宁静的秋月洒下的清晖，没有仰视过明净的天空中她那娟娟的面颜，没有体验过那地面上空明的一片皎洁，以及秋夜的一丝丝寒意和周遭的一片祥和静谧，我们很难体味到此诗境界的美妙。

我一直觉得，写这首诗时，诗人一定是整个人都浸在月光之中，是在长久地望月思乡怀人之后，才写出这绝美诗篇的。已经说是“床前明月光”，怎么会“疑”是霜呢？如果是卧床前的一小片月光，更让人难以和霜联想起来。只有诗人沐浴月下，看着周遭成片的月光，而且秋夜的寒意越来越浓时，才会有这样的联想，才能再现那种境界。从实际的生活体会中，我们能察觉到月光的白，带着朦胧，是没有霜雪那么白的，诗人这样写是为了突出月光的皎洁和周遭的寒意。“玉阶生白露，夜久侵罗袜。却下水精帘，玲珑望秋月。”（李白《玉阶怨》）这样的体验，李白应该是很深刻的。

此诗另一个重点是故乡，真正的故乡永远都是指我们度过儿童少年的地方，因为童年生命的纯真美好，故乡才有永恒的意义。在蜀中长大的李白，他的记忆里怎么会少了月亮，看着他乡的月亮，他怎能不想念故乡。

诗中用“疑”字引逗出“举头”、“低头”的动作，全篇凝成一个整体。但“举”和“低”字，不必看得过实，它只是代表着诗人有时抬头望月，有时在月下沉思回想的情态。

秋浦歌[①] 李白

白发三千丈，缘愁似个长[②]。
不知明镜里，何处得秋霜。

【注释】 ① 秋浦歌：秋浦歌是李白的一组诗歌，共十七首。秋浦：在安徽贵池县。② 缘：因、因为。个（guǒ）：读音同“果”字，现今鄂南方言中还用。这样、这么的意思。

【评析】 这首诗以表达新奇，情感喷薄而让人过目难忘。这是属于李白的诗，带着李白鲜明的个性和风采。诗人用极度的夸张，奇妙的比喻，拖长的音调，抒发了自己华年逝去、一事无成，空余满头白发的强烈苦闷。

首句破空而来，“白发三千丈”，三千丈的白发，我们永远都见不到。其实，李白那时有没有白发，都让人怀疑，但诗人那巨量的深愁我们总算有点体会了。更加上一句“缘愁似个长”，“因为愁是这么这么这么长”。这个“个”字，是个方言，表达特别强调突出的意思，非常传神。

后两句更翻新出奇，前面已经说白发三千丈是因为愁。这儿又追问起来，“不知明镜里，哪来这么多这么白，如同秋霜般的白发?”这就让人自然联想到诗人怀才不遇的种种遭遇和满怀激愤。

唐代李益有《立秋前一日览镜》：

万事销身外，生涯一镜中。惟将两鬓雪，明日对秋风。

诗人李益是在平实地诉说，带着自嘲。而李白则是强烈地追问，带着谴责。

水宿闻雁[1] 李益

早雁忽为双[2]，惊秋风水窗[3]。
夜长人自起，星月满空江[4]。

【注释】 ①水宿闻雁：夜宿在水中，听到雁鸣声。水宿：即住在船上。②早雁：最早向南迁徙的大雁，也是早上的雁，因一早听到的雁声。③惊秋：惊叹秋天这么快，瞬息即至。④空江：空茫的江面。

【评析】 李益（748—829?），唐代诗人，字君虞，凉州姑臧（今甘肃武威）人，后迁河南洛阳。大历四年（769）进士，初任郑县尉，久不得志，北游燕赵，“五在兵间”，后入朝为都官郎中，大和元年（827）年致仕，旋卒。长于歌诗，以边塞诗作名世，尤其工于七绝。

读诗歌一定要读诗题，此诗题目《水宿闻雁》，夜宿在水中船上，听到雁鸣声。故而前两句当是从听觉和想象来写的，后两句则是起来走出船舱之后所见。

善于写听觉、写声音相关的形象，是李益的一大特色，他的《夜上受降城闻笛》、《春夜闻笛》，都是名作。这应该和诗人的性格也是相关的。李肇（《国史补》）中云：“散骑常侍李益少有疑病”。唐代著名的传奇小说，蒋防的《霍小玉传》记载：李益负心薄幸，辜负妓女霍小玉，小玉死后，李益乃大猜忌，对妻子防范迫害。小说可能是附会，但能看出来，李益有多疑的特点。多疑的人，心思当然比一般人更细密，听觉也更敏锐。这样看来，一个人的缺点有时又是他的优点了。

然而，这首诗写闻雁，却有点“失败”。因为没能让后人在诗中直接感受到“闻”字。我看到的几种翻译解释，也都没有从闻的角度来看的。但如果我们注意了诗题，还原他写诗的过程：应该是他先在船里躺在床上，听到雁鸣，听到窗外秋风吹水声，惊诧秋天倏忽而至，然后才独自起来到舱外看。“夜长人自起，星月满空江。”这两句是这首诗歌的亮点，虚中传神，境界鲜明，诗人孤独、冷清的心境，也约略可以感知。大概正是先有了这两句，才促成了他的这首诗。

再看前两句，如果我们从听的角度来看，李益是用了心思写的，而且写得不错：“早雁”，早上听到雁声，又是最早南飞的雁，用词一笔双关。“忽”、“惊”写听到雁鸣的感受，都很好。“双”字应该是听雁声时想象之景，也很有意味：大雁呈人字飞行时，除了领头雁外，其余都基本对称，成对成双。而且和后面“人自起”相呼应。“风水窗”，因宿于船上，秋风吹水，风生水响；秋风吹窗，声声入耳。

诗人说：“凌晨听到大雁的叫声，听到秋风吹水吹窗声，让我猛然惊觉，大雁都成双成对南飞了，可我还在秋江上流浪。长长的夜里，一个人独自起床，只见星月洒满了空茫的秋江”，这样看来，这诗歌是写得很好的。

但题出在“双”、“窗”都是视觉形象，“闻”字没写出来，读者们没明白这是听觉和想象的结果。其实，不是他没写出来，题目明明是“闻”雁，可人们都不从这上面想，奈何！

赠乔侍御[①] 陈子昂

汉廷荣巧宦[②]，云阁[③]薄边功[④]。

可怜骢马使[⑤]，白首为谁雄！

【注释】 ① 乔侍御：作者友人。侍御：官名，又称侍御史，供职于御史台，掌管监察之职。② 荣巧宦：使那些善于钻营人格卑劣的官员荣耀。荣：动词，荣宠。③ 云阁：云台和麒麟阁。汉明帝刘庄为了追悼汉室中兴功臣，图画邓禹等二十八将于南宫云台。麒麟阁：汉初萧何建，后汉宣帝绘霍光等十一人的画像悬在麒麟阁。于是“云阁”就成为后来悬挂功臣画像的楼阁的代称。薄：动词，轻视。④边功：守卫和开拓边疆的功劳。⑤骢马使：汉代恒典任御使时，很威严，人称骢马御史。这里指代乔侍御。骢马：青白色的马。

【评析】 陈子昂（659—700），字伯玉，梓州射洪（今属四川）人。他出身豪族，少年任侠，后发愤读书，唐睿宗文明元年（684）二十四岁中进士，开始任麟台正字，升右拾遗，曾两度从军边塞。武则天圣历元年（698）因父老，又不得志，三十九岁解官还乡，回乡后被段简诬陷，死于狱中，正值四十二岁的壮年。陈子昂为官正直，志向远大，欲力除时弊，终不为所用。虽英年早逝，但他在文学上主张改变南北朝齐梁浮靡文风而享誉一时，深刻影响了唐诗的发展。其诗文重汉魏风骨，比兴寄托，所作多慷慨豪迈，寄意深远。

此诗是赠人之作，并没有特别写友情。而是借古讽今，借汉代重用奸邪小人，不重边功，埋没人才，来讽刺当时朝廷的用人不当。并对乔侍御这样的人才不得重用表达了同情，同时也宣泄了他自己的怀才不遇之感。

这首诗成功处：一是大胆地借古讽今，批评时政，有其思想高度。二是用典精要，既有典型性、概括性，又切合人物实际。"汉廷荣巧宦，云阁薄边功"，概括性极强，而且语气斩截。"骢马使"的典故既合乎乔侍御的身份，又十分鲜明形象。三是善于练字，"荣""薄"二字，批评态度鲜明；"可怜"、"为谁雄"的感慨，作者同情立现。

答五陵太守[①] 王昌龄

仗剑行千里，微躯敢一言[②]。
曾为大梁客[③]，不负信陵恩[④]。

【注释】 ①五陵：唐郡名，在今湖南常德市。②微躯：谦语，贫贱的我。敢：斗胆，表示有些冒昧。③大梁：今河南开封。客：门客。比喻自己曾是武陵太守的门客。④信陵：指魏国信陵君魏无忌，他以礼贤下士著称，门客多达三千人。与赵国平原君赵胜、齐国孟尝君田文、楚国春申君黄歇并称为“战国四君子”。

【评析】 这是王昌龄在武陵太守的送别宴上即席答赠之作，写得很有豪气，而又措辞委婉，非常得体。诗人说：“我就要仗剑千里，行走江湖，辞别前请让卑微的我斗胆向您许下一个诺言：‘就像当年魏国信陵君的门客一样，我既然曾经是您的门客，一定不会辜负您的信义和恩情!”

“仗剑行千里”写出诗人的豪迈与志向高远；“微躯”、“敢”两个谦语，显出诗人的谦逊和对太守的尊重；自称为大梁客，以声名显赫的信陵君比喻太守，赞颂对方有古人遗风，没有丝毫谄媚，反而语气恳切真诚，斩钉截铁。仿佛看到诗人赠完诗，饮干酒，拂衣仗剑而去的形象。

诗人性格豪迈、谦虚有礼、重然诺轻生死、有情义出肝胆，带着这样的印象，再去读王昌龄的名作，我们当有更深的感受。

出塞

秦时明月汉时关，万里长征人未还。但使龙城飞将在，不教胡马度阴山。

从军行

青海长云暗雪山，孤城遥望玉门关。黄沙百战穿金甲，不破楼兰终不还。

芙蓉楼送辛渐

寒雨连江夜入吴，平明送客楚山孤。洛阳亲友如相问，一片冰心在玉壶。

行军九日思长安故园[①] 岑参

强欲登高去，无人送酒来[②]。

遥怜故园菊，应傍战场开。

【注释】 ①九日：即九月九日重阳节，据考此诗作于唐肃宗至德二年（757），其时长安仍在沦陷中，作者在肃宗凤翔行营任右补阙。故园：指长安。②登高：古人有重阳节登高、饮菊花酒、插茱萸的习俗。

【评析】 岑参（715？—770），唐荆州江陵（今湖北江陵）人。玄宗天宝五年（746）进士及第，授职右内率府兵曹参军。他在扈从肃宗返回长安后，被贬为虢州长史。大历元年入蜀，做剑南节度使杜鸿渐幕僚。第二年任嘉州刺史，次年被罢职，大历四年（770）卒于成都。他一生多次出塞，善于描写边塞风光与战争，其诗气势磅礴，格调高昂，充满了奇思壮采，“语奇体峻”，“意亦造奇”。

这是一首行军途中，重阳有感而作的抒怀之作。诗歌即小见大，以个人写国家，表现了诗人战争中的孤寂和对国事的担忧，是一首充满爱国情思的作品。

“强欲登高去，无人送酒来”，“强欲”二字，说勉强想去登高，想打起精神去登高。十分形象地写出了这个重阳节到来时，诗人心情的低落。登高本来是强打精神，无人送酒更让人兴致全无。“无人送酒”暗含了东晋时，江州刺史王弘探望陶渊明送菊花酒的典故，暗示了友人的零散。人在征途中，朋友各西东。京城仍陷落在敌人之手，哪里还有登高的兴致，大约最终也没有去登高。诗人尚且如此，普通百姓的生活又该多么萧瑟。

因为重阳节有饮菊花酒的习俗，诗人便由酒联想到菊花。这很自然，并不奇怪。奇的是诗人将故园菊花和战场相并，这样的布局实在很新颖，但又合乎现实，不觉生硬。

暗中用往日的重阳节和这个重阳节的对比，又用想象把菊花和战场相并，这就显出了作者的匠心和奇巧，也是此诗成功所在。

秋天的菊花，我们很容易想象出来，战场又当如何呢？没有经历过战争的我们，借助汉乐府《战城南》中的描绘，应该也可以想象一二：“战城南，死郭北，野死不葬乌可食……水深激激，蒲苇冥冥；枭骑战斗死，驽马徘徊鸣。”也许那菊花丛中，正躺着年轻的士兵，流着殷红的鲜血吧！

婕妤怨[1] 皇甫冉

花枝出建章[2]，凤管发昭阳[3]。
借问承恩者[4]，双蛾几许长[5]。

【注释】 ①婕妤：婕妤（jié yú）官妃的称号。婕妤怨：班固的姑姑班婕妤，曾得到汉成帝的宠幸，后赵飞燕姐妹入宫，失宠，自请到长信宫侍奉太后，作有《怨歌行》，“婕妤怨”是拟乐府古题，写宫女的痛苦。②花枝：指代宫妃，她们如同枝上花一样美丽。建章：还是宫殿名。③凤管：箫笛一类乐器，泛指音乐。昭阳：汉宫殿名。④承恩者：受到皇帝宠爱的人。⑤双蛾：一双蛾眉。古代女子以眉毛像蚕蛾的须一样，又弯又细又长为美。几许：几多、多么。

【评析】 皇甫冉（716—770），字茂政，润州丹阳（今江苏丹阳市）人。十岁能属文，张九龄深器之。天宝十五年（756），举进士第一，授无锡尉，历左金吾兵曹。王缙为河南帅，表掌书记。大历初，累迁右补阙，奉使江表，卒于家。

这首诗称婕妤怨，但一开始看不出来怨恨，直到最后一句出来，才锋芒毕露。正如宝剑，当它被打开层层包裹，最后抽出的一刹那才最为惊心动魄，让人难忘。这主要是前后对比非常强烈，前面造足了势，结句一泻而出，真是大快人心。

“花枝一样的宫女走出了建章，那昭阳宫里又发出箫笛的悠扬，借问这新得恩宠的媚娘，你那一双蛾眉呀——该得有多长?”

“花枝出建章，凤管发昭阳”这首二句，对仗又工整，字面又馨香，但真不知道作者是在赞美，还是在讽刺。下句“借问承恩者”，仍然不知作者要说的是什么，直到“双蛾几许长”的问句出来，才一锤砸下，真是有力量！假如把最后一句改成“双蛾如何画”之类，意思就完全变成了艳羡，而诗歌也就被抹杀了，毫无意义和价值。

而“几许长?”讽刺真是强烈：你们这些承恩固宠的家伙，你们也并不比我美、比我强，你们不过靠的是会拍会哄，会撒娇会发嗲，你们的眉毛要画得有多长呢？你们的那套本领真是强呀！

再反观前两句，我认为第一句是就自己而言，我是花枝，贬出了建章；你们这些“娥眉”固宠于昭阳，你们到底有多少伎俩？

如果像多数论者那样，认为前两句都是写的新宠，后面失意者问“你们的青春能有多长？不久不是会和我一样？你们不要太得意太猖狂。”虽然有讽刺的一面，究竟感慨多于讽刺，恐怕不是正解。翻译成“花枝样的宫女们走出了建章，又来到昭阳歌舞”，本身就很牵强，莫不是宫女们还到处赶场子不成？

而且，本诗题目是“婕妤怨”，就当联系班婕妤的本事来看。班婕妤不仅美貌出众，而且才华和品德令人敬重，她曾以理节情，不同意和汉成帝同车游赏，得到太后的欣赏。她是希望能对汉成帝的帝业有所贡献的人。可是自从赵飞燕姐妹入宫后，汉成帝声色犬马，便冷落了她。所以班婕妤所怨的，一定比失去君王的宠爱要深广得多，否则她不也仅仅是个小女人而已。

这样读这首诗歌，讽刺的力量才强烈，讽刺的面才广阔，才具有更大的社会批判意义。

题竹林寺[①] 朱放

岁月人间促，烟霞此地多[②]。
殷勤竹林寺[③]，更得几回过[④]。

【注释】 ①竹林寺：又称鹤林寺，在江西九江庐山。②烟霞：云气，泛指美好的景色。③殷勤：指作者十分眷恋鹤林寺，舍不得离去。④过：过访，探访，探赏。

【评析】 朱放（？—788），字长通，唐代襄州襄阳（今湖北襄樊）人。他似乎无心仕途，仅做过节度参谋等幕僚，皇帝曾召他做拾遗而不出。

他早年居襄阳，安史之乱中移居到浙江剡县，后又移居山阴，与刘长卿，戴叔伦等人是诗友，多有唱和。他的作品多是赠友人的和诗与描绘隐居生活的诗篇，风格清朗、情思清丽。

这是一首留题诗，抒发了作者的人生感受，表达了一种应对生活的聪明智慧。

诗人起手就将人人都有的人生体验道破。“岁月人间促”：日常的琐碎生活，凡世间的熙熙攘攘中，人生总是那么短暂，那么迅速，一日催促着一日，不停地水一样流过。对着这短促的生命，怎样才能让它更长久、更丰富，更有价值和意义，显得更“多”呢？

诗人对之以“烟霞此地多”，对得既工整自然，又颇有哲学意味。“惟江上之清风，与山间之明月，耳得之而为声，目遇之而成色，取之无禁，用之不竭。是造物者之无尽藏也，而吾与子之所共适。”游山川，赏烟霞，正是使生命更丰富、更“多”的途径之一。所以这竹林寺的美景怎能不珍惜。接下来两句也就顺势而出了：“殷勤竹林寺，更得几回过”，所以每次来，他都很殷勤、很珍惜、很不舍，不知更能有几次机会，能再来过访呢？

可见，好诗妙文往往并不是靠苦心经营诗文本身，而是诗人长期对生活的积累和思考，有了真知灼见、真情实感，遇到恰当的环境，风水相激，自然成纹，自自然然便从诗人的心间汩汩流出到笔尖纸上了。

当然，人为的锤炼仍然是必须的。比如诗里的“促”字。正因为这岁月的催促，诗人难以预料还有多少机会能来欣赏美景，所以用到了“更得”二字，前后的呼应，很恰当。既加深了感情的表达力度，又使全诗紧凑而不拖沓，有了整体的美感。

隐者常常是哲人，他们教给人们一种生活的智慧，一种对待外部世界的态度和方法。比如这里的殷勤珍惜。应当珍惜殷勤的当然不止竹林烟霞，比如爱情：“被酒莫惊春睡重，赌书消得泼茶香，当时只道是寻常”，不是因为珍惜得不够吗？比如亲情：“树欲静而风不止，子欲养而亲不待！”不更是没珍惜的悲剧吗？

于易水送别[1] 骆宾王

此地别燕丹[2]，壮士发冲冠。

昔时人已没[3]，今日水犹寒。

【注释】 ① 易水：河流名，源出河北易县，位于河北北部。② 燕丹：燕太子丹。战国末年，勇士荆轲燕为太子丹复仇，前去刺杀秦王嬴政，临行之际，太子丹、高渐离、宋意等身穿白衣在易水边送别荆轲，高渐离击筑，荆轲高歌“风萧萧兮易水寒，壮士一去不复返！”歌声激越悲壮，听者“发尽上指冠”。③人已没：人已经不在世了。

【评析】 骆宾王（622—684），字观光，婺州义乌人（今浙江义乌）。与王勃、杨炯、卢照邻合称“初唐四杰”。又与富嘉谟并称“富骆”。少善属文，尤妙于五言诗，尝作《帝京篇》，当时以为绝唱。曾为长安主簿，左迁临海丞。唐睿宗文明中（684），与徐敬业于扬州起兵讨伐武则天，而武则天看了他的《讨伐檄文》，深为佩服，曰：“有如此才不用，宰相过也。”武则天素重其文，并遣使求之。

骆宾王才华横溢而少年落魄，薄宦沉沦，终以草檄亡命，一生是悲剧性的。但他又时时期待着有所作为，变革时代，杀死武后，恢复李唐，一生又是昂扬进取的。这样个性鲜明，抱负宏伟的人，登山临水，送亲别友，能不慷慨！

而这首诗中送别的地方又是特别有名的易水。易水的名气，和荆轲刺秦王的悲壮故事密切相关。诗人的感慨当然更深，而诗歌也紧紧扣住“易水”来写。

起句紧扣易水入笔，点出“此地”别燕丹。“此地”，让诗人回想起当年那慷慨悲壮的一幕：秋风萧萧，秋水荡荡，友人击筑，壮士悲歌：“风萧萧兮易水寒，壮士一去不复返！”荆轲明明知道此行凶多吉少，仍然决然而去，慷慨赴死，这是怎样的一种悲壮！无怪乎听者“发尽上指冠”。诗人想到这里，心潮澎湃，“壮士发冲冠”也就冲口而出了。

然而弹指千年，往事如烟。“昔时人已没，今日水犹寒。”只有这易水仍没有改变，仍像当年一样，透着悲凉的寒气。“昔时”“今日”，连贯紧密。对往日壮士的凭吊，对今日送别的感慨，如在笔端。

此诗好就好在，将当年易水送别的悲壮场面描绘得鲜明感人，又将今昔加以对比，所有一切又都紧扣“易水送别”这一特殊点，一线串珠，上下千年，全诗结构实在很有匠心。

送兄　唐　七岁女子

别路云初起[①]，离亭叶正稀。
所嗟人异雁[②]，不作一行飞！

【注释】　①别路：送别的路旁。云初起：风吹云起。②嗟：叹。

【评析】　这首诗的作者不知名姓，只知道是个七岁的女孩，可见大唐时代，诗歌多么普及，人们对诗歌多么喜爱。

这首诗表达妹妹送别哥哥时依恋不舍的感情，诗中先用秋景来烘托，再以大雁成群南飞来类比，抒发不能同哥哥一起远行的遗憾。看来这妹妹虽小，也是很向往外面的世界的。

诗歌的语言朴素如话，虽然是个孩子所写，但却很成熟老到，可以用来揣摩作诗用字的方法。本来她看见的是：离亭路边风吹落了树叶，天上大雁排成一字南飞。于是感叹要是能像大雁一样和哥哥一起飞就好了。怎么表达呢？“别路云初起，离亭叶正稀。”她为什么不说“别路风初起，离亭叶正飞”呢？这样不是更自然一些吗？

她选用了“云”字：一是天上有云，写云就多了一个景观，丰富了画面，提供了想象的空间。而“云起”“叶稀”已经暗含了风。第二，云是游子象征，“浮云游子意，落日故人情”。说云初起，就等于说哥哥就要动身了。她不说“叶正飞”而用了“稀”字，稀比飞就更具体，可以想见树上的叶子不多了，还正在一片片凋零。后面两句她也不正面说：“我多么希望化作雁和你一起南飞”，而从反面着笔，说人不如雁，这样就更加强了感情。看来，这女孩子不是个写诗的新手。

唐代的小女孩会写诗，农妇也会写诗。有个叫葛鸦儿的就写过一首《怀良人》，名字这么俗，应该就是个农妇吧。但诗却写得很有水平：

蓬鬓荆钗世所稀，布裙犹是嫁时衣。胡麻好种无人种，正是归时底不归？

这应该是一个独守空门的妇女怀念戍边丈夫时唱出的怨歌。首两句是这个贫家女子画像。她蓬头散发，衣衫破旧。“布裙犹是嫁时衣”，贫困之极。正是种胡麻的好季节，却无人种；该是丈夫回家时，却为何没有回？这里面有对良人浓浓的思念。也许还有其他的深意：也许她想丈夫回来帮忙做农活，也许她想丈夫回来生个孩子，所以用多籽的胡麻来作比兴。若是后者，这样的写法不是很含蓄，很有水平吗？

别卢秦卿[①] 司空曙

知有前期在[②]，难分此夜中。
无将故人酒[③]，不及石尤风[④]。

【注释】 ①卢秦卿：作者友人，生平事迹不详。②前期：即后会之期。因为还没到来，似乎还在前面等着，故云前期。③无将：莫把，不要把，不要觉得，不要认为。④石尤风：打头风，逆风。

【评析】 司空曙（720？—790？），字文明，一字文初。广平（今河北永年）人，一说京兆（今陕西西安）人。唐代宗大历前后在世，大历年间（766—779）进士，“大历十才子”之一，性耿介，磊落有奇才。其诗多赠答羁旅之作，语言精练，情感真挚。

司空曙善写流离之感，尤厚朋友之情，颇有名篇，如：

云阳馆与韩绅宿别

故人江海别，几度隔山川。乍见翻疑梦，相悲各问年。

孤灯寒照雨，湿竹暗浮烟。更有明朝恨，离杯惜共传。

喜见外弟卢纶见宿

静夜四无邻，荒居旧业贫。雨中黄叶树，灯下白头人。

以我独沉久，愧君相见频。平生自有分，况是蔡家亲。

这首五言绝句，写和朋友卢秦卿分别，也写得很深情。前两句出语平实，写出了深情的人常常都有的共同人生感受；后两句别出心裁，以石尤风的典故写出殷勤挽留的场面，表达对朋友依依不舍的深情。

两人感情深时，总是难分难舍。故而诗人直接道出：“知有前期在，难分此夜中”，“明知已经约好再次相会的日期，今夜还是难舍你将别离！”这一句感情真实，人所共有。表达也巧妙。“前期”，用来陪衬此夜，突出此夜难分的当下感。“前”字用得很好！对比“莫愁前路无知己，天下谁人不识君”，“前路”是常用语，而“前期”则是诗人别造新语，新警有味，诗意便浓。在音调上，“前”是平声，扬起，读来流畅美好。如用“后”字，意思也一样，但“后”字是仄声，显得压抑。

后两句用了一个感人的典故，传说古代有商人尤某，娶石氏女，情好甚笃。尤远行不归，石思念成疾，临死叹曰：“吾恨不能阻其行，以至于此。今凡有商旅远行，吾当作大风为天下妇人阻之。”（见元伊世珍《琅嬛记》引《江湖纪闻》）。后来人们就将打头风称为石尤风，因为妇人以夫为姓，故曰石尤（按：似乎女子姓尤，男子姓石才对）。

诗人说：“就让我这老朋友再留一留你吧，你不会觉得我这杯故人酒中的感情，不及那位为了阻挡船行而希望死后化作打头风的石尤氏的深情吧！”诗人将自己的“挽留”之心和石尤氏的“阻留”之心做比较，写得很含蓄，很委婉，温柔深厚。这两句也可按词面，理解为“你可不要使故人酒反不及一阵打头风！”言外之意是，逆风能留人，难道这酒就留不住你吗？

在结构上，此诗不像多数送别诗那样，先写别情，最后说到后会有期。如孟浩然《过故人庄》，到最后才说“待到重阳日，还来就菊花”。此诗将“后会之期”置于篇首，造成一种突兀奇崛之势，并着重写此夜的殷勤挽留，重在写透一点：即今夜的不舍。

清人俞陛云《诗境浅说续篇》云：“凡别友者，每祝其帆风相送，此独愿石尤阻客，正见其恋别情深也。”说得很好，但我觉得和作者本意有较大差别，作者并不是“愿石尤阻客”。他只是用石尤氏化风阻人的典故，来表达自己的挽留的真诚和深心。

答人　太上隐者

偶来松树下，高枕石头眠。
山中无历日[①]，寒尽不知年[②]。

【注释】　①历日：指历书，即日历。②不知年：不知道什么时候了。

【评析】　此诗作者，题为太上隐者，唐代的隐士，隐居于终南山，自称太上隐者，生平不详。

据《古今诗话》载，曾有好事者打听他从哪里来，有多大年纪，他没回答，只写下这首诗来“答人”。他说：“我偶然来到古松下，高高地枕着石头睡觉。深山中没有日历，所以到了寒气消失的时候，我也不知是何月何年了。”说不答也答了，说答了也仍对他一无所知。但太上隐者的形象则通过这首小诗，呼之欲出。

首联“偶来松树下，高枕石头眠”，这与其说是在回答别人“从哪儿来”，不如说是他的自画像。“偶来”，其行踪显得多么自由无羁、不可追蹑。“高枕”，则见其恬淡无忧。“松树”、“石头”，设物布景虽然简朴，却富于深山情趣；同时也见出隐者不以外物萦心的恬然寡欲。

“山中无历日，寒尽不知年。”隐者不仅不为外物萦心，超脱了物欲，随处而安，获得了无比自由的空间；而且似乎也超越了时间，他就像生活在太古之世，不需要日历，也不必知道时间。“虽无纪历志，四时自成岁。”（陶渊明《桃花源诗》）“乃不知有汉，无论魏晋焉”。对这样的人，你问他多少岁了，不是太多余吗？

这样的隐者真没见到过，有这隐者生活态度之部分的人，我们也见得不多。像孔子的不知老之将至；庄子随世沉浮、陶渊明纵浪大化；虽有入世出世之异，也有超越时空限制主宰真我之同。二者得兼，是为神人，即所谓“以出世之心，而为入世之事”。

杂诗　王维

君自故乡来，应知故乡事。
来日绮窗前[①]，寒梅著花未[②]？

【注释】　①来日：指动身来这里的那一天。绮窗：雕饰着精美花纹的窗子。②著花：著（zhuó）花，开花。寒梅开花了吗？

【评析】　这是王维《杂诗三首》中的第二首，三首诗皆是“淡中含情”的精品。另外两首如下：

家住孟津河，门对孟津口。常有江南船，寄书家中否。

已见寒梅发，复闻啼鸟声。愁心视春草，畏向阶前生。

这三首诗似乎是一个整体，第一首写江南的游子流落在河南洛阳孟津，看到门前家乡来的船，船上却并没有熟人，既没有家乡的音书寄来，也不曾寄得家书回去，家乡只是在一日日的想念之中。突然，有客人从故乡来了，于是有了第二首诗。“君自故乡来，应知故乡事。”有多少话、多少事想向你问询。然而最想知道的却是，你来的时候，那雕花窗子前的梅花开放了吗？

第三首也许是客人的回答，而我更愿意理解为是诗人面对洛阳的春天而发出的感慨。“如今在洛阳已看见寒梅开花了，更听到春鸟的啼鸣。忧愁的心最怕看到那春草，一天天蔓延着逼向阶前。而此时此刻，故乡的风物又当如何呢？”三首诗都用家常口头语，却写出一种缠绵深婉的思乡之情。

以平常口语入诗；以问话入诗；而且只问梅花，即小见大，“以微物悬念，传出件件关心，思家之切”（清宋顾乐《唐人万首绝句选》）。这些都是这首小诗的独特之处。

罗宗强先生在《唐诗小史》中，曾将此诗与初唐王绩的《在京思故园见乡人问》做了比较。王绩逮着家乡来的朋友从朋友子侄、旧园新树，一直问到院果林花，仍然意犹未尽，“他把见到故乡人那种什么都想了解的心情和盘托出，没有经过删汰，没有加以净化。因此，这许多问，也就没有王维的一问所给人的印象深”。通过这一比较，足以显示出“王维是一位在意境创造中追求情思与景物的净化的高手”。

而且诗人对梅花的独赏也颇让人寻味，对梅兰竹菊的执着，其实是对理想人格的坚守与执着。正如有论者指出：“这是一个不同寻常的游子形象。虽然饱经沧桑，却依然超然尘世保持自由心态的精神风致。”

梅花 王安石

墙角数枝梅[①]，凌寒独自开。
遥知不是雪，为有暗香来[②]。

【注释】 ① 凌寒：冒着严寒。② 为有：因为有。暗香：指梅花的幽香。

【评析】 王安石（1021—1086），字介甫，号半山，临川（今江西抚州市临川区）人，北宋著名的思想家、政治家、文学家、改革家。

王安石自幼聪颖，酷爱读书，过目不忘，下笔成文。宋仁宗庆历二年（1042）登进士第。此后，朝廷多次委任王安石以馆阁之职，均固辞不就，而勤于在地方从政，声名日盛。

宋神宗熙宁元年（1068），王安石上《本朝百年无事札子》，陈述变法方略，变法渐渐展开。王安石主张“发富民之藏”以救“贫民”，富国强兵，进行全面改革。而反对者谤议不断，熙宁七年（1074）春，天下大旱，饥民流离失所，王安石罢相。次年二月，王安石再次拜相。熙宁九年（1076），王安石多次托病请求离职，同年长子王雱病故。十月，王安石辞去宰相，外调镇南军节度使、同平章事、判江宁府。

元丰八年（1085），神宗去世，宋哲宗赵煦即位，太皇太后高氏垂帘听政，起用司马光为相，司马光提出“以母改子”，全面废除新法（史称“元祐更化”），王安石深受打击，于次年四月病逝，葬于江宁半山园，谥号“文”。

王安石无论诗、文、词都有杰出的成就。诗歌大致可以以熙宁九年（1076）王安石第二次罢相为界，分为两个阶段。前期创作主要是“不平则鸣”，注重反映社会现实，风格直截刻露；晚年退出政坛后，心情渐趋平淡，致力于追求诗歌艺术，重炼意和修辞，下字工、用事切、对偶精，含蓄深沉、深婉不迫，世称“王荆公体”。

这首小诗，语言朴素，对梅花的形象也不多做描绘，却自有深致，耐人寻味。他的《北陂杏花》对杏花花、影俱妖娆的形象大加渲染，用“纵被春风吹作雪，绝胜南陌碾成尘”来强调杏花的高洁、坚持的精神，写得很张扬外露。而这首写梅花的诗，其思想内涵其实是相通的，写得则非常平实，内敛。

这里写梅花没写她的姿态，而只写她“凌寒独自开”，突出梅花不畏寒，不从众，虽在无人偏僻的地方，仍然凌寒而开，写的是梅花的品质，又像写人品。后两句，重点放在梅花的幽香上，“遥”字点出梅花香气传得非常远，香是梅之骨。一个“为”字，说梅花不同于雪的地方在于它的暗香。看似很平淡，其实不然。

雪本身也是很美很白的，但是这还不够，很美好很清白，却不能给别人送去幽香，“雪却输梅一段香”。这好比一个人：你光长得美长得帅，却没有好品德好才学，那有什么了不起的呢？你不仅长得美长得帅，还品德高尚才学出众，但却仅仅洁身自好，没有多少奉献，没有带给他人愉悦的幽香，那不是也很可惜吗？

立在僻静甚至冷清的墙角，冲破严寒静静地开放，远远地向世人送去浓郁的幽香，这是绝世之梅，也是绝世之人。

江上渔者[①] 范仲淹

江上往来人，但爱鲈鱼美[②]。
君看一叶舟，出没风波里[③]。

【注释】 ① 渔者：捕鱼的人，渔民。② 但爱：只爱，只喜欢。鲈鱼：一种头大口大、体扁鳞细、背青腹白、味道鲜美的鱼。③ 出没：若隐若现。指一会儿看得见，一会儿看不见。

【评析】 范仲淹（989—1052），字希文，北宋著名的思想家、政治家、军事家、文学家。

范仲淹先祖是唐朝宰相范履冰，世居邠州。范仲淹高祖渡江南下定居吴县（今苏州市）。曾祖和祖父均仕吴越，父亲范墉早年亦在吴越为官，宋太宗端拱二年（989），追随吴越王钱俶归降大宋，任武宁军（今徐州）节度掌书记，范仲淹此年出生，第二年父亲因病卒于任所，母亲谢氏贫困无依，只得抱着两岁的范仲淹，改嫁到山东淄州，改名朱说（yuè）。

四岁时随继父迁至长山，励志苦读于醴泉寺。因家境贫寒，便用两升小米煮粥，隔夜粥凝固后，用刀切为四块，早晚各食两块，再切一些腌菜佐食，留下"断齑画粥"的美谈。

成年后，范仲淹又到应天书院苦读。冬天读书疲倦发困时，就用冷水洗脸，没有东西吃时，就喝稀粥度日。一般人不能忍受的困苦生活，范仲淹却从不叫苦。经过苦读，范仲淹终于在大中祥符八年（1015）进士及第。

宋仁宗庆历三年（1043），出任参知政事，成为宰相，锐意改革。庆历五年（1045），新政受挫，范仲淹被贬出京，历任邠州、邓州、杭州、青州知州。皇祐四年（1052），改知颍州，范仲淹扶疾上任，行至徐州，与世长辞，享年六十四岁，谥号文正，世称范文正公。

范仲淹政绩卓著，文学成就突出，"先天下之忧而忧，后天下之乐而乐"，"喜弹琴，然平日只弹《履霜》一操，时人谓之范履霜"（陆游《老学庵笔记》），对后世人产生了极大的影响。

诗歌贵在立意，以往写渔民的诗中，诗人们往往是将渔民作为隐者看待，写他们远离尘世，逍遥自在的生活。如唐代张志和的《渔歌子》："西塞山前白鹭飞，桃花流水鳜鱼肥。青箬笠，绿蓑衣，斜风细雨不须归。"晚唐诗僧贯休的《渔者》："风恶波狂身似闲，满头霜雪背青山。相逢略问家何在，回指芦花满舍间。"

而这首小诗则从现实出发，写出了真实的渔民形象，语言朴实、形象生动、对比强烈、耐人寻味，并含有深刻的人生哲理。

诗人说："江上来来往往无数的人，都只知喜爱鲈鱼的鲜美。请你看看渔民的危险和艰辛：他们那小小的船，就像一片小树叶，飘荡在波涛汹涌的大江里，刚从巨浪里钻出来，又被打入巨浪中。"

诗中"但"字是个关键，它既写出了岸上的人只会享受，从没有想过渔民的辛苦，同时又将岸上的人和江中的人关联了起来。既然说岸上这类人只知道鲈鱼美，言下之意，还有不同于他们的一类人，而那一类不同的人是怎样的呢？请君来看："君看一叶舟，出没风波里"，仅仅八个字，就将渔民的形象写得出神入化，实在是大手笔。

然而没有对劳动者的深切同情，没有对生活的细致观察和体味，并且自己没有艰辛劳作，辛苦备尝，攀上高峰的人生体验，是写不出这样的好诗的。

其实，渔民也可以看作一个象征，不是亲自到风浪中，出没风波里，舍生忘死、艰苦努力、永不言弃，又怎么能打到那么鲜美的鲈鱼，那些只知道在岸上享受或者艳羡的人，又怎么能够懂得。

多数评论者把此诗看作写渔民、同情渔民，批评"岸上往来人"的诗歌。我更愿意将它看作一首人生哲理诗，如马克思所言"只有在那崎岖的小路上不畏艰险奋勇攀登的人，才有希望达到光辉的顶点。"

乌江[①] 李清照

生当作人杰，死亦为鬼雄[②]。
至今思项羽[③]，不肯过江东[④]。

【注释】 ①乌江：今安徽和县北二十公里有乌江古镇，乌江即在这一带。②鬼雄：鬼之雄杰者。《楚辞·九歌·国殇》："身既死兮神以灵，子魂魄兮为鬼雄。"③项羽：（公元前232年—公元前202年），名籍，字羽，即西楚霸王，秦亡后与刘邦争夺天下，兵败自杀。④不肯过江东：指项羽兵败，愧对江东父老，不肯过乌江而自杀。《史记·项羽本纪》载：项羽垓下兵败后，逃至乌江畔，乌江亭长欲助项羽渡江，项羽笑曰："天之亡我，我何渡为？且籍与江东子弟渡江而西，今无一人还，纵江东父老怜而王我，我何面目见之？纵彼不言，籍独不愧于心乎！"言罢，拔剑自刎。

【评析】　李清照（1084—1155?），号易安居士，齐州章丘（今属山东济南）人，以词著称。父李格非为当时著名学者，夫赵明诚为金石考据家。靖康之难，金兵入据中原，流寓南方，明诚病死，李清照再嫁非人，流离孤苦而终。所作词，前期多写其悠闲生活，后期多悲叹身世，沉痛感伤。其词语言清丽，音律协畅，崇尚典雅、情致，又善用白描，口语入词，新语巧妙，"别是一家"。其诗感时咏史，情辞慷慨，不逊须眉。

李清照流传下来的诗歌不多，却都关涉时事，见识高远，绝无流连风景之作。她留存的断句，如："南来尚怯吴江冷，北狩应悲易水寒"、"南渡衣冠少王导，北来消息欠刘琨"，悲叹徽宗和钦宗被虏北上，感慨朝中无抗金之士，皆切中时弊，批判有力。

这首小诗也是借古讽今，批判锋芒直指朝廷。此诗另题作"夏日绝句"，其写作时间，当在宋高宗建炎三年（1129）夏，当时赵明诚罢守江宁（今南京），李清照与丈夫去芜湖，沿江经过楚霸王项羽兵败自刎处。有憾于金人一再南下，高宗赵构一味逃窜，仓皇无状，直至避难海中。诗人对赵构这样的缩头乌龟，实在看不下去，激愤在心，于是提笔就写："生当作人杰，死亦为鬼雄。"这既是对现实的批判，也是对项羽的礼赞。活人就该像项羽一样活出骨气来，怎么能这样窝囊脓包，只知道夹着尾巴逃跑，更别说给父兄报仇了。而项羽正有这样的骨气，难怪"至今思项羽"了。

首二句如格言，工整凝重；后二句"至今"言足思慕之深长，"不肯"突出性格之倔强。一句写我，一句写项羽，表示了由衷的钦佩和推崇，而我的态度和襟怀也就显现出来。反观首二句，它除了批评当今皇帝、礼赞项羽，还是言我之志向。所以这是一首雄浑宏阔很有见识的咏史诗，也是一首脍炙人口很见风骨的言志诗。

女子而有如此志向和见识，不能不说李清照还真有几分侠气。

灯花　王质

造化管不得[①]，要开时并开。

洗天风雨夜[②]，春色满银台[③]。

【注释】　① 造化：造物主，自然。② 洗天：形容风雨非常大，疾风暴雨，把天都能冲塌了，洗净了。唐薛能《汉南春望》“自古浮云蔽白日，洗天风雨几时来。”③ 银台：灯架。

【评析】　王质（1135—1189），字景文，号雪山，兴国军（今湖北省阳新县）人，南宋高宗、孝宗时期著名经学家、诗人、文学家。（按，北宋时也有一位同名诗人）

王质博通经史，文思敏捷，非常有才华。他与九江王阮齐名，深受中书舍人张孝祥父子器重；御史中丞汪澈、枢密使张浚、川陕宣谕使虞允文都爱王质之才，曾先后聘其为幕僚。虞允文称赞说：“景文，天才也！”同代词人李流谦称他“负排阊阖气，有泣鬼神诗”；与他齐名的王阮说：“听景文论古，如读郦道元水经，名川大山，贯穿周匝，无所间断。咳唾皆成珠玑。”著名诗人陆游说他“深知万言策，不愧九原人。”（《剑南诗稿》）他自己也非常自信，把自己看成是苏轼再生，他说：一百年前有苏子瞻，一百年后有王景文。

这样一个有才华有抱负的诗人，却始终壮志未酬，最终绝意仕途，隐居家乡。这首题为《灯花》的咏物诗，包蕴着诗人宝贵的人生体验，带着他独特的抱负追求和个性，可以说是诗人的自我写照。

灯花，灯芯燃烧后所结成的花。灯花到底美不美，我不好评价，据我小时候点煤油灯和蜡烛的经验，并不美。但诗人笔下的“灯花”已经不是自然的灯花，而是诗人人格精神的化身，显得特别美。

诗人说：“造物主也管不得灯花，它想开就开。在暴风狂雨似乎把天都要冲塌了的夜晚，百花都被摧残了，灯花却开得多么璀璨，它将无限的春色洒满银台，只要一灯不灭，春色将永在人间。”

这首诗纯用比体，将灯花人格化，但又紧紧扣住灯花璀璨、高挂银台的形象，以及灯花开时无定，不为外界自然气候干扰，随时开放，并且不会被风雨摧残的特征，咏物而及人，一点都不生硬。诗歌流畅潇洒，“管不得”“要开时并开”，多像特立独行之人，“走自己的路，让别人去说吧”。由灯花的花字联想到春色，十分巧妙，而又自然。并将洗天风雨和满台春色对比，显出灯花的力量。虽是小小灯花，却写得境界博大，精神超迈。想到王质的才华、抱负和人生遭遇，我们会觉得这灯花就是他的化身。

王国维《此君轩记》曰：“如屈子之于香草，渊明之于菊，王子猷之于竹，玩赏之不足以咏叹之，咏叹之不足而斯物遂若为斯人之所专有，是岂徒有托而然哉！其于此数者，必有相契于意言之表也。”王质和他笔下的灯花，也是这样。

寻常的灯花，因王质的诗歌而有了新的生命。想想古人在灯下苦读时读到这首诗，他们也会因之而鼓舞吧。现在我们虽然很少看到灯花了，但读过这首诗，我们的心里一定会有一朵永开不败的“灯花”。也许，你不由得还想多看两首他的诗，附录他的一词一诗如下：

相思·渔父

山青青，水青青，两岸萧萧芦荻林，水深村又深。风泠泠，露泠泠，一叶扁舟深处横，垂杨鸥不惊。

山行即事

浮云在空碧，来往议阴晴。荷雨洒衣湿，苹风吹袖清。

鹊声喧日出，鸥性狎波平。山色不言语，唤醒三日酲。

咏雪　傅察

都城十日雪，庭户皓已盈[①]。

呼儿试轻扫，留伴小窗明。

【注释】　① 皓：hào，洁白、明亮。盈：满。

【评析】 傅察（1089—1126）字公晦，孟洲济源（今属河南）人。徽宗崇宁五年（1106）年十八，登进士第。蔡京在相位，闻其名，欲妻以女，拒不答应。调青州司法参军，历永平、淄川丞，入为太常博士，迁兵部、吏部员外郎。宣和七年（1125）冬十月，接伴金国贺正旦使，道逢金太子斡离不，坚决不肯下拜，抗辩不屈而死，时年三十七。

傅察是个“恬于势利”的人，在京城的时候，有老朋友做了高官，他也不去巴结，罕至其门，偶尔一见，也只是“寒温谈笑而已”。他的《逍遥堂五咏》诗里也说：“欲识逍遥乐，都忘利与名……静觉羊肠险，闲看蜗角争。”他更是一个有气节的人，在大是大非上更是气节凛然。《宋史》中记载，他因为不向金国太子下拜，“左右促使拜，白刃如林，或捽之伏地，衣袂颠倒，愈植立不顾，反复论辩”，最终被害。

傅察还是一个热爱生活的人。这首小诗，就体现了他对生活的热爱。生性恬淡，远离物欲，使他的心境空明，体悟细腻，善于发现生活中美的东西，享受人生的清欢。“都城中下了十天雪了，院落里面的皑皑白雪已经满满盈盈。喊过小童吩咐他试着轻轻扫除，留下一些来伴着我的小窗，我坐在窗里都觉得一片通明。”诗人在这样的窗下映雪读书，该是多么愉快幸福的事情呀！

诗歌语言朴素，观察细致。写雪，突出雪的白和满：“皓”字，写出雪的洁白、明亮；大雪已经堆得格外厚实，铺满庭院，白茫茫一片，几乎把院子都填满了，“盈”字用得很传神。而“十日雪”的交代，也增强了我们对雪景的想象。

诗人热爱生活，富有发现美的眼光和保持美、享受美的智慧，“呼儿试轻扫，留伴小窗明”，这是多么会生活的人呀。

这不由让我想起了那个著名的咏雪故事，刘义庆《世说新语》载：太傅谢安在下雪天把孩子们召集在一起讲论文义，公欣然曰：“白雪纷纷何所似?”他的侄儿说：“撒盐空中差可拟”，他的侄女谢道韫却说：“未若柳絮因风起。”公大笑乐。一看到大雪便欣然，让孩子们放弃功课去赏雪吟诗，看来谢安也非常会发现美、享受美，当然他还很会教育孩子。

除夜宿太原寒甚[①] 明 于谦

寄语天涯客[②]，轻寒底用愁[③]。
春风来不远，只在屋东头[④]。

【注释】 ①除夜：除夕，农历十二月最后一夜。太原：地名，在山西省。②寄语：传话，告诉。天涯客：意指流落天涯，身处逆境的人。③轻寒：轻微的寒冷。底用：何用，何须。④屋东头：这里是说春天解冻的东风已经吹到屋东头，意思是春天已经很近了。

【评析】 于谦（1398—1457），字廷益，号节庵，明朝大臣，祖籍考城（今河南民权县），浙江杭州府钱塘县（今浙江省杭州市）人。于谦与岳飞、张煌言并称“西湖三杰”，是一位德才兼备的正直官吏，也是一位民族英雄。

明太祖驱逐鞑虏，定鼎中原，明成祖迁都北京防备漠北蒙古。蒙古逃回漠北分为瓦剌和鞑靼两部。后来瓦剌部逐步强大起来，并且不时南下侵扰。明英宗正统十四年（1449）瓦剌南侵，英宗朱祁镇22岁，年轻气盛，在宦官王振鼓动下御驾亲征，结果同年8月被俘于土木堡（河北怀来县东南）。京师震动，人心惶惶。于谦坚请固守，拥立英宗异母弟朱祁钰为帝，是为代宗。他整饬兵备，部署要害，亲自督战，终于大破瓦剌军。瓦剌首领也先挟持英宗逼和，于谦以“社稷为重，君为轻”，不许。也先无隙可乘，被迫释放英宗。英宗回后被囚禁，于谦则深受代宗信任，遣兵出关屯守，边境得以安宁。他忘身忧国，辅助朝纲，而且功高不受赏，自奉极其俭约，所居仅蔽风雨。但因性情刚直，颇遭人嫉妒。明代宗景泰八年（1457）朱祁钰病重，大将石亨和太监曹吉祥等发动政变，拥立英宗朱祁镇复辟，随后诬陷杀害了于谦。于谦成为又一个像岳父一样被冤死的民族英雄。

四库馆臣评价于谦说：“谦遭时艰屯，忧国忘家，计安宗社，其忠心义烈固已昭著史册。而所上奏疏，明白洞达，切中事机，尤足觇其经世之略。

至其平日不以韵语见长，而所作诗篇，类多风格遒上，兴象深远，转出一时文士之右，亦足见其才之无施不可矣。”

他的名作《石灰吟》一直脍炙人口，诗云“千锤万凿出深山，烈火焚烧若等闲。粉身碎骨浑不怕，要留清白在人间”，这正是他高洁人格的象征。

这首诗是他在除夕之夜，客居太原，特别寒冷的情况下写的。虽然环境很艰苦，但诗人情绪非常乐观，信念极其坚定，他坚信：严冬即将过去，春天就要到来！

诗歌主要用象征的手法，语言浅显，寓意深刻。诗人将酷寒说成是“轻寒”，出之以轻快的反诘问句，表现出不屑之情。又用春风象征胜利必至，其来不远，生动形象。

“春风来不远，只在屋东头”，三百多年后，英国诗人雪莱（1793—1822）在他的名作《西风颂》中，也高唱道：“春天的脚步还会远吗？”

几乎在同一时段，风雨飘摇的晚清社会中，爱国诗人张维屏（1780—1859）也爆出了他的《新雷》：“造物无言却有情，每于寒尽觉春生。千红万紫安排著，只待新雷第一声。”

当我写下这些文字时，正值公元2015年2月19日，农历正月初一。十八年前的今夜，一位伟人离开了人世。十八年后的今夜，窗外正下着雨，还有隐隐的春雷声！想着不断深化的改革，想到反腐，想到……“冬天来了，春天的脚步还会远吗？”

千家诗卷二 五律

和晋陵陆丞早春游望[①] 杜审言

独有宦游人[②]，偏惊物候新。云霞出海曙，梅柳渡江春。

淑气催黄鸟[③]，晴光转绿苹。忽闻歌古调[④]，归思欲沾巾。

【注释】 ①晋陵：今江苏省武进县。陆丞：作者的友人，时任晋陵县丞。晋陵即江苏常州。②宦游人：在外做官的人。③淑气：春天的温和之气。④古调：陆丞的原唱。

【评析】 杜审言（约645—约708），字必简，祖籍襄州襄阳（今湖北襄阳）人，后迁居河南巩县（今河南巩义市），是大诗人杜甫的祖父。与李峤、崔融、苏味道被称为“文章四友”。

杜审言的诗多为写景、唱和及应制之作，以浑厚见长，工于五律，对近体诗之形成与发展，有很大的贡献，被后人评论为中国五言律诗的奠基人。

这是一首唱和诗，被明朝的胡应麟赞许为初唐五律第一。原唱作者陆丞是诗人杜审言的好友，其名不详，在晋陵任县丞。武则天主政的唐睿宗永昌元年（689）前后，杜审言在江阴县担任小官，与陆丞相游唱和。此时的杜审言仕途失意，已宦游多年，宦游之感和思归之情就表现在这首唱和诗中。

诗以感慨开端，只有在外奔走的仕子，才会对异乡的节物变化感到惊讶。用语强调，“独有”显示出宦游的无奈，“惊”字则显示出内心的敏感。

接下两联是“物候新”的具体内容。颔联（即第二联）写朝阳从海上升起来，光芒洒在满天云霞上，经冬的梅花在江南已经完全盛开，杨柳也抽出新芽，春天已经到了。颈联（即第三联）上句“淑气催黄鸟”化自陆机

《悲哉行》“蕙草饶淑气，时鸟多好音”。温暖的气候仿佛催着黄莺歌唱。下句“晴光转绿蘋”隐括江淹《咏美人春游》“江南二月春，东风转绿蘋”，都更上一层楼。北方的春天要到三四月份才开始，而二月的江南，春光已照耀在浮萍上了。一个“渡”字表明北方的春天也即将到来，显示出乐观的情绪。这两联写景气象阔大，“渡”“催”二字，显得生机勃郁，历来为人所称赏。《诗薮》评云：“气象冠裳，句格鸿丽。”

尾联诗笔一转，忽然听到朋友陆丞的吟咏，诗人思归之情被触动，便欲感伤流泪。“古调”既表达了对朋友诗歌有古人之风的赞美，又含有因古调而思归的意思，与“宦游人”相呼应，针线细密。

春夜别友人　陈子昂

银烛吐清烟，金樽对绮筵[①]。离堂思琴瑟[②]，别路绕山川。
明月隐高树，长河没晓天[③]。悠悠洛阳去，此会在何年？

【注释】　①绮筵：华丽丰盛的筵席。②离堂：饯别之堂。思：悲伤，因……而伤感。琴瑟：指朋友宴会之乐。③长河：银河。

【评析】　陈子昂的《春夜别友人》共有两首，这是其中的第一首，约作于武则天光宅元年（684）春，写作者第一次离开家乡赴东都洛阳告别宴会上的场景，整首诗充满了对朋友的依依不舍之情。

这首诗从离别宴会的场景着笔，首联“银烛吐清烟，金樽对绮筵”，“银烛”扣住“夜”，“吐”字用在这里有力量却不质实，蜡烛上时而升起一缕清烟，在此离别之际，诗人的心中也应该有许多话要与朋友一吐为快吧。然而离别在即，又哪里有那么多的时间像以前一样剪烛夜话呢？那就多喝一杯酒吧。“金樽”、“绮筵”显出宴会的富丽，二句词面华美，衬托出主人与宾客的高贵气质。希望美好的宴会能稍微消减些诗人的离别伤感吧。然而事实并非如此，听着琴瑟，想到去路遥远，诗人的心中更加哀愁。“思”字作悲伤讲，“绕”字烘托别后路遥，令人心情惆怅。

颈联“明月隐高树，长河没晓天”，转写临别之际室外景致，月亮沉下去被树遮住了，银河也消失在破晓的曙光中。“隐”、“没”二字写出景物变化，时间流逝，催人离别，分开的时刻终于要到了。“悠悠洛阳去，此会在何年？”我就要到洛阳去了，像这样的相聚什么时候能再有呢？以问作结，表现出了诗人对朋友的深深不舍之情，情意一下子变得深远绵长了。

诗里营造了一种和睦酣畅的酒筵场面，虽然和普通的酒筵很相似，但是由于加入了离别的情感，使得整首诗变得生动有情，显得与平常酒筵不同。诗人抓住“春夜”与“别友人”两个关键来下笔，又注意在整体上刻画优美的意境，是一首情深意长的送别诗。

送友人　李白

青山横北郭，白水绕东城[①]。此地一为别，孤蓬万里征[②]。

浮云游子意，落日故人情。挥手自兹去，萧萧班马鸣[③]。

【注释】　①郭：古代在城外修筑的一种外墙，外城。白水：清水，远看仿佛白色。②蓬：蓬草，因风而飞，诗中常用来比喻漂泊不定的人。③萧萧：马鸣声。班马：离群之马。

【评析】　这是一首节奏明快的送别诗，它豁达乐观似乎毫无哀伤情调。诗中“浮云游子意，落日故人情”已经是经典名句，但“挥手自兹去，萧萧班马鸣”的意境还在它之上，此句中激扬的侠士风骨，表露了一种有担当的豪情。

首联“青山横北郭，白水绕东城”，点明送别的地点，是在城外。青翠的山峦横卧在外城的北面，潋滟的流水绕过城东缓缓而过。前一句是静景，后一句是动景，青与白相映，山与水相对，构成一幅秀丽而又富有动感的图画。颔联“此地一为别，孤蓬万里征”切入主题，此地一别，友人就会踏上万里征途，像那孤独的蓬草一样随风飘转。在充满诗情画意的景色里进行这样的送别，诗人的心中会有怎样的感受呢？

颈联“浮云游子意，落日故人情”是名句，“浮云”对“落日”，“游子意”对“故人情”，只是单纯意象的并列，没有动词连接，或许任何动词都不足以一下子传达出诗人此刻内心的丰富感受。“浮云游子意”让人联想到《古诗十九首》中的“浮云蔽白日，游子不顾反。”这里应该没有对此后友情的担心，更多的是对友人漂泊不定的关怀？但一别后，游子如浮云飘泊无依，留下的人不也如浮云一样孤独？“落日故人情”，回忆二人的感情时，作者也会像面对夕阳西下一样感到温馨吧；别离的友人也应该能感受到他落日一般缱绻不舍的深情吧。

尾联“挥手自兹去，萧萧班马鸣”，终于还是要走了，“挥手”是离别的动作，是真洒脱抑或是强作潇洒呢？此刻的内心正聚焦在那骑驰而去的背影身上，耳中充满的是那马儿离群时的啸鸣。“萧萧”的马鸣，毕竟不是“咴咴”的驴鸣，虽然有离别的不舍、前去的孤单，友人应该还是更向往前面的风景，将策马挥鞭、绝尘而去吧。

留下的诗人，有留念、有担忧、有信任、有期望，或许还有等待。

送友人入蜀　李白

见说蚕丛路，崎岖不易行①。山从人面起，云傍马头生。
芳树笼秦栈，春流绕蜀城②。升沉应已定，不必问君平③。

【注释】　①蚕丛：蜀王的先祖，后借指蜀地。蚕丛路即蜀道。崎岖：道路不平。②秦栈：自秦入蜀的栈道。栈道是在山壁上凿石架木修成的道路。③君平：严遵，字君平，西汉蜀地人。隐居不仕，在成都以卜筮为生。

【评析】　这是一首送别诗，诗中除了谆谆告诫朋友不必在意仕途升沉，主要是对家乡蜀道的奇美做了描绘，读来仿佛到蜀道看了一遭。

首联点题，说出友人将要去的地方。听说蜀道崎岖险阻，很不容易通行。颔联承接起句，具体写蜀道的艰难，是近景。“山从人面起”言其陡，仿佛人稍不注意就会直接碰上去，“云傍马头生”言其高，在这里可以行走在平时高高在上的浮云旁边，一个“生”字很传神，云彩仿佛凭空从马头前冒出来。颈联宕开诗笔，另拓诗境，写蜀地的美景，是远景，是从山上俯视所见：山上佳树笼罩着栈道，山下春水围绕着蜀城。“秦”“蜀”二字，也增加了蜀道的历史沧桑感。尾联劝告友人：仕宦的升降进退早已命中注定，你到了成都没必要去问那善卜的严君平。

李白的《蜀道难》写蜀道的艰险崎岖，写得雄奇浪漫，而这首诗则平实质朴，全用白描手法。因为这是送朋友入蜀，故而重在写蜀道的美，而《蜀道难》是对蜀地的重要性有所感，重在写蜀道险。如果两首诗反过来，那恐怕要吓着朋友了。

诗中先提起蜀道崎岖；再细写近处感觉山如何陡、如何高；然后荡开一笔从上视下，写远景，栈道如何、春流如何，让人看了心情舒畅，景色的空间感也更突出；最后归到送别。“人面起”、“马头生”等景色，非亲自经历，写不出来。下面这首唐玄宗的《幸蜀回至剑门》也被收录了旧本《千家诗》，也写剑门蜀道，比起李白的诗歌，形象感和空间层次感就差远了。因为他是坐在銮舆里面，感受当然不真切了。

幸蜀回至剑门　　玄宗皇帝

剑阁横云峻，銮舆出狩回。翠屏千仞合，丹嶂五丁开。
灌木萦旗转，仙云拂马来。乘时方在德，嗟尔勒铭才。

次北固山下[①] 王湾

客路青山外，行舟绿水前。潮平两岸阔，风正一帆悬[②]。
海日生残夜，江春入旧年。乡书何时达，归雁洛阳边。

【注释】　①次：停泊。北固山：在今江苏镇江市北，三面临水，北向大江，石壁嵯峨，山势险固，因此得名北固山。②风正一帆悬：客舟高挂孤帆，顺风夜航行。

【评析】　王湾（693—751），唐朝开元年间的诗人，唐代洛阳人，玄宗开元元年（712）进士及第。现存诗作仅十首，受吴中诗人清秀诗风的影响，作品多歌咏江南山水，这首《次北固山下》就是其中最被人称颂的名篇。

诗的前三联都是作者行舟所见之景。以对句起，“客路”，指作者将去的路，“客”字流露出羁旅漂泊之感，“青山”这里指北固山，短短两句勾勒出一幅图画：诗人立在缓缓行进的船上，遥望青山外的远路。

接下一联写江上景色。春日潮水上涨，满江潮平，江面一片浩渺，远远望去，水与岸平，春风和顺，吹着船在江上缓缓而进。“悬”是垂直高挂的样子，说明风很柔和。“阔”字写出两岸平远之势。此时大约刚天亮不久。

颈联写晨景，“海日生残夜，江春入旧年”历来为人激赏。唐代殷璠评它：“诗人以来少有此句。张燕公（张说）手题政事堂，每示能文，令为楷式。”明代胡应麟说此句：“形容景物，绝妙千古。”夜色还未完全消尽，红日已从海上升起；旧年还未完全过去，春天却已经到来。此二句景气象开阔，蕴含自然推移的真理，又暗含除旧布新，展望将来之意，读来让人振奋。

尾联“乡书何时达，归雁洛阳边”，作者大概是想将眼前的美景和心中的感怀与家人分享吧，那么就写封信让即将北归的大雁，在经过洛阳的时候捎给家人吧。

整首诗中，那种宏图将展、春天即至的喜悦，那种领略自然哲理的欣慰，是最动人的地方。甚至觉得，诗人巴不得他的信立马飞到家乡，好让家人朋友分享他的喜悦。

苏氏别业　祖咏

别业居幽处，到来生隐心[①]。南山当户牖，沣水映园林[②]。

竹覆经冬雪，庭昏未夕阴。寥寥人境外，闲坐听春禽[③]。

【注释】 ①别业：别墅。②户牖（yǒu）：门和窗子。沣水：水名，发源于陕西秦岭，流人渭河。③寥寥：寂寞孤单的样子、寂静。人境：尘世，人所居止的地方。

【评析】 祖咏（699—746），唐代洛阳人，开元十二年（724）中进士，但长期未得授官职，由于仕途落拓，最后归隐汝水一带直到去世。祖咏有诗名，是王维，储光羲，丘为等名人的诗友，他们交往甚密，多有酬答之作，诗中多写山水行旅，隐逸生活，风格以简洁清新为主。殷璠评其诗“剪刻省净，用思尤苦，气虽不高，调颇凌俗”。

这首诗写的是作者游览苏氏别业的情景，透露出作者归隐的愿望。“别业居幽处，到来生隐心”，开头二句交代了苏氏别业的地理位置，它处在一个幽静的地方，幽静到让人来到这里后会产生隐居此地的想法。接下来二联具体写别业之幽。“南山当户牖，沣水映园林”，写的是远景，别业的门和窗对着南山，让人想过“采菊东篱下，悠然见南山”的生活。沣水的波光中倒映着别业的园林，整个别业仿佛处于一个世外桃源。“竹覆经冬雪，庭昏未夕阴”，写的是近景，庭院中竹子上还压着冬日的残雪，未到傍晚，庭院已显得昏暗。“经冬”说明已过了冬天，“未夕”说明还是白昼。园子果然清幽，绿竹被冰雪压低枝头，当体会清寒之意。天未晚而庭园已有些昏暗，大约是还有大树的原因，庭院在树竹之中，果然寂寂。

清代吴乔《围炉诗话》云：“景物无自在，惟情所化。情哀则景哀，情乐则景乐。”在这样幽静的环境中，诗人的心情如何呢？“闲坐听春禽”，可见心中安闲，闲坐已是难得，又可听到愉悦的禽鸟鸣叫，这份闲趣就是最精彩之处，颇有举世牢牢我独闲的清欢。

题玄武禅师屋壁[①] 杜甫

何年顾虎头[②]，满壁画沧洲[③]。赤日石林气，青天江海流。
锡飞常近鹤[④]，杯渡不惊鸥[⑤]。似得庐山路，真随惠远游[⑥]。

【注释】 ①玄武禅师：是一位僧人的法号。僧人所在的寺庙其故址在梓州，即今四川省三台县。②顾虎头：东晋画家顾恺之小字虎头，故称。③沧洲：滨水之地，古时常用以称隐士居处。出自阮籍《为郑冲劝晋王笺》："然后临沧洲而谢支伯，登箕山以揖许由。"此处指壁画为沧江石林烟水巨卷。④"锡飞"句：用《高僧传》中事，梁武帝时，僧人志公与白鹤道人都想居住在潜山，同时向梁武帝请求，梁武帝令他们各用物记下他们要的地方，先到先得。道人放出鹤，志公则挥锡杖飞入云中。当飞鹤至山时，锡杖已先立于山上。⑤"杯渡"句："杯渡"用《传灯录》中事，昔有高僧乘木杯渡海而来，于是称他为杯渡禅师。"惊鸥"用《列子》中鸥鸟忘机故事：海上有人喜欢鸥鸟，每天清晨一到海上，便有数百鸥鸟和他相游为乐。他的父亲让他捉几只供玩耍，第二天鸥鸟见他便飞舞不下。⑥惠远：东晋时高僧，住庐山。惠，应作"慧"。

【评析】 这是一首题寺里壁画之诗，因此诗里多用高僧典故，只要把这些典故弄懂，这首诗也就不难理解了。

首联发问，顾恺之是什么时候在这墙上画下这沧洲烟水图的呢？其实画作不一定是顾恺之的作品，此处或仅借以表达对画家高超技巧的赞美之情。

颔联和颈联为壁画的内容，颔联描绘了一幅开阔画面，为实写。只见画中：红日照耀下，石林高耸，青云缭绕；青天辽阔，江海奔流。颈联运用典故，为虚写，是说画中还有和志公禅师的锡杖一起飞到山前的白鹤，见了杯渡禅师也不会惊飞的沙鸥。这两联概括力表现力很强，寥寥二十字，宏观写了画卷中赤日青天、沧江激流、烟岚石林的雄浑图景，又微观写到白鹤、沙鸥，并带出幽隐情趣。

尾联写观画后的感受，看完这壁画，仿佛寻到了进入庐山的路，真想追随慧远那样的高僧远游而去。

这首诗用到了很多和宗教有关的传说典故，将玄武庙中的顾恺之壁画描绘得精彩纷呈，用文字将精妙的画作刻画得栩栩如生，显示了诗人的才华和功力。这首诗同时也间接表达了作者的归隐思想。杜甫此时因兵乱避祸梓州，寄人篱下、前途渺茫，难免情绪低落。

春宿左省[①] 杜甫

花隐掖垣暮[②]，啾啾栖鸟过。星临万户动，月傍九霄多[③]。
不寝听金钥[④]，因风想玉珂[⑤]。明朝有封事[⑥]，数问夜如何。

【注释】 ①宿：值宿守卫，守夜。左省：左拾遗所属的门下省，因在殿庑之东，故称“左省”。②掖垣：左省的矮墙。③九霄：天之极高处，这里用来比喻皇帝住的地方，形容宫殿的高大雄伟。④金钥：金锁。即听有没有开门的动静。⑤玉珂：马络头上的装饰物，即马铃，多为玉制。⑥封事：密封的奏疏。因担心泄密，以黑色袋子密封，故称封事。

【评析】 这首诗写于乾元元年或二年（159），当时杜甫在京城任左拾遗。左拾遗为谏官，遇到大事要在朝会上庭诤，有不同意见也可向皇帝密奏封事。这首诗写的就是杜甫在门下省值夜，夜半起草好了谏疏却没有睡意，迫不及待地等待上朝奏事的情景，表达了杜甫积极的参政态度，显示出诗人一片爱国心。

“花隐”两句写的是傍晚之景。“花”和“鸟”应题中的“春”。花朵渐渐隐没在夜色之中，归巢的鸟儿鸣叫而过。首联写的是近处小景，小而不俗，“啾啾”先出鸟声，真实鲜明，又用鸟鸣烘托出殿中的静谧。接下来一联转写远处阔景。“星临万户动，月傍九霄多。”时间应是到了夜半，星星在千家万户的上空闪动，月亮依傍在皇帝居住的宫殿边，那里的月光也特别多。这两句在写景之中寓含着对皇帝的歌颂。

前两联是写景，后两联是写作者值守时的情况。“不寝听金钥，因风想玉珂。”值夜可能是不能睡觉的，或者作者根本没有睡意。他听着金锁开动的声音，想到官员骑马上早朝的玉珂声从风中传来。看来作者已经迫不及待地想要见到皇上了。看罢尾联，果然如此。“明朝有封事，数问夜如何。”原来明天早朝要上封事，因此多次询问“夜如何”。“夜如何”化自《诗经·小雅·庭燎》：“夜如何其？夜未央”。“数问”二字显示出诗人的焦急，一片忠心为国之心跃然纸上。

终南山[①] 王维

太乙近天都[②]，连山到海隅。白云回望合，青霭入看无[③]。

分野中峰变，阴晴众壑殊。欲投何处宿，隔水问樵夫。

【注释】 ①终南山：秦岭山脉的一段，在西安附近。②太乙：即太乙峰，终南山主峰。天都：古代传说中上天帝王居住的地方，这里借指天空，形容太乙峰之高。③青霭：云气。入看：走近看，走拢来看。

【评析】 王维的诗有"诗如画"之说，首联"太乙近天都，连山到海隅"，即是一幅辽阔的画卷，山峰高耸，快要接近天顶，山川绵延，一直连到海边。终南山当然没有真的高到天、延到海，这里用了夸张的艺术手法来说它的高和广。

颈联从远景聚焦到了近景，描绘了一幅奇幻画面。"白云回望合，青霭入看无"，运用了互文手法，望着茫茫白云和蒙蒙青霭，以为继续前行就可以摸到它们了，等到进去却什么也看不到，回过头去，它们竟在身后慢慢地合拢。终南山中云雾缭绕的妙境，也进一步说明了终南山之高、终南山之秀。那缥缈的白云，让人如在仙境。

第三联是登上峰顶所见景致。"分野中峰变"是说阳光下，从中峰开始为界限，山南山北的景物有明显的变化。"阴晴众壑殊"，众峰林立，沟壑纵横，向阳的一面自然明亮些，而背阳的那边就会显得暗淡些，千岩万壑，或浓或淡，姿态万方。

以上三联都是写景，最后一联转入写事。"欲投何处宿，隔水问樵夫"，问对岸的樵夫哪里有住的地方。也许是走得太久太远，天色渐渐暗了，诗人想要找个地方住宿，以便明天再继续游览终南山，这也从侧面反映了终南山的高远。同时也因为日暮时诗人和樵夫的隔水问答，使得山中行旅不显孤寂而更有生趣。

登总持阁[1] 岑参

高阁逼诸天[2]，登临近日边。晴开万井树[3]，愁看五陵烟。
槛外低秦岭，窗中小渭川[4]。早知清净理，常愿奉金仙[5]。

【注释】 ①总持阁：终南山上总持寺里的建筑。②诸天：佛教用语，指护法众天神，后泛指天空。③万井：古代以地方一里（即一平方里）为一井，万井为一万平方里，表示地域广泛。④渭川：即渭水。⑤金仙：指佛。

【评析】 王维在《终南山》里概括了终南山的高，说它“近天都”，作为修建在终南山上的总持阁，自然也是占地极高的，岑参就在这首诗里细说了总持阁的高峻。

开头即说总持阁高，“阁”字前冠以“高”字还不够，光说它高太抽象，让人体会不到，到底有多高呢？它高到直逼天了，你登上去就到了太阳的边上。首联用了夸张的艺术手法，接下来二联写了登上总持阁眺望之景。所谓“站得高望得远”，天晴时，只有站在总持阁这样的高度，才能看到万井之地的树。五陵原隔得太远，视力有限，以至于只看得见迷蒙雾霭，似让人生愁。凭栏远望，秦岭也显得低了；从窗中看去，渭水也变得小了。

诗的最后两句是作者的感慨。“清净”是佛教用语，远离一切恶行烦恼污垢就叫清净。总持阁位于终南山上，如此之高，远离俗世，即使不信佛的人来到这里，望着山下宏阔之景，心灵也会受到一番洗涤，而正是登总持阁让诗人领略了清净的乐趣，所以他说早知道清净之理、清净之乐是如此迷人，我就会常常拜佛仙来保持这份清净了。这实际上，正反衬出诗人在现实中的不清净和苦闷。

寄左省杜拾遗[①] 岑参

联步趋丹陛[②]，分曹限紫薇[③]。晓随天仗入[④]，暮惹御香归[⑤]。

白发悲花落，青云羡鸟飞。圣朝无阙事[⑥]，自觉谏书稀。

【注释】 ①左省杜拾遗：即杜甫。时杜甫在门下省任左拾遗。②丹陛：宫殿前红色的台阶。③分曹：分对，两两。紫薇：古人以紫微星比喻皇帝居处，此指皇帝朝会时的宣政殿。④天仗：皇帝的仪仗。⑤御香：朝会时殿中设炉燃的香。⑥阙事：失事，误事。

【评析】 在唐肃宗时，岑参与杜甫曾同在朝廷为官，他们既是同僚又是诗友，岑参任右补阙，杜甫任左拾遗，二者都是谏官。这首诗是岑参写给杜甫的，杜甫也有《奉答岑参补阙见赠》作为回赠。

前面两联是对二人为官生活的叙述。“联步趋丹陛，分曹限紫薇”，官员们并排着诚惶诚恐地登上台阶，两两相对地列在殿中固定的位置。“晓随天仗入，暮惹御香归”，早晨随着皇帝的仪仗进去，傍晚带着殿中的炉香回来。“丹陛”、“紫薇”、“天仗”、“御香”等词显示出朝廷的繁华高贵，“晓入”、“暮归”显示出官员们的忙碌。然而，在繁忙的朝政背后，决策者们真的做出了什么有用的事情吗？我们可以通过接下来的诗句来寻找答案。

“白发悲花落，青云羡鸟飞。”头发都白了，看到花儿落了，就会感到悲伤；看到青云，看到飞鸟，就会羡慕它们的自由自在。“青云”也可作为身居高位讲，后一句似乎也可以解释为：如今身居高位，却羡慕起那自由自在的青云和飞鸟。总之，作者的心情并不好，可见朝政并不如上面说的那么好。尾联“圣朝无阙事，自觉谏书稀”，朝廷是没有什么失误的，因此，谏书也会很少吧。

事实真是如此吗？安史之乱后，国家满目疮痍，百废待兴，需要的谏书怎么会少呢？由此可知，最后一句诗说的是反语，是作者内心苦闷无可诉说的自嘲。作者对朝廷不务实的作为有所不满，但却表达得很隐晦。他把那种身为臣子无可奈何的心境表露给朋友杜甫，大约还有互相安慰的意思吧。

登兖州城楼[1] 杜甫

东郡趋庭日[2]，南楼纵目初。浮云连海岱[3]，平野入青徐[4]。

孤嶂秦碑在[5]，荒城鲁殿余[6]。从来多古意，临眺独踌躇。

【注释】 ①兖（yǎn）州：唐代州名，在今山东省滋阳县。②东郡：兖州的古称。趋庭：指子女接受父亲的教诲，当年杜甫父亲杜闲任兖州司马。典出《论语·季氏》："（孔子）尝独立，鲤趋而过庭，曰：'学诗乎？'对曰：'未也。''不学诗，无以言。'鲤退而学诗。他日，又独立，鲤趋而过庭。曰：'学礼乎？'对曰：'未也。''不学礼，无以立。'鲤退而学礼。"③海岱：这里指渤海和泰山。④青徐：指青州和徐州，青州在今山东省，徐州在今江苏省。⑤孤嶂：指山东境内邹县东南的邹山，又叫峄（yì）山。秦碑：指秦始皇所建的石碑。⑥鲁殿：汉时鲁恭王在曲阜城修的灵光殿，殿在兖州曲阜县城中。

【评析】 这首诗写于唐玄宗开元二十四年（736），杜甫落第后游于齐赵，时杜甫父亲杜闲在兖州任司马，杜甫来兖州探望父亲而作此诗。

"东郡趋庭日，南楼纵目初"，首句点明登楼的时间、地点、因缘。"东郡"在汉代属兖州刺史部管辖，"趋庭"关合父子，"南楼"这里指兖州城楼，这句诗切合杜甫因探亲而来兖州的经历。大意就是说，这次来兖州看望父亲的日子里，初次登上了兖州城南楼，放目远望。

接下来两联即写登楼纵目所见之景。"浮云连海岱，平野入青徐"，言空间之广，纵目所见，浮云连接着大海和泰山，平坦的田野一直延伸到了青州和徐州。"孤嶂秦碑在，荒城鲁殿余"，意谓纵目古代遗迹峄山上秦始皇的石碑应该仍然屹立着，曲埠旧城的城池早已荒废，只有鲁恭王的灵光殿还留存下来，但除了这一点遗迹，什么都没有了。故尾联云"从来多古意，临眺独踌躇"，诗人从来就多怀古感伤的情绪，如今见到残存的秦碑鲁殿，心里自然充满历史沧桑的感慨，一个人在城楼上迟疑徘徊。

破山寺后禅院[①] 常建

清晨入古寺，初日照高林。曲径通幽处，禅房花木深。
山光悦鸟性，潭影空人心。万籁此俱寂[②]，惟闻钟磬音[③]。

【注释】 ①破山寺：即兴福寺，位于江苏省常熟市虞山北麓，因寺在破龙涧旁，故又称破山寺。②万籁：各种声音。③钟磬：佛教法器，佛寺中召集众僧的打击乐器。

【评析】 常建，字号未祥，唐玄宗开元十五年（727）进士，曾任盱眙尉，后辞官归隐于武昌樊山（今鄂州西山）。其诗大部分描写田园风光和山林逸趣，也有少量边塞诗。这是一首题咏禅院的诗，抒发的是隐逸情趣。

首联是流水对，诗人在清晨进入破山寺，晨光刚刚开始照在山中树木上。颔联未拘于律诗格律，没有运用对仗，“曲径通幽处，禅房花木深”，令人如临其境，沿着弯曲小径穿过高林，发现禅房原来掩映在花丛树木深处。“曲径”、“幽处”照应首联中的“高林”。

颔联“山光悦鸟性，潭影空人心”，斑驳光影仿佛使得鸟儿更加欣悦，清澈的潭水也使人忘掉世俗杂念。“空”，去声，使之腾空，使人心为之一空。此时，人已经融化在环境之中。尾联“万籁此俱寂，惟闻钟磬音”，各种声响都已消失，整个世界一片宁静，只有钟磬声清明在耳。幽深的环境使人忘掉了世俗，钟磬声仿佛是使人进入到空门境界的导引。

杜少府之任蜀州[①] 王勃

城阙辅三秦[②]，风烟望五津[③]。与君离别意，同是宦游人。

海内存知己，天涯若比邻。无为在歧路④，儿女共沾巾。

【注释】　①少府：官名，县尉的别称。之：到，往。蜀州：今四川泉州。②三秦：项羽灭秦后分关中之地（今长安附近）给秦国的三个降将，为雍、塞、翟三国，故称三秦。泛指长安附近。③五津：指岷江的五个渡口白华津、万里津、江首津、涉头津、江南津。这里代指蜀州。④无为：无须，不必。歧路：岔路，古人送别时常送到大路分岔处。

【评析】　王勃（约650—约676），字子安，绛州龙门（今山西河津）人，与杨炯、卢照邻、骆宾王并称为“初唐四杰”。王勃年未及冠就出仕为修撰，但是不久因写了《檄英王鸡文》触怒了皇帝而被革职。后王勃远走蜀中，得到机会补为虢州参军，但是又在任期间犯了死罪，虽侥幸被赦免一死，可是他的父亲因此受到连累改任交趾令。王勃在前往探望父亲的途中因溺水，惊悸中死去，时年仅二十七岁。王勃才华横溢，作品题材广泛，诗风中带着豪迈之气昂扬的情感，诗文“壮而不虚，刚而能润，雕而不碎，按而弥坚”，对转变当时盛行的馆阁诗风起了很大作用。今存诗80多首。

江淹在《别赋》中说：“黯然销魂者，惟别而已矣。”自古离别多是令人感伤的，王勃这首客中送客之作却写出了豁达之境。

首联“城阙辅三秦，风烟望五津”，以对仗起，三秦是送别之地，五津代表杜少府的目的地。这一联写得宏远开阔，高大的城阙拱卫着长安，站在这里遥望蜀州方向，只见雾霭蒙蒙，一片苍茫。“风烟”带来的苍茫之感，烘托着分别的惆怅。

颔联“与君离别意，同是宦游人”，说得很平实，“我们都是在外做官的人，长年宦游在外，如今又要分离，心中满是对你不舍的情意”。宦游中好不容易遇到好友，可又要各奔东西，这样的情况难免会让心情更加忧伤。但诗人不是常人，他有着别样的襟怀和个性。

颈联中，诗人一步宕开，发出豪语，振起诗气。“海内存知己，天涯若比邻”，脱胎自三国曹植《赠白马王彪》“丈夫志四海，万里犹比邻”，既说明两人感情之深，又是对杜少府的劝慰，更有一种大丈夫志在四海的英雄本色和豪情。最后一联劝慰自己也是安慰故人：我们两个大男人，可不要分别时，像小儿女一样洒泪沾襟呀。再一次表露了二人感情之深，同时也反映了诗人对感情的节制。

读完此诗，可以感觉到诗人王勃志向宏远、胸怀开阔、珍重友情、懂得节制，只可惜英才早逝，没能创造出更多的精神财富。

题义公禅房[①] 孟浩然

义公习禅寂[②]，结宇依空林[③]。户外一峰秀，阶前众壑深。
夕阳连雨足[④]，空翠落庭阴[⑤]。看取莲花净，方知不染心[⑥]。

【注释】 ①义公：唐代高僧，姓名未详。②禅寂：佛教用语，佛教以寂灭为宗旨，谓思虑寂静为禅寂。③结宇：建造屋舍。④夕阳连雨足：夕阳紧接雨后，格外明亮美好。此为倒装句式，正常应该写作“连雨夕阳足”。毛泽东词有“雨后复斜阳，关山阵阵苍。”⑤空翠：指绿色的草木。落：洒落，即洒下树荫。⑥染心：又作染污心。即爱欲之心。据《大乘起信论》载，心体本是清净，但因不觉而起无明，遂被烦恼污染，故有染心。

【评析】 这是一首题赞诗，语言清新秀丽，明李攀龙《唐诗训解》评它为“秀语可餐”。

首联交代了义公禅房的地理位置，参禅入定需要安静的环境，因此，义公把禅房建在了渺无人迹的空树林中。接下来描述禅房周边的景色，它正对着秀丽的高峰，阶前是深深的山谷，居高临深，涤心荡俗。颈联描绘雨过天晴后的禅房：一场夏雨过后，山中如洗，夕阳显得格外清新美好。夕阳的光线也把山峰林影映衬得分外鲜明美丽。寺庙的庭院中绿树更加青翠，林间似也有苍翠的绿色，几片打落的绿叶缓缓飘落庭院的背阴处。一切都显得这么自然美好、这么空寂宁静。

以上三联是赞义公禅房，最后一联转赞义公禅心。“看取莲花净，方知不染心。”在佛教中，三界的众生是以淫欲托生，而净土的圣人则是以莲花化身，所以我们所见的佛像和佛经中介绍净土佛国中的圣贤，都是以莲花为座，或坐、或站，都在莲台之上，代表着他们清净的法身。或许义公在院子里种了莲花，在这雨后斜阳中，在清新如洗的庭院里，看到那些净洁无瑕的莲花，才深深领悟义公有着一颗没有被烦恼爱欲污染的清净心。而俗人常常在见到莲花的清雅洁净后，也无法真正理解心境清明究竟是怎样的一种境界。

携妓纳凉晚际遇雨　杜甫

落日放船好，轻风生浪迟。竹深留客处，荷净纳凉时。

公子调冰水，佳人雪藕丝①。片云头上黑，应是雨催诗②。

【注释】　①雪藕丝：按对仗，雪当作动词，清洁、揩拭、去掉之意。也隐含佳人如玉、皓腕胜雪之意。②片云：极少的云，一片雨云。

【评析】　这首诗的全名叫《陪诸贵公子丈八沟携妓纳凉晚际遇雨》，共两首，这是其中第一首，写未雨之时。丈八沟为唐玄宗天宝元年（742）年韦坚所开通的人工漕运河渠，在长安城（今西安）郊外，是游览之地。此诗写诗人陪贵族们宴饮，对他们的享乐生活做了描绘。

首联写放船入沟，傍晚的时候泛舟入沟，轻风微拂，水面皱起涟漪。“好”字表明饮宴者兴致很高，“迟”字显示晚风徐徐，十分舒适。次联写纳凉之景，船只停靠的地方，岸上是一片竹林，他们就在竹林深处宴饮，而附近的水中生长着荷花，清香扑鼻。“竹”和“荷”显示出人物之高雅。颈联写人物活动，公子们用冰调制冷饮，佳人们则在去掉莲藕的丝。“公子”指诗人陪着的贵公子们，“佳人”为所携歌妓。尾联点明阵雨将来，天空飘来一片乌云，但诗人此时兴致极高，因此认为这云是在催发诗人的创作诗歌的灵感和激情。

全诗章法紧凑，从日暮出游、竹林饮宴到大雨即至，并为后一首埋下伏笔。诗中一句一景，生动形象，当年宴饮场面历历如画。

其二　杜甫

雨来沾席上，风急打船头。越女红裙湿[1]，燕姬翠黛愁[2]。
缆侵堤柳系，幔卷浪花浮[3]。归路翻萧飒，陂塘五月秋[4]。

【注释】 ①越女：越地的美女，古代越国多出美女，这里指代歌妓。②燕姬：燕地的美女，“燕赵多佳人”（汉无名氏），这里代指歌妓。翠黛：指女子眉毛。③幔：船上的帷幔、帘帐。④陂塘：水塘，这里指丈八沟。

【评析】 这首诗是《携妓纳凉晚际遇雨》的第二首，写雨来之时的情景。首联紧承第一首的结尾，雨来风急，雨水落在席上，大风拍打着船头。以下两联分写席上和船头。先写席上佳人，关合首联中的“雨”，歌妓们的鲜艳漂亮的红裙都被打湿了，个个玉面无欢、妆容不整、愁眉紧皱。颈联写船头景色，突出首联中的“风”，虽然缆绳系在柳树上，但堤岸上的柳条随风打向船幔，船在水中动荡，绳缆似乎会脱掉。水面也浪花翻涌，仿佛要将船上的帷幔卷起来。尾联写行舟归去，归途与来时全然不同，风雨中的景物充满萧条衰飒寒冷之感，五月的丈八沟仿佛一下子到了秋天。

《携妓纳凉晚际遇雨》二首艺术性很强，生动细致地描绘了整个纳凉过程，不仅每一首章法紧凑，而且两首呼应，成为一个整体。第二首尾联中的“归路”照应第一首开头中的“放船”，第二首的首联又紧承第一首的尾联。第一首结尾时，饮宴者的兴致高到极致，第二首结尾时，众人心中却有失落惆怅之感，这就是所谓的乐极生悲、祸福相依吧。

需要说明的是，携妓宴饮在唐宋是官员贵族生活中的一部分，这里的妓是歌姬艺妓，她们主要以歌舞娱人，宋代还严厉禁止官员和歌妓恋爱，而且在当时也不是人人都喜好这种生活方式。杜甫在这一点上也未能免俗，可以理解，不必苛求。

圣果寺[1] 释处默

路自中峰上，盘回出薜萝[2]。到江吴地尽[3]，隔岸越山多。

古木丛青蔼[4]，遥天浸白波。下方城郭近，钟磬杂笙歌[5]。

【注释】 ①圣果寺：位于杭州凤凰山，又名“胜果寺”。②薜萝：薜荔和女萝。两者皆野生植物，常攀缘于山野林木或屋壁之上。③江：这里指钱塘江，历史上曾为吴越分界。④青蔼：紫色云气。⑤钟磬：佛教法器，佛寺中召集众僧的打击乐器。笙歌：吹笙唱歌。

【评析】 释处默，唐末僧人，曾居于庐山，与僧人贯休、道家学者罗隐等有过交往。

这首诗虽然名为“圣果寺”，全诗却没有从正面描写寺庙，而是写登寺过程的所见所闻。前两联交代圣果寺的位置，圣果寺位于凤凰山中峰，小路盘回而上，路上布满了薜荔和女萝，行到钱塘江边，吴地就到尽头了，对岸有山峰林立的则属于越地。

颈联写登上圣果寺远眺之景，“古木丛青蔼，遥天浸白波”，远处紫色云气丛集聚拢在参天古木的树梢间。遥远的天空浸入水中，水天相接处波光粼粼。尾联写俯瞰所见，“下方城郭近，钟磬杂笙歌”，寺的下面就是城郭，寺里的钟磬之音常常和城里笙歌之声夹杂在一起。言外之意，城中太闹了，修行的寺庙里的钟磬声都不纯净，反衬出圣果寺的清宁。

醉后赠张旭[1] 高适

世上漫相识，此翁殊不然。兴来书自圣，醉后语尤颠[2]。

白发老闲事，青云在目前[3]。床头一壶酒，能更几回眠？

【注释】 ①张旭：字伯高，一字季明，唐代书法家，被称为“草圣”。其草书当时与李白诗歌、裴文剑舞并称“三绝”。②颠：通“癫”，癫狂。③青云：此处指隐居。

【评析】 这首诗是高适在长安与张旭饮酒后所作，诗中对张旭的才华横溢和洒脱不羁做了描绘。

首联“世上漫相识，此翁殊不然”，欲扬先抑，诗人说自己在世上认识的人都很随意一般，只有张旭这个老头儿却全然不是这样。“翁”，老头儿，调侃语气，既符合作者醉后语气与张旭此时的年纪，也显示二人交情深厚，可以开些玩笑。“殊不然”是对张旭的总体评价，后面三联则是对他的具体刻画。

“兴来书自圣，醉后语尤颠”，兴致来时写的字尤其绝妙高超，喝醉后说的话更加豪放癫狂。杜甫曾在《饮中八仙歌》描绘：“张旭三杯草圣传，脱帽露顶王公前，挥毫落纸如云烟。”可以比对着读。张旭个性嗜酒，常常喝得大醉，就呼叫狂走，然后落笔成书，甚至以头发蘸墨书写，故又有“张颠”的雅称，这句诗充分表现了张旭的才华横溢和洒脱不羁。

“白发老闲事，青云在目前”，“闲事”，指上联提到的写字、饮酒等事。“青云”，谓隐居。《南史·齐衡阳王钧传》：“身处朱门，而情游江海；形入紫闼，而意在青云。”这两句说张旭醉心于写字饮酒，人都已经很老了，他的隐逸情怀也寄托其中。实际则表现张旭的淡泊名利，彻底归隐。

最后一联“床头一壶酒，能更几回眠”，是劝慰张旭饮酒忘忧，珍惜年寿。“床头那一壶酒，还能够你喝醉几回呢？”出以问句，显得格外亲切，略含调侃和幽默。

玉台观[①] 杜甫

浩劫因王造[②]，平台访古游。彩云萧史驻[③]，文字鲁恭留[④]。
宫阙通群帝[⑤]，乾坤到十洲[⑥]。人传有笙鹤[⑦]，时过北山头。

【注释】 ①玉台观：唐代滕王李元婴（？—684）所建，故址在四川省阆中县。②浩劫：大台阶。道家以宫观台阶为浩劫，表示长久不坏之意。③彩云：壁画上的云彩。萧史：传说中的人物。西汉刘向《列仙传》载："萧史善吹箫，作凤鸣。秦穆公以女弄玉妻之，作凤楼，教弄玉吹箫，感凤来集，弄玉乘凤、萧史乘龙，夫妇同仙去。"④鲁恭：即西汉鲁恭王刘余，好治宫室，传说在扩建王宫拆除孔子故宅时，听到天上有钟磬琴瑟之声，结果从墙里面发现了古文《尚书》、《论语》。此处指代滕王。⑤群帝：五方之帝。⑥十洲：古代传说中仙人居住的十个岛，即祖洲、瀛洲、玄洲、炎洲、长洲、元洲、流洲、生洲、凤麟洲、聚窟洲，在八方巨海之中。⑦笙鹤：指仙人乘坐的仙鹤。西汉刘向《列仙传》载："（周灵王之子王子乔）好吹笙，作凤鸣，游伊洛间，道士浮丘公接上嵩山，三十余年后乘白鹤驻缑氏山顶，举手谢时人而去。"

【评析】 唐代宗广德二年（764），杜甫在阆州（今四川阆中县）游览滕王遗迹，并写下《滕王亭子》和《玉台观》各二首，这是其中《玉台观》的第二首。

首联交代玉台观为滕王所建。滕王李元婴骄奢淫逸，横征暴敛，喜欢大兴土木，曾先后在滕州（今山东滕州）、洪州（今江西南昌）、阆州（今四川阆中）建下滕王阁。次联写观内壁画和题咏，壁画上画的是萧史成仙的故事，观内还有滕王的题咏。鲁恭王与滕王一样喜欢大兴土木，用他来比滕王十分贴切。颈联写玉台观的格局，玉台观殿宇高敞，仿佛上通群帝，看着壁上仙画，仿佛身处十洲仙界。尾联以传说收束，人们传说有仙鹤时常飞过北边的山头。

这首诗中写到阆中的滕王台阁依旧高耸，气势依然，图画题咏仍在，但只是传说有仙人骑鹤吹笙而过。那么滕王造这巍峨的滕王阁，除了劳民伤财，有什么价值？诗歌的主旨就是批判滕王这类人的行为。但诗中典故太多，形象不足，主旨也不鲜明，并非杜集中的优秀之作。比较而下，杜甫同一时期写的七律《滕王亭子》就好得多。诗歌讽刺滕王出牧不知还，主题十分鲜明。

滕王亭子　杜甫

君王台榭枕巴山，万丈丹梯尚可攀。春日莺啼修竹里，仙家犬吠白云间。

清江锦石伤心丽，嫩蕊浓花满目斑。人到于今歌出牧，来游此地不知还。

观李固请司马弟山水图[①] 杜甫

方丈浑连水[②]，天台总映云[③]。人间长见画，老去恨空闻。
范蠡舟偏小[④]，王乔鹤不群[⑤]。此生随万物，何处出尘氛[⑥]。

【注释】 ①李固：蜀地人，其他不详。司马弟：一说指李固弟，曾任司马。一说指杜甫表弟王十五，曾任司马。难以确考。②方丈：即方丈山，又称为方壶、方丈洲等，古代传说中海上三座仙山之一。③天台：指天台山，在今浙江省。东晋孙绰《游天台山赋》："涉海则有方丈、蓬莱，登陆则有四明、天台。"④范蠡：春秋楚国宛（今河南南阳）人，助勾践灭越吴后与西施泛舟于五湖之中。⑤王乔：见上一首笙鹤注释，言不能随王子乔驾鹤而去。⑥尘氛：灰尘烟雾。晋葛洪《抱朴子·畅玄》："吟啸苍崖之间，而万物化为尘氛。"又指世俗之气氛。

【评析】 杜甫在蜀地时曾到李固家，李固挂山水图于墙上，请杜甫题诗。杜甫作《观李固请司马弟山水图》诗共三首，这是其中第二首。

首联写画的内容：在苍茫大海和缥缈烟云中有两座山，仿佛是方丈山和天台山。方丈山为海水环绕，浮在茫茫海中，天台山虽在陆上，但云遮雾绕，整个画面充满神秘色彩和神仙气息。虽然没有见过真正的神山和仙境，但每个人心中都会对之充满向往。故而颔联说"人间长见画，老去恨空闻"。这样如同神山仙境的画常常能看到，但人都老了也没能亲自游览过，只能空留遗恨。这一方面是赞赏画境的美好，另一方面则是诗人借看画来感叹年华老去，表达了诗人蜀中避难时的苦闷。

颈联运用典故进一步抒发感慨：范蠡的舟太小了，不能载我同游五湖；王乔的仙鹤也只有一只，不能携我一同仙去。据古人猜测，杜甫看到的山水图中必画有舟和鹤，所以才引用了范蠡和王乔的典故，这种猜测是有道理的。若非如此，除王乔的典故与天台山有些关联外，范蠡的典故会显得突兀，有拼凑之嫌。尾联是诗人无可奈何的感叹：自己最终还是只能随万物化为尘埃烟雾，到什么地方用什么办法能超脱这世俗尘氛呢？

在杜甫的题画诗，诗人常用虚实结合的手法，将画中内容和诗人身世之感结合起来，既写出画中内容，又表达个人情怀，有着诗人的独特之处。

旅夜书怀　杜甫

细草微风岸，危樯独夜舟[①]。星垂平野阔，月涌大江流。
名岂文章著，官应老病休。飘飘何所似[②]，天地一沙鸥。

【注释】　①危樯：船上高的桅杆。②飘飘：漂泊貌，形容行止不定。

【评析】　唐代宗永泰元年（765），杜甫在成都赖以存身的好友严武死于疾病，失去依靠的杜甫于是举家东下，这首诗就写于其旅途中。

前两联扣住“旅夜”，写夜泊江边所见之景。“细草微风岸，危樯独夜舟”，微风吹拂着岸上的细草，竖有高桅杆的船只孤独地停泊在江边。“孤身漂若夜行船”，漂泊无依的诗人也像这“独夜舟”吧。

“星垂平野阔，月涌大江流”，这是一幅雄浑开阔的夜景：星星低垂天边，平野广阔无际，月光随波涌动，大江滚滚东流。况周颐在《蕙风词话》中说：“吾观风雨，吾览江山。常觉风雨江山之外有万不得已者，此万不得已者，即为词心。”词属于抒情诗的一种，词心与诗心自有相通之处，面对如此夜景，杜甫的心中也会有万不得已者吧。前面两联写景，用辽阔的原野，奔流的江河来反衬诗人的颠沛流离，以壮景衬哀情。

后面二联抒怀。“名岂文章著，官应老病休”，名声岂能仅仅由文章写得好而获得？做官倒是因为年老多病，应该退休了。杜甫年少时即有“致君尧舜上，再使风俗淳”的抱负，名声不是由其理想实现而得到，他的心里又怎么会甘心呢？“官应老病休”，这是作者悲愤之中说的反话，杜甫此时确实是年老多病，但他的退休却是因为政治上不被皇帝重用。政治上的失意使杜甫心中充满感伤，加上不断的漂泊生活，因此，看到那飞翔的孤独沙鸥，诗人觉得自己和它相似，遂有了尾联的喟叹。

李梦阳：“叠景者意必二，阔大者半必细，此最律诗三昧。”杜甫此诗首联写景工细，次联写景阔大，第三联抒怀，末联情景结合，深得律诗纵横变化之法。

登岳阳楼[①] 杜甫

昔闻洞庭水[②]，今上岳阳楼。吴楚东南坼[③]，乾坤日月浮。
亲朋无一字，老病有孤舟。戎马关山北[④]，凭轩涕泗流[⑤]。

【注释】 ①岳阳楼：位于今湖南省岳阳市，紧邻洞庭湖。②洞庭水：即洞庭湖，在今湖南北部，长江南岸，为我国第二大淡水湖。③坼(chè)：裂开。突出了湖水动荡之感。④戎马：军马，借指军事、战争。⑤涕泗：眼泪和鼻涕，偏指眼泪。

【评析】 这首诗写于唐代宗大历三年（768），时杜甫五十七岁，身患肺病，风痹，右耳已聋，诗中“老病有孤舟”即是作者的实况。

首联交代登楼事情。诗人用今昔对照，早年听闻洞庭湖盛名，如今才登上岳阳楼来一览洞庭壮景。“昔闻”与“今上”的对比，扩大了时空领域，平淡而简单的叙述中包含的是诗人欲说还休的身世之感吧。

颔联写登上岳阳楼所见之景。洞庭湖一望无际，烟波浩瀚，动荡汹涌。吴地和楚地于此相分，那吴地向着东南裂开去，仿佛要被水流飘走，是那么遥远。天生的日月星辰也似乎交替浮沉于洞庭湖中。面对如此宽阔广大的洞庭湖，人们常常会感慨个体生命的渺小。故颈联“亲朋无一字，老病有孤舟”，转而写诗人的落寞身世，亲朋好友都杳无音讯，年来多病的诗人乘着船四处漂泊。

尾联“戎马关山北，凭轩涕泗流”，凭栏北望，想到国家还处于战乱之中，诗人不禁声泪俱下。“涕泗”之中包含的不仅仅是对国家命运的担忧，还有诗人对自己命运的伤感，诗人少年时有着“致君尧舜上，再使风俗淳”（《奉赠韦左丞丈二十二韵》）的抱负，而在现实面前，诗人的理想一步步化为泡影，最终破灭，诗人的心中一定充满着不甘和悲伤吧。

“昔”与“今”的对比，闻说与现实的对比，浩瀚洞庭与渺小生命的对比，个体身世与国家命运的对比，现实与理想的对比等等，形成了这首诗的跌宕顿挫之美，也是它感人至深的原因所在。

送崔融[①] 杜审言

君王行出将，书记远从征[②]。祖账连河阙，军麾动洛城[③]。

旌旗朝朔气，笳吹夜边声[④]。坐觉烟尘扫，秋风古北平[⑤]。

【注释】 ①崔融：字子安，唐代齐州全节（今山东济南章丘市）人，与杜审言、李峤、苏味道并称“文章四友”。当时在节度府任掌书记。②书记：指从事公文工作的人，此处指崔融。③祖账：为送别行人在路上设的酒宴帷帐。河阙：夸张说从城阙连到了黄河。军麾：军中指挥用的旗，这里指代军队。洛城：即洛阳。④朔气：寒气。笳：胡笳(Hú Jiā)，一种蒙古族气鸣乐器，类似羌笛。民间又称潮尔、冒顿潮尔。⑤坐觉：深深觉得。古北：北平：郡名，唐时改称平州，在今河北。此处泛指北方边境。

【评析】 武则天万岁通天元年（696），契丹反，攻陷营州（今辽宁），朝廷派军征讨，崔融在随军之列，这首诗就作于此时。

首联交代崔融远行原因，君王派遣军队出征，崔融掌书记之官随军远行。次联写送别场面，饯行的酒宴从城门口一直排到黄河边上，军队声势仿佛撼动洛阳城。“连”和“动”字写出声势之浩大和气氛之热烈。颈联是想象之辞，写军队到达边关后的状况：早上，军旗迎着北方刺骨的寒气猎猎招展；夜里，胡笳呜呜长鸣。“朝”字衬出士气的激昂，夜笳声烘托边关的辛苦和士兵思乡之情。尾联是作者对崔融的激励之辞，作者觉得北方的叛乱很快就会平息。以“烟尘”喻叛军，“秋风”喻唐军，显示唐军的势如破竹。

这是一首送崔融随军出征的诗，自然不能像别的送别诗一样写得充满感伤情绪，整首诗写得开阔大气，对崔融或者出征的将士有鼓励的作用，然而，从艺术技巧来论，军旗意象（“军麾”和“旌旗”）的重复，“旌旗朝朔气”与颔联句式有点的重复，而且表现力不强，这些都使得这首诗在杜审言的作品中显得平平。

江南旅情 祖咏

楚山不可极[①]，归路但萧条。海色晴看雨，江声夜听潮。

剑留南斗近[②]，书寄北风遥。为报空潭橘[③]，无媒寄洛桥[④]。

【注释】 ①楚山：山名，即商山，位于今河南洛阳。北魏郦道元《水经注·丹水》：“楚水注之，水源出上洛县西南楚山。昔四皓隐於楚山，即此山也。”这里指代洛阳。②南斗：星名，这里借指南方地区。③空潭：江南地名，具体未详。④洛桥：一作“上洛桥”，即天津桥，在唐代河南府河南县（今河南省洛阳市）。大唐盛世时，这里是游春胜地。这里指代洛阳。

【评析】 祖咏是河南洛阳人，这是他羁留南方怀念家乡洛阳的诗。

首联“楚山不可极，归路但萧条”，诗人眺望家乡方向，可是隔得太远，家乡看不到，只看得见归家的路充满萧条之感。次联写羁留江南的生活，“海色晴看雨，江声夜听潮”，白天看着海上的晴雨变化，夜晚听着窗外的江声潮声。江南向来以烟雨名扬天下，但诗人笔下的江南则更为广阔爽朗。晴天的阳光下，大海浩瀚鲜明灿烂，夜间海潮滚滚咆哮而来，也让人心情激动，冲淡了思乡的忧伤气息。

可能是受到江南海边景物的影响，颈联“剑留南斗近，书寄北风遥”就写得有几分豪气了。在中国古代社会，剑既是一种非常锐利的冷兵器，又具有丰富的文化内涵，它常常代表着建功立业的愿望。诗人旅居江南大概是想要有所成就的，以剑代人，可想见诗人的抱负和襟怀。但对家乡的思念之情仍是强烈的，所以诗人感慨地说想家的时候想要寄封信回去，又不知何时才能到达。

尾联承接上联继续抒发感慨，“为报空潭橘，无媒寄洛桥”，想要给家里人捎去空潭之地的橘子，也没办法带去洛阳。江南橘在北方应该少见，想要千里寄橘这一细节，写出了诗人对家人的温情。

此诗写出了江南山川广袤的景致，或者说江南海边的特别景致，少了些脂粉气，多了些清爽，别有风味。

宿龙兴寺[①] 綦毋潜

香刹夜忘归[②]，松清古殿扉。灯明方丈室[③]，珠系比丘衣[④]。
白日传心净，青莲喻法微[⑤]。天花落不尽[⑥]，处处鸟衔飞。

【注释】 ①龙兴寺：位于今湖南省零陵县西南。②香刹：佛寺的别名。③方丈室：指寺院住持的居室。④比丘：佛家指年满二十岁，受过具足戒的男性出家人。⑤喻：佛教中使用譬喻来说明佛理。⑥天花：佛教中有“天花散花”故事。因佛法精妙无比，天女感动而散花佛前。

【评析】 綦毋潜（约691—756），复姓綦毋，字孝通，虔州（今江西赣州地区）人，曾任五品著作郎，安史之乱后弃官归隐，游于江淮一带。綦毋潜是唐代江西最有名的诗人，《赣州府志》评价他说：“盛唐时，江右诗人惟潜最著。”《全唐诗》录其诗一卷，26首，多为寻幽访隐之作，殷璠《河岳英灵集》说他“善写方外之情”。

綦毋潜一生寄宿过很多寺院，并写有十多首与寺院有关的诗，这首诗是他寄宿龙兴寺时所作。首句“香刹夜忘归”交代自己寄宿龙兴寺的原因，诗人游览龙兴寺以致忘了回去，大概是被寺里清幽的环境迷住了吧。下面两联即对龙兴寺内情况的具体描绘：寺里佛殿的大门前长着古老的青松，夜间松林中清风徐来，从寺庙的门扉吹拂进来。方丈室里灯火通明，和尚僧衣上挂着佛珠，正一手捻动佛珠，一边吟诵经文，做着佛家修行的功课。诗人由外而内，细细写来，让人感受到佛寺的清净和佛法的纯净。写出了龙兴寺环境的清凉寂静，寺内僧人的善良勤勉，他们日夜为香客祈福，勤奋钻研佛法。

颈联写僧人讲经及其效果，他们传给人们修炼到心如阳光般明净的佛法，他们用青莲作譬喻来证明这佛法的深奥玄微和灵妙。尾联造景寄情，写诗人听了佛法后的感受，聆听僧人的玄妙佛法，诗人仿佛进入一个奇妙的境界：无尽的仙花自天界飘落下来，又被许多鸟儿衔起飞去。

题松汀驿[1] 张祜

山色远含空，苍茫泽国东[2]。海明先见日，江白迥闻风。

鸟道高原去[3]，人烟小径通。那知旧遗逸[4]，不在五湖中。

【注释】 ①松汀驿：驿站名，在太湖边上。②泽国：多水的地区，水乡。③鸟道：比喻狭窄山路。④遗逸：指隐士。

【评析】 张祜（约785—约853），字承吉，清河东武城（今山东武城）人。工诗，为令狐楚所器，后辟诸侯府，受人排挤，遂游于淮南、江南等地，隐居以终。有诗十卷传世，其诗沉静浑厚，有隐逸之气。

这首诗是诗人游览太湖时所作的题壁诗。前三联写景，写松汀驿站的位置、近处的太湖、远处的鸟道小径。诗人首先以驿站为原点，描绘了一幅阔大景象：松汀驿外，青翠的山色遥接天空，驿站的东边是苍茫的太湖。湖面波光明艳，太阳似乎从湖面升起得特别早、特别明亮显眼。而看到远处水面上白色的波浪涌动，一忽儿就有风声传来。狭窄的山路直通高原而去，遥远的小村仅仅由弯曲隐没的小径也可达。

最后一联写诗人的感慨，驿站历经风雨，周边风景依然如故，只是像旧时范蠡那样的真正的隐士，在太湖中再也寻不到了，顿时勾起一股强烈的失落感和浓浓的历史沧桑感。

宿云门寺阁[①] 孙逖

香阁东山下[②]，烟花象外幽[③]。悬灯千嶂夕，卷幔五湖秋[④]。

画壁余鸿雁，纱窗宿斗牛[⑤]。更疑天路近，梦与白云游。

【注释】 ①云门寺阁：即云门寺里的楼阁，云门寺位于今浙江绍兴县南云门山（又名东山）中。②香阁：佛寺的台阁。③烟花：雾霭中的花。象外：尘世之外。④五湖：即太湖。⑤斗牛：指二十八星宿中的斗宿和牛宿，这里泛指群星在窗外闪烁。

【评析】 孙逖（696—761），河南人，天资聪敏，自幼能文，少年成名。唐玄宗开元十年（722），得唐玄宗李隆基召见，曾任中书舍人、典诏诰、刑部侍郎、太子左庶子、少詹事等官职，卒赠尚书右仆射。擅长诗文，有文集二十卷传世。所推荐颜真卿、李华皆名重一时。

这首诗以时间为顺序，写了诗人入宿云门寺阁的过程。首联交代云门寺阁的位置和环境，云门寺阁坐落在东山之下，周围的花都笼罩在雾霭中，它们远离尘世，居于此地显得更加的优雅。

次联写入阁之后，在点了灯的室内自然看不到外面的景象，因此，千山的昏暗和太湖的秋色都是诗人想象中的景色，但千嶂、五湖也渲染出了寺庙的高险雄奇。颈联写卧床未睡之时，环顾室内，墙上的画由于年久剥落只看得见残存的鸿雁；透过窗口，见到的是璀璨的群星，这一句也烘托出寺阁在山中极高之处。尾联写入睡之后，“斗牛”引出遨游夜空的梦，诗人梦见驾驭白云遨游天空，怀疑通天之路近在眼前。全诗表达了诗人飘然世外的感慨。

野望　王绩

东皋薄暮望[①]，徙倚欲何依[②]。树树皆秋色，山山惟落晖[③]。
牧人驱犊返，猎马带禽归。相顾无相识，长歌怀采薇[④]。

【注释】　①东皋：水边向阳高地，这里特指王绩家乡的某个地方。薄暮：傍晚。②徙倚：徘徊，来回地走。③落晖：夕阳，夕照。④采薇：指《诗经》中的《采薇》篇，诗中有云："采薇采薇，薇亦作止。曰归曰归，岁亦莫止。"

【评析】　王绩（585—644），字无功，绛州龙门（今山西河津）人，仕隋为秘书省正字，唐初以原官待诏门下省，后弃官还乡，躬耕东皋，自号"东皋子"。性旷达，嗜酒，诗文多以酒为题材。

首联"东皋薄暮望，徙倚欲何依"，诗人在傍晚登上水边高地眺望，来回走动却找不到一个地方可以凭靠。"欲何依"化自曹操《短歌行》"月明星稀，乌鹊南飞，绕树三匝，何枝可依"，透露出诗人内心找不到归宿的迷茫。

接下两联写薄暮所见。颔联写远处景色，是静景，纵目所见，树木都呈现出一片秋色，山峰也都笼罩在夕照中。景色中也似乎含有一种茫然若失，孤独无依的情绪。颈联写近处相逢，是动景，牧民驱赶着牛群回来，猎人带着飞禽骑马归来。但是这些归来的人更增加了诗人的伤感和惆怅。

尾联"相顾无相识，长歌怀采薇"，牧民和猎人中没有诗人认识的，诗人想要吟唱《采薇》那样歌咏隐士的诗篇。其实，认不认识牧民和猎人自然不会让诗人耿耿于怀，这不是让诗人"长歌怀采薇"的原因。《采薇》有云："采薇采薇，薇亦作止。曰归曰归，岁亦莫止。"表达了强烈的思乡之情。而诗人躬耕归隐，原本在家乡生活，但家乡的一切似乎不能成为他精神的寄托。苏轼说："此心安处是吾乡。"心若没有安定的归宿，即使身在家乡，诗人仍感到彷徨不定。

送别崔著作东征[①] 陈子昂

金天方肃杀[②]，白露始专征[③]。王师非乐战[④]，之子慎佳兵[⑤]。

海气侵南部，边风扫北平[⑥]。莫卖卢龙塞[⑦]，归邀麟阁名[⑧]。

【注释】　①崔著作：即崔融，曾任著作郎，故称。②金天：指秋天，按五行之说推演，秋属金，故称秋天为“金秋”或“金天”。③白露：二十四节气中的第十五个节气，是干支历申月结束及酉月起始。《月令七十二候集解》：“八月节……阴气渐重，露凝而白也。”④王师：天子的军队。⑤之子：这个人，这里指崔融。佳兵：锐利兵器。《老子》：“夫佳兵者，不祥之气，物或恶之，故有道者不处。”佳，古同“隹”，尖锐的意思。⑥北平：郡名，唐时改称平州，在今河北。⑦“莫卖”句：《三国志·田畴传》记载，建安十二年，曹操北征乌丸，田畴献计，引曹军出卢龙塞，出敌不意，大败乌丸。曹操欲对其行封，畴涕泣曰：“某负义逃窜之人耳，蒙厚恩全活，为幸多矣；岂可卖卢龙之塞以邀赏禄哉！死不敢受侯爵。”⑧麟阁：即麒麟阁，汉代阁名，在未央宫中。汉宣帝时曾画霍光等十一位功臣像于阁上，以表彰其功绩。

【评析】　武则天万岁通天元年（696），契丹反，攻陷营州（今辽宁），朝廷派军征讨，崔融在随军之列，这首诗就作于此时。

首联交代东征时间，“金天方肃杀，白露始专征”，在秋气肃杀、白露凝结的时候，皇帝派遣军队开始东征叛军。《礼记·月令》载：“凉风至，白露降，天子乃命将帅，选士厉兵，简练俊杰，专任有功，以征不义。”“白露”句暗示这次东征的正义性，进而引出颔联诗人对崔融的劝告。

“王师非乐战，之子慎佳兵”，天子的军队并非喜好战争，所以你要慎重用兵，减少杀戮。此联也表现了陈子昂的军事才能，他不反对战争，却清醒看到战争的危害。比较前面杜审言的《送崔融》，这首诗更深刻一些。

颈联以“海气”和“边风”比喻来唐军，唐军将会像渤海海气入侵营州南部、秋风扫荡平州一样迅速平息叛乱，既表达了诗人对唐军的祝福，又写出了唐军的英勇气势。末联运用三国田畴和麒麟阁的典故来期许崔融，希望他秉承大义，不要贪图个人功名，而要真正有所作为，留名青史。

秋登宣城谢朓北楼[①] 李白

江城如画里[②]，山晚望晴空。两水夹明镜[③]，双桥落彩虹[④]。
人烟寒橘柚，秋色老梧桐。谁念北楼上，临风怀谢公[⑤]。

【注释】 ①宣城：即今安徽宣城。谢朓北楼：即谢朓楼，又名谢公楼，唐代改名叠嶂楼，为南朝齐诗人谢朓任宣城太守时所建，故址在陵阳山顶，是宣城的登览胜地。②江城：指宣城，水阳江从宣城边流过。③两水：指宛溪和句溪。两溪绕宣城而流，在城的东北合流。④双桥：指宛溪上的凤凰桥和句溪上的济川桥。⑤谢公：即谢朓，字玄晖，南朝齐山水诗人。

【评析】 清人王士祯在《论诗绝句》中说李白“一生低首谢宣城”，李白确实十分推崇谢朓，他写下过许多与谢朓有关的诗句，如“解道澄江净如练，令人长忆谢玄晖”、“三山怀谢朓，水澹望长安”、“我吟谢朓诗上语，朔风飒飒吹飞雨”、“蓬莱文章建安骨，中间小谢又清发”等，可以说，谢朓是李白的偶像。李白曾七次游历宣州，这首怀念谢朓的诗就作于他第三次到达宣州后。

首联开门见山，总括全景，傍晚的宣城像是在画里一样。“江城如画里，山晚望晴空”是逆写，按照正常的意脉应是“山晚望晴空，江城如画里”。接下来两联是对景色的具体描写。“两水夹明镜 ，双桥落彩虹”，绕城而流的宛溪和句溪澄澈如明镜，横架两溪的凤凰桥和济川桥在夕阳的照射中投下弯曲的影子，红色的夕阳，碧绿的溪水，波光明灭，使得桥的影子仿佛彩虹一般。“人烟寒橘柚 ，秋色老梧桐”，橘柚掩映住了人家，只看得见那里冒出的袅袅炊烟，苍茫秋色中，梧桐树也已经衰老了。“寒”、“老”二字点出秋意。以上两联具体描绘了如画的江城，如镜的清溪、如虹的双桥、飘拂的炊烟、实沉的橘柚，显示出自然的优美、人们生活的和平美好，也反映了诗人心态的自在和欢喜。而“寒、老”二字，眼前的秋色，又将引出诗人的生命体验。

自古登临多怀古，尾联“谁念北楼上 ，临风怀谢公”，以诗人独立风前怀想谢朓收束全篇。“我在这儿怀想前辈的文采风流、自在潇洒，而我今天临风赋诗怀念谢公，将来谁又会想起我呢?”

宣城的美景在李白的诗中永恒，李白的生命之思也会引起后人的生命思考。此时的李白似乎还没找到自己人生的使命，还没有达到生命的自我实现境界。

临洞庭[①] 孟浩然

八月湖水平，涵虚混太清[②]。气蒸云梦泽[③]，波撼岳阳城。
欲济无舟楫，端居耻圣明[④]。坐观垂钓者[⑤]，徒有羡鱼情。

【注释】 ①洞庭：中国第二大淡水湖洞庭湖，在湖南省北部。张丞相：指张九龄，玄宗时任宰相。②涵：浸润。虚：本义指大丘，这里指君山等洞庭湖中群山。太清：指天空。③云梦泽：古代指云、梦二泽，云泽在长江之北，梦泽在长江之南，后淤积成陆地，洞庭湖是它南部的一角。④端居：闲居。⑤坐：徒然。

【评析】 这是一首干谒诗。唐玄宗开元二十一年（733)，孟浩然游于长安，将这首诗赠给了当时在相位的张九龄，希望得到他的提拔。

诗的前两联对洞庭湖的宽阔宏大做了描绘。“八月湖水平，涵虚混太清”，八月的洞庭湖湖水上涨，将与岸齐平，湖水浸润着君山等群山，远处水天相接，天空和湖水仿佛合成一体。

“气蒸云梦泽，波撼岳阳城”，水汽蒸腾，整个云梦泽都笼罩在白色气雾中，波涛激荡，仿佛岳阳城都被撼动。后面两联转入抒情，从眼前景出发，委婉地表达出诗人想要得到引荐的愿望。“欲济无舟楫，端居耻圣明”，我想要渡过湖去却没有船只，闲居在这个圣明的盛世我又感到羞耻。“坐观垂钓者，徒有羡鱼情”，徒然看着那些垂钓的人，我只有羡慕的份。以“舟楫”、“垂钓者”暗指张九龄等执政者，以“羡鱼情”暗喻诗人想要得到引荐的愿望。

这首诗虽是干谒诗，却写得不卑不亢，写洞庭湖写得气势壮阔、勃郁吞吐，称颂对方和朝廷也很有分寸，“以望洞庭托意，不露干乞之痕”，在干谒诗中确实独具风采。也让我们看到了一身静穆悠然的孟夫子其实也同样有过进取的雄心。

过香积寺[①] 王维

不知香积寺，数里入云峰。古木无人径，深山何处钟。

泉声咽危石[②]，日色冷青松。薄暮空潭曲[③]，安禅制毒龙[④]。

【注释】 ①过：过访。香积寺：中国佛教净土宗第一祖庭，位于长安（今陕西长安县）西南神禾原。②咽：声音低沉呜咽。危石：高大的岩石。③薄暮：傍晚。空潭：澄澈的深渊。曲：曲折幽深处。即香积寺所在处。④安禅：佛家用语，指安静地打坐。毒龙：佛家比喻邪念妄想。

【评析】 这首诗虽然题为“过香积寺”，全诗却不正面写香积寺，只写寻访香积寺的过程，颇有王子猷雪夜访戴的洒脱自适。

首联“不知香积寺，数里入云峰”，诗人不知道香积寺的具体位置，就去寻访，走了数里路，都进入到白云缭绕的云峰，还是不知道香积寺的具体地方。“不知”表现出香积寺的隐蔽幽深。颔联“古木无人径，深山何处钟”，诗人沿着无人小径在参天古木丛里穿行，只听得到远处传来钟声，却还是不知道香积寺在深山哪里。“何处”照应“不知”，颔联写出了环境的幽静。颈联“泉声咽危石，日色冷青松”，泉水在高大的岩石间穿流，发出呜咽之声，夕阳西下，斜晖映在青松上，使人生出寒冷之感，这一联写出了山中环境的幽冷。“咽”、“冷”形容泉声和日色，用语准确，融情入景。

尾联“薄暮空潭曲，安禅制毒龙”，直到傍晚的时候，诗人终于到达香积寺，他看到澄清透彻的潭水，心虑为之一空。经过长时间的寻访，心终于落实下来，于是在潭边打坐，以消除自已的世俗杂念。

这首诗中虽没一字正面写到香积寺，但却领着我们入云峰，过古木，听石间幽泉，看青松斜阳，最后和诗人一起坐到了潭边。至于是否喜欢这冷寂的境界，能否克制内心的欲念，获得心灵的超脱宁静欢喜，则有待于各人了。

送郑侍御谪闽中① 高适

谪去君无恨，闽中我旧过②。大都秋雁少③，只是夜猿多。

东路云山合，南天瘴疠和④。自当逢雨露⑤，行矣顺风波。

【注释】 ①郑侍御：即姓郑的侍御，其名未详。侍御，指监察御史。谪：降职并外放。②闽中：现在的福建地区。③大都：大概；大抵。④瘴疠：指瘴气。⑤雨露：比喻皇帝恩泽。

【评析】 这是一首送别诗，表达了诗人对郑侍御的同情和慰藉之情，而这种安慰通过对闽中和路途景色的概括描述，自然而然地表达出来，十分独特。

开头即以过来人身份对郑侍御进行劝慰，你虽然被外放到闽中，但是不要有太多的怨恨，我也曾去过那地方。以自身经历劝慰对方，可以很好缓解对方的心理压力。

接下两联诗人具体告诉郑侍御自已经历过的闽中：秋天时大概很少见到大雁，夜晚倒是会经常听到猿啼；出长安东去，沿路青山与白云连接不断，景色优美，山川秀丽。南边虽然有瘴气，但还比较和缓。中国有鸿雁传书的典故，在诗歌中，鸿雁常常是书信的代称，又北魏郦道元《水经注·江水》载“巴东三峡巫峡长，猿啼三声泪沾裳”，猿啼声常常给人带来伤感，因此颔联也暗示着郑侍御去了闽中之后，与故人的来往书信将会因地理或政治因素而减少，真正到了那里多多少少会有些感伤。只是诗人的本意是安慰郑侍御，这些话不好明说而又不得不让他对将要经历的事做些心理准备，因此才在介绍闽中环境时进行暗示。大致意思是，前去的道路上难免睹雁生悲，听猿发愁，前面还可能遇到瘴气，但一路风景很美，问题也不大，所以不必太伤感了。

尾联是诗人对郑侍御的祝福和同情：你自然会受到皇上的恩泽，再次返回朝廷，所以要好好珍重，希望你一路顺风顺水吧。“顺风波”化自屈原《九章·哀郢》“顺风波以从流兮，焉洋洋而为客”，“逢雨露”是双关语，既指路途自然风雨和顺，也暗喻皇帝恩泽。全诗细心体贴，充满了诗人对郑侍御的同情和安慰，也可以看出高适的豁达、开朗、乐观。

秦州杂诗[①] 杜甫

凤林戈未息[②]，鱼海路常难[③]。候火云峰峻[④]，悬军幕井乾[⑤]。
风连西极动[⑥]，月过北庭寒[⑦]。故老思飞将[⑧]，何时议筑坛。

【注释】 ①秦州：在长安西七百八十里，位于今甘肃天水市。②凤林：凤林关，在今甘肃省临夏县南。③鱼海：湖泽名，在今甘肃西部。④候火：即堠火。古代瞭望台上报警的烽火。⑤悬军：深入敌方的孤军。幕井：军用水井。⑥西极：西方极远之地。⑦北庭：唐方镇名，属陇右道，在今新疆境内，以其治所在北庭都护府，故通称北庭。⑧故老：老人们、年纪大的人。飞将：指西汉飞将军李广。

【评析】 唐肃宗乾元二年（759）秋，杜甫“因人作远游”，抛弃华州司功参军（掌官员、考课、祭祀、礼乐、学校、选举等事），带领一家老小到达秦州，在此地写下了二十首歌咏山川城郭、感时伤乱的诗篇，统称为《秦州杂诗》，这是其中第十九首，感时乱而思良将。

秦州是杜甫晚年漂泊的起点，此诗起首两联即写边境未宁，描绘了一幅战争烽火不息的景象：凤林关的战争还未停息，鱼海之地的路常常难以行军；烽火燃起的狼烟形成高高的云峰，孤军深入敌方，留下一些干枯的水井。烽火写出战争仍然激烈，井干写出行军打仗的艰辛。第三联写边境秋景：大风从极西之地呼啸而来，月亮运行到北庭上空显得特别寒冷。“动”写出风势的猛烈，“寒”写出气候的恶劣，这一联以秋景烘托边境的艰难。

最后一联抒发感慨：想到汉朝有抗击匈奴的飞将军李广，朝廷何时能够设坛拜将，让有才能的将领领兵平息边乱呢？“筑坛”用了汉王斋戒设坛场，拜韩信为大将军的典故。

此诗语言平易，境界开阔，炼字老成，情感内敛。整首诗中，没有一句说到自己，心思全在国家安危、百姓士兵的苦乐之上，是为仁者襟怀。

禹庙[①] 杜甫

禹庙空山里，秋风落日斜。荒庭垂橘柚[②]，古屋画龙蛇[③]。
云气嘘青壁，江声走白沙。早知乘四载[④]，疏凿控三巴[⑤]。

【注释】 ①禹庙：指建在忠州临江县（今重庆市忠县）临江山崖上的大禹庙。②橘柚：《尚书·禹贡》记载，禹治洪水后，九州人民安居乐业，远居东南的岛夷之民也将丰收的桔柚包好进贡给禹。③龙蛇：《孟子·滕文公下》载：“当尧之时，水逆行，泛滥于中国。蛇龙居之，民无所定……使禹治之，禹掘地而注之海，驱蛇龙而放之菹。”④四载：传说中大禹治水时用的四种交通工具：水行乘舟，陆行乘车，山行乘樏(léi)，泥行乘輴（chūn）。⑤三巴：东汉末年刘璋分蜀地为巴东郡、巴郡、巴西郡（即今重庆忠县、云阳和四川阆中）。传说此地原为大泽，禹疏凿三峡，排尽大水，始成陆地。

【评析】 这首诗通过描写禹庙来追述禹功，写得气势雄壮。写作时间大约是唐代宗永泰元年（765)，诗人出蜀东下，经过忠州之时。

首联交代禹庙的位置和诗人参谒禹庙的时间。“禹庙空山里，秋风落日斜”，禹庙位于空寂的山中，秋风萧瑟，夕阳斜照在古庙之上，显得一派萧森。次联写庙内景象，“荒庭垂橘柚，古屋画龙蛇”，庙内庭院荒芜，橘柚垂枝，墙壁上还留存着蛟龙巨蟒的壁画。这一联描绘了禹庙的凄凉冷落，在写实中又寓含着与大禹治水有关的两个典故，当年岛夷之民贡献的橘柚，墙上画的大禹驱龙治水的故事，是对大禹的悼念，也是对大禹治水的功绩进行了歌颂。颈联写庙外的险峻山水，“云气嘘青壁，江声走白沙”，山崖峭壁上，云雾似从青色的岩壁上喷涌出来，白云缭绕。往下看，只见长江在两岸的白沙正中奔泻而去，虽看不清江中的波涛汹涌澎湃的形貌，但轰隆隆的江水声却滚滚传来。

最后一联从颈联描绘的险峻山水引出，“早知乘四载，疏凿控三巴”，大意是说：“我早就听闻了大禹乘四种交通工具，不畏艰险、疏长江、凿三峡的英勇事业，今天终于亲自见到了遗迹。”

诗中用词精准，结构井然，前三联写寻访禹庙，最后一联直接抒情，表达了对大禹的敬仰和颂扬，也暗含着对新君的期待和鼓励。

望秦川[①] 李颀

秦川朝望迥，日出正东峰。远近山河净，逶迤城阙重。

秋声万户竹，寒色五陵松[②]。有客归欤叹，凄其霜露浓[③]。

【注释】 ①秦川：秦岭以北的关中平原地带，这里指长安一带。②五陵：五陵源，以西汉王朝在这里设立的五个陵邑而得名的。③凄其：寒冷的样子。

【评析】 李颀（690—751），河南颍阳（今河南许昌附近）人，唐玄宗开元十三年（725）进士，曾任新乡县尉，后归隐东川。诗歌以边塞题材为主，风格爽朗。

这首诗是诗人离开长安归隐东川途中所作，透露出诗人内心的些许悲凉。诗的前三联写诗人早晨遥望长安方向所见景象：秦川现在是那么遥远，太阳升在东峰之上，将一切都照得清清楚楚；放眼望去，山川河流清晰明朗，城郭宫阙重重叠叠；秋风吹起，千家万户周围的竹子飒飒作响，五陵原上的松树都蒙上了寒冷色彩。面对曾经生活过、想要在那功成名就的地方，回忆一一在诗人头脑中闪现，曾经的理想都已落空，就这样离去，诗人的心中一定充满许多感慨吧。

尾联“有客归欤叹，凄其霜露浓”，诗人就要归去了，终于忍不住发出叹息，踏上这满是寒冷霜露的归途。“凄其霜露”照应首联“朝望”、“日出”，也是此刻诗人内心情感的物化表现，透露出诗人仕途失意不得不归隐的悲凉。

同王徵君洞庭有怀[①] 张谓

八月洞庭秋，潇湘水北流。还家万里梦，为客五更愁。

不用开书帙[②]，偏宜上酒楼。故人京洛满[③]，何日复同游。

【注释】 ①王徵君：姓王的徵君，其名未祥。徵君，指被朝廷征聘却不去做官的人。②书帙（zhì）：泛指书籍。③京洛：指洛阳。

【评析】 张谓，字正言，河内（今河南沁阳市）人，唐玄宗天宝二年（743）登进士第，后官至礼部侍郎，三典贡举。其诗“格度严密，语致精深，多击节之音”（《唐才子传》），多饮宴送别之作。

首联开门见山，紧扣题目，点明时间和地点，八月的洞庭湖已到了秋天，湘水向北流去。诗人的家乡在北方，想到湘水都能北去，自己却要淹留南方，诗人的心中一定充满感慨吧。颔联写诗人对家的思念，身体回不去，那就梦中回去吧，“还家万里梦，为客五更愁”，只是梦醒之后，依然是满怀的愁绪。

颈联借两个具体事例来表现乡愁，平时喜欢看的书现在看不进去了，只想着到酒楼去借酒浇愁，“劝君频入醉乡来，此是无愁无恨处”，但是酒醒之后呢？恐怕还是无法解脱吧。尾联“故人京洛满，何日复同游”，诗人直接发出感慨：故乡的那些亲朋好友们，什么时候才能再与你们一同交往游玩呢？

渡扬子江[①] 丁仙芝

桂楫中流望[②]，空波两岸明。林开扬子驿[③]，山出润州城[④]。
海尽边阴静，江寒朔吹生。更闻枫叶下，淅沥度秋声[⑤]。

【注释】 ①扬子江：指长江南京以下河段，因江上有扬子津渡口，故称。②桂楫：桂木船桨，这里指代船。中流：江河中央。③扬子驿：即扬子津渡口边上的驿站，在长江北岸，今扬州。④润州城：今镇江，在长江南岸，与扬子津渡口隔江相望。⑤淅沥：象声词，形容落叶声。

【评析】 丁仙芝，字元贞，曲阿（今江苏省丹阳县）人。唐玄宗开元十三年（725）进士，曾任主簿、余杭县尉等职。《全唐诗》录有他的诗十四首，多为交友旅游之作。

这首诗写诗人横渡扬子江时所见秋景，以属于视觉的“望”字贯通全篇，“行”字暗含其中，诗人在行船中远望，故景物一直是移动的。诗人写景中又杂入触觉和听觉感受，写出一片秋意。

“桂楫中流望，空波两岸明”，船只行到江水中央，视野变得开阔起来，两岸波光闪动，鲜明在目。诗人于是在船上四处纵目：但见江边丛林缓缓滑过，扬子江畔的驿站又显露出来。青山刚刚退出视野，山明水秀的润州城又闪了出来，让人应接不暇。诗人似乎对两岸的景色看得有些累了，于是向远处眺望：江水东去入海，入海处水相连，显得阴暗幽静。天渐渐晚了，江上吹起了北风，带来阵阵寒气。这时更传来秋风吹过枫叶的淅沥之声，看来秋天真的已经到了，而诗人的心境也似乎有些伤感了。

幽州夜歌[1] 张说

凉风吹夜雨，萧瑟动寒林[2]。正有高堂宴[3]，能忘迟暮心[4]。
军中宜剑舞，塞上重笳音。不作边城将，谁知恩遇深[5]。

【注释】 ①幽州：古州名，在今北京河北一带。②萧瑟：拟声词，形容风吹树叶的声音。③高堂：高大的厅堂。④迟暮：比喻晚年，暮年。⑤恩遇：恩惠知遇。

【评析】 张说曾任中书令，因与宰相姚崇不和，罢为相州刺史、河北道按察使，坐累徙岳州，后以右羽林将军检校幽州都督。这首诗就写于幽州都督府，诗中透露出被贬之后的愤懑不满。

首联写堂外夜景，渲染一种悲凉气氛。“凉风吹夜雨，萧瑟动寒林”，风雨交加的夜晚，寒气逼人，树叶萧萧作响，一片凄凉。接下两联转写堂内夜饮，正是在这样的风雨之夜，诗人和将士们在高大的厅堂里摆设了酒宴，凭借着欢乐的酒宴才能让诗人暂时忘掉年老的凄凉心绪。军中助兴应该用剑舞，塞上听音乐注重胡笳。饮酒，观剑舞，听胡笳，恐怕并不能真让诗人感到高兴，高堂夜饮，听笳舞剑，看似豪放，其实质仍不过“欲将沉醉换悲凉”。

尾联抒发感慨，透露着诗人的不满情绪，“不作边城将，谁知恩遇深”，要不是朝廷派我到边塞为将，做这幽州都督，领略了这边地的酷寒和孤寂，我又怎么能知道昔日朝廷对我的恩遇之深呢？

此时的张说说自己深知“恩遇深”，这倒是句实话，久居高位，深叨皇恩，当时或者并不觉得，如今被皇帝疏远，自然感受鲜明，感觉到昔日受恩之深。但对于谪居边城为将，他显然并不乐意。

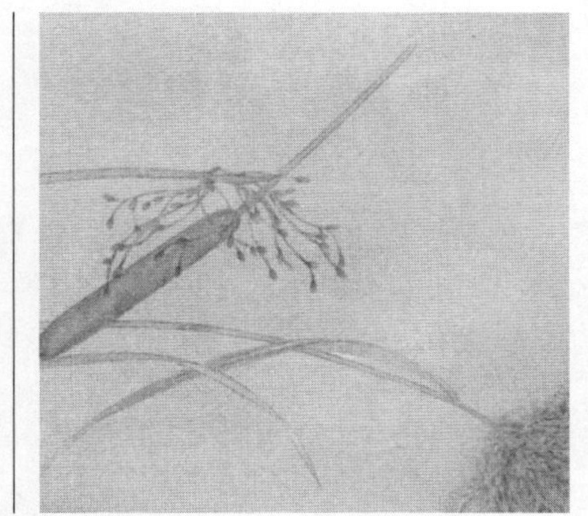

千家诗卷三 七绝

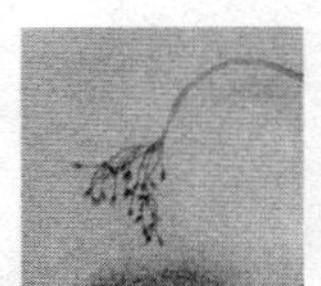

春日偶成 程颢

云淡风轻近午天，傍花随柳过前川[①]。
时人不识余心乐[②]，将谓偷闲学少年[③]。

【注释】 ①傍花：靠近花丛。川：河流，此处泛指河边。②时人：现在的人，即旁人，别人。③将谓：将要认为，以为。偷闲：抽空游乐。

【评析】 程颢（hào）（1032—1085），字伯淳，号明道，世称明道先生，北宋洛城伊川人（洛阳），出生于湖北黄陂。北宋仁宗嘉祐二年（1057）进士，宋神宗时因反对王安石新法，出为镇宁军节度判官，后任宗宁寺丞等职，追封"豫国公"，配祀孔庙。程颢与其弟程颐学于周敦颐，世称"二程"，是北宋理学的奠基者，其学说后来为朱熹所继承和发展，世称程朱学派。

这是一首春日写成的即兴抒情小诗。诗中前二句写自己春日近午时分出游之乐，后二句特意说明自己的快乐不是旁人偷闲的玩乐的快乐，而是别有体会。全诗语言通俗，先写出游之乐，再写自己感受，结构也很简单。

诗歌的前二句写得很好，天气晴朗，风轻云淡，花柳繁茂，诗人随意走走，感觉很愉快。诗歌也写得很轻快。"云淡风轻"写的景很美，清新明媚，也显出人物心境轻松愉快。或者说，正是诗人心中愉快，有"真乐"，所以看到周围都美好。"傍""随"二字不仅写了自己的动作，更进一步突出了愉快，随意的心情。人们通过这两句，都能看出诗人心中的快乐。但诗人却别有话说。

“时人不识余心乐，将谓偷闲学少年”。“旁人不懂得我此刻心中的真乐呀，还以为我是学少年们，偷空出来游乐才感到的快乐呢。”那么程颢的快乐该怎么理解呢？

程颢是理学大师，在他们看来“万物皆有理，顺之则易，逆之则难”，他们总是能从生活中体会到这种“理”。现在眼前风清云淡，花草芬芳，自然万物都各随其性，展露出无限的生机。而他平日的生活执着于自己的选择和信念，或研究学问，或布道讲学，或会客结友，或酣睡闲游，不是也和自然万物一样，随性自由，怡然自得吗？这种体会到自然宇宙规律，体道得道之后的快乐，才是真正的快乐呀。这和下一首中朱熹“等闲识得东风面，万紫千红总是春”的感受是很相似的。

春日　朱熹

胜日寻芳泗水滨①，无边光景一时新。
等闲识得东风面②，万紫千红总是春。

【注释】　①胜日：美好的日子。寻芳：寻找春天，即春游。泗（sì）水：源于山东泗水县，流入淮河，在山东省中部，春秋时代孔子讲学处。②等闲：不经意间，随意。

【评析】　朱熹（1130—1200），字元晦，号晦庵，又号晦翁、考亭先生、云谷老人等。南宋徽州府婺源县（今江西省婺源）人，寓居建阳（今属福建）。高宗绍兴十八年（1148）进士，授泉州同安县主簿，历官秘书郎、知南康军、知漳州、潭州等。宁宗庆元二年（1196），韩侂胄专政，落职罢祠，卒谥文。朱熹求道、穷理、致知、践行，一生讲学不倦，为南宋理学集大成者。

这首诗表面看是一首写景的诗歌，实际是一首哲理诗。近代陈衍称赞“晦翁登山临水，处处有诗，盖道学中之最活泼者”（《宋诗精华录》卷三）。诗人写他春日在泗水边寻找春天，感觉到只要春天来了，一切风景都为之一新；只要春天存在，所有的一切都是美好的，“万紫千红总是春”。表达了诗人体悟了儒家大道之后，感到无往而不适的自由充实与快乐。诗中泗水，是孔子讲学的地方，借泗水寻芳比喻在圣贤书籍中寻求真理，以找到“春天”、识得“东风面”比喻悟通大道，获得了精神的信仰和心灵的自由。

当然将它作为一首单纯的写景诗来看，也很不错。但和多数写春天的诗歌不同，这首诗强调的是春天改造一切的力量，以及春天的博大和无处不在。“万紫千红总是春”也很豪迈、很有气势，和很多诗惜春伤春的感伤情绪也迥然不同。

在结构上，这首诗首句“寻”字引领，第二句为寻得的结果，三四句则为寻得后的感悟。诗歌语言通俗，以寻春和求真理做类比，将抽象哲理诗化，给人以启发。就用字来看，前有“寻”、后接“识”，“万紫千红”承“无边光景”，“总是”应“一时”，前后融贯，照应自然，针脚异常细密。

春宵　苏轼

春宵一刻值千金[①]，花有清香月有阴。
歌管楼台声细细[②]，秋千院落夜沈沈[③]。

【注释】　①春宵：春夜。②歌管：歌指歌声，管指箫笛一类乐器，这里指代歌舞和音乐。③夜沉沉：夜色深沉。

【评析】　苏轼（1037—1101），字子瞻，号东坡居士，眉州眉山（今属四川）人。仁宗嘉祐二年（1057）和弟弟苏辙同年进士及第。在变法上，苏轼主张渐变，和王安石变法主张不同，神宗时自请为杭州、密州、徐州、湖州等处任通判、知州等职。神宗元丰二年（1079），被诬以诗诋毁朝政，贬黄州（今湖北黄冈）团练副使。哲宗元祐年间被重新起用，历任翰林学士、兵部尚书、礼部尚书等职，又不同意司马光全盘推翻变法措施，自请为杭州、扬州、定州等地知州。新党再次执政后被贬惠州（今属广东）、儋州（今属海南）。元符三年（1100）徽宗即位后始遇赦放还，次年卒于常州。

谥文忠，是宋代卓越的文学家，在诗、词、文等方面均有一流造诣，为北宋中期文坛盟主，在诗、词、文等方面都有突出成就。其文挥洒自如，明白洗练；其词无事不可写、无意不可入，别开豪放一路；其诗题材广泛，构思新颖，善用比喻，语言爽逸。

这首小诗，用清新明快的语言，描绘了春夜的温馨美好，表达了对春宵的喜爱与珍惜之情。诗歌首句即言“春宵一刻值千金”，饱含喜爱珍惜之情。后面三句前一句写自然之静谧美好，后两句写春夜中人们沉醉歌舞楼台的喜乐。花朵散发清香，月光静静在云中移动，地下的花枝树影也随之变化，“月移花影上栏杆”，“云破月来花弄影”，景色多变而又幽静清丽；隐约的楼台歌舞传来，声细细，更觉得春夜的静谧美好，而一切都在夜色中渐渐沉静下来，睡了过去。这春夜多么美好呀！

“春宵一刻值千金”的夸张和比喻，直指时间，让人警醒，唤人珍惜，尤其是对那些稍纵即逝的最美好时光，于是也常常布在人口，更常常用来指新婚时的甜蜜时光。

城东早春　杨巨源

诗家清景在新春，绿柳才黄半未匀[①]。
若待上林花似锦[②]，出门俱是看花人[③]。

【注释】　①绿柳：指柳树，嫩柳枝。半未匀：指柳芽才抽出来，有点鹅黄、有点嫩绿色。匀：均匀。②上林：即上林苑，汉代的皇家园林。此处泛指花园。③俱是：都是，全是。

【评析】　杨巨源（755—?），字景山，河中（今山西永济县）人。唐德宗贞元五年（789）进士。担任过太常博士、凤翔少尹、国子司业等职。唐穆宗长庆四年（824），辞官退休，执政请以为河中少尹，食其禄终身。杨巨源与白居易、元稹、刘禹锡、王建等人交好。其诗格律工致，风调流美。

此诗写长安城东早春的迷人景色，并表达诗人的独特见解，深含哲理，耐人寻味。诗人首先提出："诗家清景在新春"，然后具体描绘新春最美的柳色。"绿柳才黄半未匀"一句，写的是才抽芽的嫩柳枝，清新明丽，故称清景。理解时不要受到"绿"字字面意思的干扰。第三句转折，写繁花似锦时节的喧闹景象，反衬新春的清新美好。

对于诗歌的内涵，有不同的意见：有人认为指培养人才，要趁早发现及时扶持。等到人才已经声名显赫，再举荐就没意义了。有人认为是指写诗创作要善于发现新东西，写出新意，不能人云亦云，从众跟风。其实诗无达诂，这两种理解都不错。我们不妨更宽泛一些，理解为做任何事情都要趁早、要创新。

春夜　王安石

金炉香烬漏声残①，剪剪轻风阵阵寒②。
春色恼人眠不得，月移花影上栏杆。

【注释】　①金炉：金制或铜制的香炉。漏：古代用来计时的漏壶。②剪剪：形容风轻而寒。

【评析】　这首诗一题《夜直》，应当是王安石受到宋神宗的器重，在全面推行新法之前，在禁中值班时所写。首句从视觉和听觉入手，写出深夜久坐不寐的情形：金炉香烬，漏声将残。次句写感觉：春风剪剪吹来，带着阵阵寒意。最后两句写心情：春色美好撩人，而诗人心中却觉得心烦意乱，无法入眠，只能静静地看着月光照着花朵，将花影移上栏杆。

"云破月来花弄影"在宋代词人张先的笔下是美好的春色，而"月移花影上栏杆"这样的美景却无法引起王安石的兴致，显然他是在为国事担忧。这里面或者有对于即将展开的变法的急切之情；或者含有对年轻的皇帝的怀疑，怕他变法的决心不坚定，会中途改变；或者还有其他种种思量与担心。

此诗写春夜清幽之景，鲜明在目。而诗人内心的波澜，仅通过"春色恼人眠不得"曲折传达出来，比起直接说出心底之事，更让人寻味、思索。

初春小雨　韩愈

天街小雨润如酥[1]，草色遥看近却无。

最是一年春好处，绝胜烟柳满皇都[2]。

【注释】　①天街：长安城中的街道。酥：形容春雨润滑柔和。②绝胜：最美的，绝佳的。

【评析】　韩愈（768—824），字退之，河阳（今河南孟县）人。自谓郡望昌黎，后人因称“韩昌黎”。德宗贞元八年（792）进士，历任节度推官、监察御史等职。后因上书言关中旱饥，贬为阳山（今属广东）令。宪宗元和十二年（817），从裴度征淮西有功，擢刑部侍郎。又因谏迎佛骨，贬潮州刺史。穆宗即位，召拜国子祭酒，转兵部侍郎，官终吏部侍郎。谥文。世称“韩吏部”、“韩文公”。

韩愈诗歌笔力雄健，奇绝宏伟，好发议论，多用赋体，是中唐别开生面的一位诗人。但这首写春雨的小诗，则写得清新动人。首二句写长安春雨时节的景致，好在能抓住春雨和春草的特色，写得真切细腻：细雨如丝如雾，润滑柔软，草已经抽芽，远看地面一片绿意，近看则看不见了。后二句则集中笔墨，写春雨中长安城最美的景色。“最是一年春好处”提顿，“绝胜烟柳满皇都”推出，“一年中最美的景致呀，就是那迷蒙细雨中的柳树如烟如雾布满了皇都”。

苏轼《冬景》（又名《赠刘景文》）中的名句“一年好景君须记，最是橙黄橘绿时”，在句式和写法上和这两句正相同，应该是受到了韩愈的启发。二者都是前一句提顿，后一句出之以景物描写。而且在整首诗的结构上，两首诗都是后两句在诗歌前两句的基础上，再推进一层，推到最高级，以最美的景物绾结全诗。

对于后二句的解释，通常都将烟柳当作晚春景色，将“绝胜”理解为“绝对胜过”，认为这一句的意思是“早春景色是一年中最美的，绝对胜过烟柳满皇都的晚春景色”。其实这里的“绝胜”就是绝佳、绝美的意思。诗歌写的初春小雨，虽草色还不浓，但最早报春的柳树，此时应当已经长出了嫩叶，长条随风，婆娑可爱。它在雨中的形象正是“烟柳”二字可以形容。诗人写的就是早春的小雨、嫩草和雨中的满城烟柳。这样理解，诗歌的意境才完整。对于这一点，石继航先生在他的《千年霜月千家诗》中有详细的论述，可以参看。

元日　王安石

爆竹声中一岁除，春风送暖入屠苏①。

千门万户曈曈日②，总把新桃换旧符③。

【注释】　①屠苏：用屠苏草浸泡过的酒。古时春节饮屠苏酒调理脾胃，解毒消灾。②曈曈：形容日初升时的明亮光鲜 。③桃符：春联的前身。古人用桃木板分别写上“神荼”、“郁垒”二神的名字，或悬挂门首，祈福灭祸，即最早的桃符。据说桃木有压邪驱鬼的作用。

【评析】　这首诗歌是春节时所写，“元日”即农历正月初一，是新一年的开始。而写作此诗时，王安石正启用了大批新人，全面开始了变法。因此诗歌中不仅表达了家家户户除旧迎新的新春之乐，还表达了他破旧立新，积极推行新政，将要改变国家面貌的变法的决心和喜悦。

诗人说：“爆竹声终于送走了旧的一年，春风已经把春天的温暖吹进了屠苏酒中。千家万户迎来了新年的第一轮鲜明的红日，人们都忙着挂上新的桃符。”

这首诗有一个显著的特点，即整首诗充满了过年时特有的喜气洋洋的氛围。通常新年之际，人们既有旧年去尽的惆怅，也有新年到来的欢喜。而此诗中“除”、“送”、“入”三字，连贯直下，丝毫没有对旧年的不舍，而只有对新年到来的欢喜。而爆竹声声、欢聚饮酒，更烘托出了新春的喜庆热闹。接下来诗人更进一步描绘了这一天中最让人喜悦兴奋的景象。

“千门万户曈曈日，总把新桃换旧符。”“千门万户”写出普天同庆的欢乐，“曈曈”写出初日的鲜明光亮美好，极富有象征意味。“总”字暗示着这中间有一种不由人左右的巨大力量，体现出这一种时间的新旧更替实乃必然的规律。

而在诗人看来，他主持的变法也同样是合乎规律的必然之举，一个“总”字，包含着诗人的决心和自信。正是这些精心提炼的字，使得诗人的政治心态得以隐约而又充分地体现出来。在这个新年到来之际，他正领导着一批年轻的官吏，开始一场深刻的变革。他希望的正是将一切旧的埋葬，向着一轮红日奔去，而且他坚信除旧布新是历史的必然。

上元侍宴[①] 苏轼

淡月疏星绕建章[②]，仙风吹下御炉香。
侍臣鹄立通明殿[③]，一朵红云捧玉皇。

【注释】 ①上元：即元宵节，农历正月十五。宋代元宵节有赏灯习俗。②建章：汉代宫殿名，这里指代京城的宫殿。③鹄立：肃立。鹄：天鹅。形容大臣们整齐肃立。通明殿：传说中玉帝的宫殿。

【评析】 这是一首上元节期间皇帝大宴群臣时写的应制诗，诗歌原题《正月十四夜扈从端门观灯三绝》，这是其中的第一首，主要描绘大臣们等待皇帝出来时的情景。

诗歌写群臣等待帝王出现的一幕，但却先从宫殿外的景色写起。“淡月疏星绕建章”，天上月淡星疏，是因为各种花灯早已经将京城照得如同白昼，“繁灯夺霁华”（刘克庄），故而显得明月淡淡、星辰稀疏。反面着笔，用笔灵活巧妙。次句写大殿之中香烟缭绕。“仙”字将皇宫比拟为仙宫，皇帝自然高兴。“吹下”二字，暗含帝王恩泽遍布臣僚之意，奉承得很高雅。

后二句，前一句写臣僚们端正肃立在通明殿上静静等候。后一句是写皇帝在宫人的簇拥下，走下高高的宫殿台阶，终于到来了。这两句再次将皇帝仙化，“鹄立”写出帝王的威严、臣僚的尊崇。“捧”字形容出帝王的高贵。

多数评论者认为，“一朵红云”指的是群臣而言，是形容群臣们包围簇拥着皇帝。但上面诗中已经写到他们肃立通明殿，等待皇帝出场；而且“红云”和帝王是近距离的接触，簇拥在一起，十分密切，这显然更像是宫人与帝王的相处情形。而且在结构上，前一句写群臣等待，后一句写宫人簇拥皇帝出来，这样才结构完整。

立春偶成① 张栻

律回岁晚冰霜少②，春到人间草木知。
便觉眼前生意满③，东风吹水绿参差④。

【注释】 ①立春：农历二十四节气之一，一般在阳历二月四日或五日，是春天开始的标志。②律回岁晚：古代用十二音律类比十二个月。春夏六个月为“阳”，称为“律”；秋冬六个月为阴，称为“吕”。律回岁晚，即旧年将尽，新律又开始了。③便觉：马上觉得。④参差（cēn cī）：长短不齐。此处指水面波浪叠叠、涟漪片片。

【评析】 张栻（1133—1180），字敬夫，号南轩。宋汉州绵竹（今四川绵竹）人，后迁居湖南衡阳。其父为宋高宗时的宰相张浚。以祖荫入职，宋孝宗乾道元年（1165），主管岳麓书院，从学者达数千人，奠定了湖湘学派规模，成为一代学宗。他和朱熹和吕祖谦并称为“东南三贤”，主张“明理居敬”。

这首诗写立春时的感触，清新明畅，没有一点理学气、头巾气。诗歌集中描写对春意的欣喜，对春天的喜爱。一个漫长的冬天结束了，这时候，春天带来的欣欣向荣的生意令诗人格外高兴。但是，立春时节，草木多半还没发芽，周围也没有嫩叶新花，诗人是如何表达这种春意，让我们也感受都春天的勃勃生气、欣然可喜的呢？

原来，诗人抓住立春时冰霜渐少的特征，设想春到人间，草木先知。然后集中笔力，写满池春水，春水的碧绿参差让人猛然觉得春天似乎已经遍布人间了。“立春这天，冰霜渐渐消失，旧年将尽，新律又始。春天来到了人间，草木最先知道。特别是当东风吹来，碧绿碧绿的水面上泛起阵阵涟漪，让人觉得天地间满是生机。”也就是说，诗歌的后两句，在语序上是倒装的，正是“东风吹水绿参差”，才让诗人“便觉眼前生意满”。这是读懂此诗的关键。

“春江水暖鸭先知”、“漏泄春光有柳条”，似乎真是草木动物先知道春天的来临，但仔细想想，其实春到人间，最先知道的都是诗人，是那些对生命和生活无比热爱珍惜，又充满了诗心诗情的人。正是他们敏锐的感悟和精美的诗篇，让我们感受到春的美好，不由生出一种振奋精神的期盼。

打球图　晁说之

阊阖千门万户开①，三郎沉醉打球回②。
九龄已老韩休死③，无复明朝谏疏来④。

【注释】　①阊阖：传说中天官的大门，指代长安的官门。②三郎：唐明皇李隆基的小名。③九龄已老韩休死：意思是像著名宰相张九龄和韩休那样的忠臣们老的老、死的死了。④谏疏：给皇帝提意见的奏议。

【评析】　晁说之（1059—1129），字以道，因慕司马光之为人，自号景迂生。先世居澶州（今河南濮阳），济州巨野（今山东济州市）人。宋神宗元丰五年（1082）进士及第，苏东坡以“文章典丽，可备著述”举荐，还得到范祖禹、曾巩力荐。元符三年（1100），知无极县，后曾通判廊州、知成州等。靖康初，召至京，任秘书少监兼渝德、寻以中书舍人兼东宫詹事。力言三镇不可割，谏止钦宗不可弃汴京出狩。卒于建炎三年（1129）。观其一首可知晁说之是一个有才华有见识的官员。

这首题画的小诗，也很能体现诗人的见识、胆略和爱国之心。诗歌的前两句写“打球图”所展现的场景，直呼皇帝小名“三郎”，加以“沉醉”二字渲染，还用“千门万户开”的威仪做反衬，用语饱含批判。让人联想到杜牧《过清华宫绝句》其一：

长安回望绣成堆，山顶千门次第开。一骑红尘妃子笑，无人知是荔枝来。

相比之下，杜牧出之含蓄委婉，批判的力量内蓄，而晁诗语锋犀利、大胆直露。

诗中后二句就打球一事发感慨。《新唐书》记载，唐明皇放纵游乐，就会问左右：“韩休知否？”而韩休也很快有谏疏呈上来。但是现在像张九龄和韩休那样敢于直谏的忠臣们老的老、死的死，皇帝面前再不会出现敢于力谏的奏本了，国家社稷危矣！

据唐人封演《封氏闻见记》记载，唐明皇打球事，是在他登帝之前，打败吐蕃球手，为大唐争了光。可见，这里只是借“打球图”借古讽今，讽刺宋代酷爱打球的天子宋徽宗，这更能显示出诗人的大胆和爱国。

咏华清宫[①] 杜常

行尽江南数十程，晓风残月入华清。
朝元阁上西风急[②]，都入长杨作雨声[③]。

【注释】 ①华清宫：也称华清池，在陕西省西安市临潼区。始建于唐初，鼎盛于唐玄宗时代。华清宫倚骊山而筑，背山面渭，规模宏大，建筑壮丽，唐玄宗几乎每年十月都要到此游幸。②朝元阁：华清宫内的一座宫殿。③长杨：即长杨宫，汉宫名，在今陕西省周至县东南。宫中植垂杨数亩，故名。此处泛指华清宫殿。

【评析】 杜常，字正甫，卫州（今河南卫辉）人。他是昭宪皇后（即宋太祖的母亲杜太后）族孙。宋英宗治平二年（1065）进士。历神宗、哲宗、徽宗数朝，曾提点河北西路刑狱、任开封府判官、知梓州，知青州等。这首诗大约作于神宗元丰年间，诗人提点秦凤路刑狱时。

诗歌前二句写诗人长途跋涉于清晨到达华清宫，后二句写华清宫西风急雨的凄清，以寄托历史兴废之感。全诗结构明晰，语言明了。“晓风残月”虽不是首创，用得也还恰当，形象比较鲜明。

但整首诗歌并不感人，余味无多。而且上句“晓风残月”，下句又“西风急”，显得生硬，不真实。如果将“朝元阁上西风急”视为国势衰微的象征，“都入长杨作雨声”比喻百姓的凄凉，表明皇帝不振，百姓遭殃，似乎还有点新意，但未免过求深解。远不及我们上文中提到过的杜牧《咏华清宫三绝句》批判有力，耐人寻味。此处再录一首：

其二

新丰绿树起黄埃，数骑渔阳探使回。

霓裳一曲千峰上，舞破中原始下来。

清平调词　李白

云想衣裳花想容①，春风拂槛露华浓②。

若非群玉山头见③，会向瑶台月下逢。

【注释】　①想：像，似。也可理解为“想要、向往”。②槛(jiàn)：栏杆。露华浓：相容露水滋润下的牡丹光艳动人。③群玉山：传说中西王母住的仙山。

【评析】　天宝元年（742），李白应诏入京，供奉翰林，不免要为皇帝服务，写些应景的诗文。春天的一日，宫中牡丹盛开，唐玄宗和杨贵妃在沉香亭上观赏牡丹，心情愉快，便诏李白作清平调词三首，谱曲歌唱，此为第一首。这首小诗，借咏牡丹花来咏杨贵妃的美貌，以花和仙女比喻美人，却浑然自如，让人叹赏。

诗歌的前二句写得尤其出色。“云想衣裳花想容”，起得响亮、超妙。此句既写花也是写人，但却既没有提到牡丹更没提到杨贵妃，诗人用的是暗喻，一笔双兼，比起韦庄“金似衣裳玉似身，眼如秋水鬓如云”（韦庄《天仙子》）单只写人，显得更为巧妙。而“想”字，评论者多理解为“由云想到贵妃的衣服，由花想到贵妃的容貌”或者“云像她的衣服花像她的面容”，其实直接当动词来理解更佳。“云都想要拥有她的衣裳，花都向往她的容貌”，这就在比喻的基础上更进了一层，写出杨贵妃的美貌更胜一筹。宋向子諲《浣溪沙》词“花想仪容柳想腰，融融曳曳一团娇”，正是这么用这个“想”字的。

“春风拂槛露华浓”，工笔细描牡丹含露的光艳娇媚，也暗示杨贵妃花容玉貌正是因为得到了帝王的恩泽，这样写是实情，当然也会让皇帝欢喜。

后二句说“这样倾国倾城的佳丽若非在王母娘娘的群玉山能见到，就只能在仙子们的瑶台那里才能见到”，总之是人间没有，是天女下凡，不知不觉中又将杨贵妃比作仙女。

这首诗化虚为实，用比喻、烘托的手法，将难以描绘的美貌表现得真切动人，实在是天才李白才写得出的杰作。但它也只是艺术性特别突出，也仅仅只是写贵妃的美貌。

送元二使安西[①] 王维

渭城朝雨浥轻尘[②]，客舍青青柳色新。
劝君更尽一杯酒，西出阳关无故人[③]。

【注释】 ①元二：作者友人。使：出使。安西：唐代的安西都护府，在今新疆库车县境。②渭城：地名，即秦代咸阳古城，汉代改为渭城，在今陕西省西安市西北。浥（yì）：打湿。③阳关：在今甘肃省敦煌西南，为自古赴西北边疆的要道。

【评析】 在前面五言诗部分，我们曾读过王维的《山中送别》和《相思》，感受过王维是一个深于情，且懂得在生活中珍藏每一份美好真情的诗人。这首小诗，让我们又见证了这一点。而且因为此诗道出了人人共有的依依惜别的深情，在唐代便被谱成了《阳关三叠》，又称《阳关曲》、《渭城曲》，成为古人饯别的名曲。由唐到宋，传唱不衰。至今还保存有由明代的古琴曲改编成的古歌《阳关三叠》，唱来仍是深情婉转。

诗歌前两句写景，用的是工笔细描，且写景中有带着起兴，仿佛在低声吟唱。分别时，正是清晨，一场朝雨打湿了路上细细的尘土，客舍外青青的杨柳被雨水洗得一片清新，一切都是那么美好，那么清新，那么让人留恋，那么让人不舍。"昔我往矣，杨柳依依"（《诗经·小雅·采薇》），似乎空气中都含着不舍的深情。

该道别了，该说再见了，可还是那么不舍，"劝君更尽一杯酒，西出阳关无故人"。诗人只是采撷了分别时最动情的一幕，"朋友啊，再干了这一杯吧，西出阳关，再无故人。"说得多么朴实，多么温厚，多么诚挚，多么饱含深情！西出阳关，则人烟稀少、道路艰辛；西出阳关，则环境生疏、难遇知音。再进一杯酒吧，让我们再多一刻彼此的温存。

此诗前二句写清晨清新之景以烘托不舍之情，暗引依依杨柳来起兴。后二句撷取劝酒的一刻，表达分别时不舍、担心、祝愿种种深情，情境如在目前，感人至深。

明代李东阳在《麓堂诗话》中说："王摩诘'阳关无故人'之句，盛唐以前所未道。此辞一出，一时传诵不足，至为三叠歌之。后之咏别者，千言万语，殆不能出其意之外"，信然。

题邸间壁[1] 郑会

酴醾香梦怯春寒[2]，翠掩重门燕子闲。
敲断玉钗红烛冷，计程应说到常山[3]。

【注释】 ①邸：旅馆，旅店。②酴醾（tú mí）：亦作"酴醿"、"荼蘼"，蔷薇花科，俗称佛见笑。③常山：今浙江省常山县。

【评析】 郑会是南宋末年的诗人，字文谦，一字有极，号亦山，贵溪（今属江西）人。少游朱熹、陆九渊之门。宋宁宗嘉定四年（1212）进士。

十年后，升礼部侍郎。宋理宗宝庆元年（1225），由于不忿奸相史弥远专政，称病回家，归隐田园。

这首诗是诗人在羁旅途中，思乡情切，即兴题写在旅社墙壁上的。但诗人不写自己思乡，想念亲人，却从妻子的角度来写，想象家中妻子对自己的想念。工笔细描，写得细腻感人。诗人写道："酴醾花的香气弥漫在深深的院落中，春色掩映的道道门户都紧紧地闭着，燕子也歇息在屋檐下，成双成对。只有你孤孤单单。你应该因为这春夜的寒冷而不能入梦，是不是正守在冷冷红烛下，数着灯花，敲着玉钗，心里估算着我应该到了常山了吧。"

诗歌的前二句写家中妻子所处的环境，酴醾飘香，重门深掩，燕子安闲，天气还有些寒冷。虽没写人，但已经透露出人的孤单。后二句则是特写：妻子夜间无法成眠，在红烛下敲着玉钗，估算丈夫的行程。"冷"字做烘托，"断"字不是写实，而是夸张地表明妻子思念的深切。

有论者认为前二句写作者旅店中的景色，后二句反面着笔，想象妻子家中相思情景，亦可通。但不免前后脱节，而且"翠掩重门"多半还是闺门景象。

我常想，当时郑会有没有将这首诗寄给妻子呢？他肯定希望自己要到常山的消息能给妻子带来一些欣喜的，他应该是寄了。而他的妻子读到这首诗歌时，想到旅途中的丈夫竟然能这般细腻地感受她孤单的处境以及她思念的苦楚，会不会因感动而落泪呢？夫妻情感的可贵，大约就在这种心心相印与相互体贴。茫茫人海，只有我们二人，相依为命。

绝句 杜甫

两个黄鹂鸣翠柳，一行白鹭上青天。
窗含西岭千秋雪①，门泊东吴万里船②。

【注释】 ①西岭：西岭雪山，指成都西面的岷山。千秋雪：山顶上千年不化的积雪。②泊：停泊。东吴：指成都东面的古代吴国，今江苏一带。万里船：不远万里开来的船只。

【评析】 唐代宗宝应元年（762）四月，唐玄宗、肃宗父子相继去世。六月严武被召回京，蜀中大乱，杜甫一度避往梓州。第二年，叛乱得以平定，严武还镇成都。杜甫也回到成都草堂，面对着春天一派勃勃生机，情不自禁，写下了一组《绝句》，共四首，本诗为其中的第三首，但只有这一首广为流传，成为经典，其他三首则并不出色。

这首小诗结构严密，一句一景，两两对仗。对仗工整，色彩明丽，音韵流美，清新明快。四句诗歌，各写一景，仿佛一幅独立的图画，又连成一体，营造出一幅生机勃勃的画卷。“两个黄鹂鸣翠柳，一行白鹭上青天”，视线由近及远，由地及天。“窗含西岭千秋雪，门泊东吴万里船”，又由远到近，由远山回到门前，结构浑融完整。而且前两句连用“黄”、“翠”、“白”、“青”四种鲜明的色彩，显示出春天的明媚和秀丽。“鸣”字如闻其声，“上”字如见其形。“两个”“一行”细致工切，真是“少陵翰墨无形画”。（苏轼《韩干马》）

“窗含西岭千秋雪，门泊东吴万里船”，不仅对仗工整，而且构图巧妙。诗人将千秋雪的画面放在窗中，万里船的画面放在门中。仿佛相机的取景框，因为隔断了周围的杂色与枝蔓，画面显得更加单纯而静美。诗歌也由前两句的动态，转入静静观赏的静态。诗人的心，可能也渐渐沉静下来。由眼前万里而来的船，想到买舟东下，想到故园种种，不觉触动了他的乡情。但这种情绪并不明显、浓郁，这首诗歌更多的是让我们感受到了春天的生机和美好。

海棠 苏轼

东风袅袅泛崇光[①]，香雾空濛月转廊[②]。
只恐夜深花睡去，故烧高烛照红妆。

【注释】 ①袅袅：微风吹拂的样子。崇光：明亮、华美的光泽。②

香雾：饱含花香的夜气。空濛：迷蒙缥缈。

【评析】 这首小诗作于宋神宗元丰三年（1080），诗人贬居黄州时。同一时期，诗人还做了一首七言二十八句的排律《海棠诗》，诗云：

江城地瘴蕃草木，只有名花苦幽独。嫣然一笑竹篱间，桃李漫山总粗俗。

也知造物有深意，故遣佳人在空谷。自然富贵出天姿，不待金盘荐华屋。

朱唇得酒晕生脸，翠袖卷纱红映肉。林深雾暗晓光迟，日暖风轻春睡足。

雨中有泪亦凄怆，月下无人更清淑。先生食饱无一事，散步逍遥自扪腹。

不问人家与僧舍，拄杖敲门看修竹。忽逢绝艳照衰朽，叹息无言揩病目。

陋邦何处得此花，无乃好事移西蜀？寸根千里不易到，衔子飞来定鸿鹄。

天涯流落俱可念，为饮一樽歌此曲。明朝酒醒还独来，雪落纷纷那忍触。

并且苏轼特别喜欢这颗海棠和这首《海棠诗》。苏轼《记游定惠院》云："黄州定惠院东小山上，有海棠一株，特繁茂。每岁盛开，必携客置酒，已五醉其下矣。"叶石林云："《海棠诗》为东坡先生最得意之作，故常喜写，人间刻石有五六本。"为什么会如此呢？

唐郑谷《海棠诗》云："秾丽最宜新着雨，妖饶全在欲开时"，而苏轼的海棠不是写其妖娆，而是写名花幽独。诗人以海棠自喻，感叹自己如海棠一样，天姿迥出，无须华屋金盘的映衬，自有动人之佳质。但却如这株海棠一样，处于粗俗的"桃李"之中，只能空叹天涯沦落之悲。诗中虽满怀被庙堂遗弃的怨叹，但也充分表达了自有佳质的肯定，特别是"朱唇得酒晕生脸，翠袖卷纱红映肉。林深雾暗晓光迟，日暖风轻春睡足。雨中有泪亦凄怆，月下无人更清淑"。对海棠之美的描绘如在目前，且亦花亦人，深含比兴意味，实是苏轼的自况与自励，含有自我的肯定与坚持。

他的《海棠》绝句可以说是《海棠诗》的浓缩版。前两句描摹海棠之美：东风袅袅的夜晚，海棠在月光下静静开放，花色与月光交融，花光渺渺，香雾空蒙，惹人怜爱。后二句极力写诗人的珍惜，以至于“故烧高烛照红妆”。

诗人写他爱花、惜花，实则也是自警、自励。须知苏轼此时虽于仕途失意，却在学术上奋力疾行，让人想起他父亲“绝意于功名，而自托于学术”的人生追求。据苏轼《与滕达道》、《黄州上文潞公书》两封书信，我们知道此时的苏轼“专治经书”“粗有益于世，瞑目无憾也”。正是寓居定惠院僧舍时，他完成了《易传》、《论语说》等经学著作。那时妻儿未至，日日于寺中深研细考，其勤苦可知。“只恐夜深花睡去，更烧高烛照红妆。”难道不是这一株天姿独佳而为庙堂所遗弃的“海棠”，正在寻找另一种开放得更长久、更妖娆的方式吗？

苏轼偏爱《海棠诗》和《海棠》绝句，不仅仅是对其艺术成就的自信与自豪，更因为这两首诗隐含着诗人在逆境之中，对处境与身世的感怀，对人生道路新的思考与探索，对自我的肯定与坚持，特别是为延续这天姿独具之“海棠”的不朽风姿，而进行的不懈努力。它们标志着苏轼由遗弃的哀怨，渐渐走向自我肯定与从容成熟，是其人生逆境中一段特别的心曲。

比起李白的《春夜宴桃李园序》、白居易的《惜牡丹花》、李商隐的《花下醉》这些都提到秉烛看花情节的诗文，苏轼的《海棠》无疑有着更深厚的内涵。

清明[①] 王禹偁

无花无酒过清明，兴味萧然似野僧[②]。
昨日邻家乞新火[③]，晓窗分与读书灯。

【注释】 ①清明：二十四节气之一，在阳历四月四日或五日。②萧然：萧索，枯寂，落寞。③乞新火：清明前一二日为寒食节，家家禁火，冷食。故节后重新生火，所以要从邻居家借新火。

【评析】 王禹偁（954—1001），字元之，济州巨野（今山东省巨野县）人。世为农家，“其家以磨面为生”，苦学成才，宋太宗太平兴国八年（983）登进士第，历任右拾遗、左司谏、知制诰、翰林学士。为人正直，敢于直谏，因此屡遭贬谪。最后贬至黄州，故世称王黄州，又迁蕲州，病死。他极为认同杜甫和白居易的文风，赞成韩愈和柳宗元的古文运动。诗文留心世务，有补时政，启迪后人。这首《清明》诗，一方面写出他的贫穷、孤单，另一方面也写出他的刻苦好学，可以看作诗人生活的一个缩影。

诗人说：这个清明节没有鲜花可以欣赏，也没有酒可以喝，意兴萧索，好像在外云游没有固定庙宇可以栖身的野和尚。昨天从邻居家借了新火，天就要亮了，于是我坐在窗前，点燃了日日读书的孤灯，在萧索中继续读书，来度过这个清明。

诗歌中成功应用了烘托和对比的手法，前两句突出了清明节的冷清、家境的冷清，以及诗人心境的萧索，他感觉自己就像个野和尚、流浪者，连栖身的庙宇也没有一个。用“无花无酒”烘托，用“野僧”类比，充分表达了诗人的贫穷孤单。而就是这样的一种情况下，他还要借来火种，天不亮就勤奋读书，鲜明的对比中让人们有了警醒与体悟，让人们知道逆境中该怎么做，兴味萧索时能怎么做。

清明　杜牧

清明时节雨纷纷，路上行人欲断魂①。
借问酒家何处有②，牧童遥指杏花村③。

【注释】 ①行人：出门在外的人。欲断魂：形容落魄、愁苦。②借问：请问。③杏花村：地名，在安徽池州。

【评析】 杜牧（803—852）字牧之，号樊川居士，京兆万年（今陕西西安市）人。唐文宗大和二年（828）进士及第，授弘文馆校书郎，历官国史馆修撰，比部司勋员外郎，黄州、池州、睦州刺史等职。杜牧出生官宦之家，其祖父杜佑曾任宰相，著有《通典》二百卷。杜牧深受祖父遗风影响，博通经史，专注治乱，关心军事。杜牧长于辞赋、古文，诗歌清丽俊爽，七绝多言浅意深，含蓄有味。

他的七绝，常常如摊开的一幅画卷，形象鲜明。此诗写清明时节，诗人遇雨独行，简直失魂落魄之际，忽得牧童指点杏花村酒店所在，不觉倍感温馨。诗中抓住清明特有的景物“雨纷纷”，写出了“行人”遇雨的窘态。“借问”“遥指”将诗人和牧童的动作描摹出来，而结以杏花村这一美好的意象，让人有“柳暗花明又一村”之感。

但杜牧诗歌常常点到为止，并不多做解释，故其诗歌内涵，往往引起人们的争议。这首小诗，也有不同的看法。有论者将“行人”理解为其他人，而不是诗人自己。认为前二句都写的实景，清明祭祖，路上行人悼念逝去亲人，伤心欲绝，苦楚失魂。整首诗表达宦游者的凄苦抑郁情怀。但这样理解，诗人突然出来“借问酒家何处有”，不免有点突兀，对诗歌整体的意境有所破坏。而且“牧童遥指杏花村”实在也感觉不到凄苦抑郁。

社日[①] 张演

鹅湖山下稻粱肥[②]，豚栅鸡栖对掩扉[③]。
桑柘影斜春社散[④]，家家扶得醉人归。

【注释】 ①社日：民间祭祀土神的日子，一般在立春、立秋后第五个戊日，分别叫作春社和秋社。②鹅湖山：山名，在江西省铅山（yán shān）县。③豚栅鸡栖：即猪圈、鸡窝。扉：门。④桑柘（sāng zhè）：桑树和柘树，叶子都可以养蚕。

【评析】 此诗作者张演，唐懿宗咸通十三年（873）进士及第，其他不详。一说，作者为晚唐诗人王驾。王驾字大用，自号守素先生。唐昭宗大顺元年（890）进士及第，官至礼部员外郎。《全唐诗》存其诗六首。今依《千家诗》旧本，仍作张演。

此诗描写江南农村春社时的欢乐景象，记录了乡村的节日习俗。虽不曾见过社日的人，读了此诗也能对社日产生大致的印象。古人有春社、秋社，祭祀土神以祈丰收、福寿、聪明等。“社日男女辍业一日”，集体欢宴，吹箫打鼓，各种表演，十分热闹。但这首诗的高明在于，诗人没有一个字正面写社日情景，却又十分形象地写出了节日的欢乐。

诗歌起首二句写鹅湖一带的村居风光与百姓生活的富足。“稻粱肥”可见庄稼长得很好，丰收在望。点出猪圈、鸡埘，是暗示六畜兴旺。两句声音响亮，充满了节日的喜庆气息。“半掩扉”写出民风淳厚，夜不闭户，太平安宁。同时暗示村民参加社日都不在家，为下文做铺垫。后二句仍然没有正面写社日，而是写散了社之后的景象，用一个特写镜头“家家扶得醉人归”，精妙地衬托出村民在社日中的欢乐、尽兴。

从侧面入手，通过富有典型意义的形象，暗示烘托农村社日的热闹、老百姓的尽兴快乐，是此诗最大的特色，读后回味深长。

寒食[①] 韩翃

春城无处不飞花[②]，寒食东风御柳斜[③]。
日暮汉宫传蜡烛，轻烟散入五侯家[④]。

【注释】 ①寒食：节令名，清明节前一或二日。古人于寒食节禁火三天，只吃冷食。②春城：指长安。③御柳：宫内御苑中的杨柳。④“日暮”二句：寒食节禁火，但皇宫可燃烛，并传火给权臣贵近之家。汉宫：此喻唐宫。五侯：有多种说法，一说指西汉成帝封诸舅王氏五人为侯，一说指东汉外戚梁冀一族的五侯，一说指东汉桓帝时宦官单超等同日封侯的五人。此处泛指权贵之家。

【评析】 韩翃，字君平，南阳（今河南南阳市）人，“大历十才子”之一。唐玄宗天宝十三年（754）进士及第，但一直在藩镇幕府任低微职务，唐德宗读到此诗后，十分赏识，特意加封知制诰，一时颇负盛名。

此诗写长安春日的景象及寒食节的宫廷习俗。诗歌前二句写京城长安寒食节时候的景物，写得十分大气。首先点出“春城”，然后紧紧抓住典型的景物，花和柳。“无处不飞花”，“飞”字用得很传神，写出处处有落花随风飘舞，但毫无伤感，只觉落花落下复扬起，似与春风相追逐相嬉戏，春意无穷。而和煦的东风吹过，满城杨柳轻轻柔柔的斜斜飘拂，也给人春意融融的感觉。而特意点出“御柳”，打上帝王的标签，显出皇城太平气象，颇有雍容气度，为后二句写皇恩浩荡做了铺垫。

后二句紧扣一个细节，写皇帝向皇宫贵族和亲近大臣派发蜡烛，以示恩宠。“轻烟散入五侯家”，“轻烟”二字，扣住日暮这一时间来写，细写蜡烛散发出的淡淡烟雾，既有一种形象感，更有一种祥瑞之气。这两句因小见大，举重若轻，将皇家的赏赐写得潇洒自如，难怪德宗皇帝看了会特别喜欢。

通常评论者都认为此诗具有讽刺意味，主要是因为诗中的“五侯”用典涉及宦官问题，汉桓帝时，曾封徐璜、单超等五个宦官为侯，而唐德宗时代，也正是宦官专权的时代，因此人们认为后二句是对皇帝宠幸宦官的讽刺。这种说法自有其道理，但古人写诗，“五侯”“五陵”多只是权贵豪门的代称，而且讽刺一说和整首诗歌欢愉的情调似乎不太协调。

江南春　杜牧

千里莺啼绿映红，水村山郭酒旗风①。
南朝四百八十寺②，多少楼台烟雨中③。

【注释】　①山郭：山村，山城。郭，外城。酒旗：酒帘，酒店外悬挂的旗帜标志。②南朝：东晋后在建康（今南京）建都的宋、齐、梁、陈四朝合称南朝。四百八十寺：南朝皇帝和权贵好佛，在南京大建佛寺。《南史·郭祖深传》载：“都下佛寺五百余所。”③楼台：此指寺庙。

【评析】　此诗的题目是“江南春”，要在一首小诗中表现整个江南的春天，这实在是个大题目，而杜牧的这首诗显然是很成功的。

江南是美好的，江南的春天更加迷人。“江南好，风景旧曾谙。日出江花红胜火，春来江水绿如蓝。能不忆江南。”（白居易《忆江南》）“人人尽说江南好，游人只合江南老。春水碧于天，画船听雨眠。垆边人似月，皓腕凝霜雪”（韦庄《菩萨蛮》）。“烟波画船，雨丝风片”。江南的美早已经烙在人们的心上。

与上面这些写江南的诗词不同，杜牧的眼界更开阔，起笔就将整个江南囊括在他的画卷中。“千里莺啼绿映红，水村山郭酒旗风”，绿树繁花啼鸟，水村山城酒店，这些无疑是江南最典型的风物，诗人用它们织成了一幅鲜艳明丽的动态长卷：连绵不断的绿树繁花，随处可闻的鸟鸣，水边秀美的小村，山间清秀的城郭，还有无处不在的悠闲自在的酒旗，好一个秀丽的江南，好一个富庶的江南，好一个从容悠闲的江南。另一方面，这两句各有侧重，首句重在自然风光；第二句描绘依山傍水的村庄与城郭以及迎风招展的酒旗，更多重在人们的生活。

诗人当然不会忘记江南最美的烟雨，在迷离的烟雨中，该有多少南朝时代就建立的佛寺，历经了数百年的岁月，见证过历史的沧桑。第三句描写寺庙，揉进了历史沧桑之感；第四句谓楼台在春风春雨中若隐若现，增加了朦胧迷离的色彩。全诗明朗绚丽与深邃迷蒙交织，使得江南春景层次更为丰富。

联系南朝统治者崇佛信佛，劳民伤财，却相继亡国的历史，以及晚唐君主如敬宗、文宗、宣宗、懿宗、僖宗、昭宗等皆崇尚佛教的现实，“多少楼台烟雨中”则似乎深有感慨，但诗人却不予说破，引发读者的深思，别有余意余韵。

上高侍郎　高蟾

天上碧桃和露种，日边红杏倚云栽[①]。
芙蓉生在秋江上[②]，不向东风怨未开。

【注释】 ①天上碧桃、日边红杏：喻有地位、有背景，在皇帝身边有关系，能轻而易举获得科名的人。②芙蓉：荷花，此处以芙蓉花自喻。

【评析】 高蟾，晚唐诗人，生卒年不详，渤海（今河北沧州）人。出身寒微，累举不第，直到唐僖宗乾符三年（876）才进士及第，官至御史中丞。高蟾为人豪爽，重气节，“虽人与千金，非义勿取”。其诗歌也气势雄放，颇见风力。

这首《上高郎》是诗人又一次科举落第之后所作，诗歌原题《下第后上永崇高侍郎》，这里的高侍郎一般认为是淮南节度使高骈，希望他能加以援引。但高骈并没主持过科考，是否真是高骈也就难以考定。但这丝毫不影响我们对诗意的理解和对诗人的了解。

诗歌前两句，写天上碧桃、日边红杏因为其地位特殊而得到很好的发展，比喻那些有地位有背景的上榜者，他们道路畅达，官运亨通。而反观他自己，就像秋江上一朵高洁的莲花，虽然东风不照顾她，却无怨无艾，笑对东风，潜滋暗长。

此诗的妙处：一是前两句用比喻十分形象地写出了高门子弟在科考中的不公平，他们的成功只是因为他们来自于“天上”“日边”，有着种种背景和关系。二是前两句和后两句之间形成鲜明的对比。三是诗歌虽是写给别人，希求别人推荐，但写得不卑不亢，毫无谄媚，也无牢骚。故孙光宪《北梦琐言》中说此诗“盖守寒素之分，无躁进之心，公卿间许之。”显示出了诗人的风度与襟怀。

绝句 僧志南

古木阴中系短篷[①]，杖藜扶我过桥东[②]。
沾衣欲湿杏花雨[③]，吹面不寒杨柳风[④]。

【注释】 ①系（xì）：拴住，系住。短篷：小船。篷，船帆，船的代称。②杖藜："藜杖"的倒文。藜，一年生草本植物，茎秆直立，长老了可做拐杖。③杏花雨：清明前后杏花盛开时节的雨。④杨柳风：古人把应花期而来的风，称为花信风。从小寒到谷雨共二十四候，每候应一种花信，总称"二十四花信风"。其中清明节尾期的花信是柳花，或称杨柳风。

【评析】 僧志南，南宋武夷僧人，理学家朱熹曾邀请他负责编辑《寒山诗集》，对他十分赏识。宋魏庆之《诗人玉屑》中记载，朱熹曾题跋他的诗歌说："志南诗清丽有余，格力闲暇，无蔬笋气，余深爱之。"所谓"蔬笋气"是说僧人远离世俗生活，写诗不免清冷幽僻，过于寡淡。

志南的这首小诗确实写得十分清丽工致，不枯不淡，形象动人。诗歌的题材并不特别，不过是写他在微风细雨中拄杖春游的乐趣；景色也无甚新奇，不过是古木、短篷、藜杖、小桥、杏花、杨柳、细雨、东风。然而这些寻常景物，因为诗人心境的清宁闲淡、体物细腻，确实写出了常人没能达到的境界。

诗中前两句叙事。首句"古木阴中系短篷"，说自己将小船系在古木阴中，并没有特别之处。下一句，不说"我拄着拐杖"，却说"杖藜扶我"，似乎藜杖有情，特来默默相扶，显得亲切有味。诗人拄杖独行，却无丝毫孤寂之感，心境比较平和宁静。而且细细体会，从古木阴中走出来，阴暗的感觉必然渐渐变弱。当他拄杖前行，走到开阔一些的小桥边，随着场景的变化，心情也会更加畅快。

当他向着东方，走过小桥，一下子似乎和春天正好撞了个满怀，东风迎面拂来，细雨飘洒而至，诗人的心境由平和宁静转到一丝莫名的兴奋愉悦，不由融化到绵绵细雨和杨柳风中。"沾衣欲湿杏花雨，吹面不寒杨柳风"，这两句实在太精彩了。"杏花雨""杨柳风"不仅仅是对仗的工整、词面的秀丽，更主要的是诗人捕捉到了春风"吹面不寒"、春雨"沾衣欲湿"的特色，写得细致真切，让我们仿佛能感触得到。虽然"杏花雨"、"杨柳风"早有人写过，但写得这般细腻、活泼、欣欣然如在目睫，如在指端，这还是第一次。这样的句子，读过一遍，真是难以忘记。不妨再体会一下这首小诗的情境：

我在高大的古树阴下系好了小船；拄着拐杖，走过小桥，恣意欣赏这美丽的春光。丝丝细雨，淋不湿我的衣衫；它飘洒在艳丽的杏花上，使花儿更加娇艳。阵阵微风，吹着我的脸庞，没有一丝寒冷；它拂动着嫩柳的长条，如长发悠悠轻飏。

游园不值[①] 叶绍翁

应怜屐齿印苍苔[②]，小扣柴扉久不开[③]。
春色满园关不住，一枝红杏出墙来。

【注释】 ①游园不值：去游园却没遇到主人。值：遇到②应怜：应该是感到心疼吧。怜：怜惜。屐（jī）齿：屐是木鞋，鞋底前后都有很高跟，以防雨泥，称屐齿。③小扣：轻轻地敲门。柴扉（fēi）：柴门。

【评析】 叶绍翁，字嗣宗，号靖逸，处州龙泉（今浙江龙泉县）人。南宋江湖诗派的作家之一。其学出于叶适，与真德秀友善。其诗多写田园风格，长于写景抒情，清新洗练。有《四朝闻见录》、《靖逸小集》。

钱钟书先生曾评价这首诗说："这是古今传诵的诗，其实脱胎于陆游《剑南诗稿》卷十八《马上作》：'平桥小陌雨初收，淡日穿云翠霭浮；杨柳不遮春色断，一枝红杏出墙头。'不过第三句写得比陆游的新警。《南宋群贤小集》第十册有另一位'江湖派'诗人张良臣的《雪窗小集》，里面的《偶题》说：'谁家池馆静萧萧，斜倚朱门不敢敲；一段好春藏不尽，粉墙斜露杏花梢。'第三句有闲字填衬，也不及叶绍翁的来得具体。这种景色，唐人也曾描写，例如温庭筠《杏花》：'杳杳艳歌春日午，出墙何处隔朱门。'吴融《途见杏花》：'一枝红杏出墙头，墙外行人正独愁。'又《杏花》：'独照影时临水畔，最含情处出墙头。'但或则和其他的情景掺杂排列，或则没有安放在一篇中留下印象最深的地位，都不及宋人写得这样醒豁。"（《宋诗选注》）

这段评论告诉我们，叶绍翁诗歌的好处一是在写得纯粹，不枝不蔓，二是安排得好。将最出彩的句子安排在一篇中给人印象最深的部位。不妨按这个思路，做更细致的体会。

诗人去游园，叩门无人应，但小园周边的景色已经让他感受到了春色满园，浓郁醉人。诗人正是抓住这一点，抱着满园春色的预想来构思全诗的。凭经验，敲门不开，多半是主人不在，或者主人不愿见这个客人。而作者却设想，主人是因为太爱春天，太爱他满园绿茵茵的碧苔。其实园中不一定布满青苔，园中也许只有一两棵杏树，但这都没关系，只要诗人的心中有春天，只要诗人心里有满园春色，他就拥有不同的世界。诗歌的后二句，还是从春色满园的预想出发。春色实在太满了，关都关不住，你看那“一枝红杏出墙来”，将最精彩的一句抛出，戛然而止，给人印象极其强烈。

这首小诗纯粹之处在于，四句诗都只是为了突出一点，即春色满园。此诗“取景小而含意深”，它写出了人们惜春爱春之情，也写出了春的生机和力量，因而也蕴含着深刻的哲理，让人寻味。

诗中用字，也颇值得反复体味。“应怜”有的版本做“应嫌”，显然不佳，“怜”字更好地表达了主人的爱春惜春心意。“出墙来”，“关”字从上面门不开引入，“关不住”写出春意的活跃勃郁，并使得下句的“出”字更有精神，更有力量。

客中行[①] 李白

兰陵美酒郁金香[②]，玉碗盛来琥珀光[③]。
但使主人能醉客[④]，不知何处是他乡。

【注释】 ①客中：指旅居他乡，或旅途之中。②兰陵：一说在今山东省临沂市苍山县兰陵镇；一说在江苏常州。郁金香：一种香草，用来泡酒，泡过后的酒呈金黄色，散发郁金的香气。③琥珀：一种树脂化石，多为黄色，晶莹透明。这里形容美酒色泽金黄。④但使：只要。

【评析】 评论者多数认为，李白长安之行以后，曾移家东鲁，早年也曾游历山东，这首诗当作于东鲁的兰陵，即今天的山东省临沂市苍山县兰陵镇一带。而石继航先生根据唐诗中兰陵多指江苏常州的兰陵，而且袁枚的《随园食单》中有《常州兰陵酒》一条，认为此诗所写的兰陵酒就是常州兰陵酒，那么此诗也可能是早年漫游东南时所作。但不论此诗是在哪个兰陵所写，对于我们理解诗歌中的情感影响并不是很大，这首诗有她独立的生命。

李白有诗仙和酒仙的雅号，天性豪纵不羁，加上盛唐气息的熏染，如今又喝足了这兰陵美酒，这首诗也就写得更加忘怀自我，流畅奔放。

“兰陵的美酒啊，透着浓浓的郁金的芳香，盛在玉碗里，泛着琥珀般晶莹的光芒。只要主人你能与我同醉呀，哪里还管这儿是我的故乡还是他乡！”

诗歌的前两句，写足了兰陵酒的美好，兰陵产的美酒有着浓郁的郁金的香气和透明的琥珀的金色光泽。面对这样的美酒，不喝都有些醉了。于是后面的诗句就冲口而出，“但使主人能醉客，不知何处是他乡”。细细一想，这两句诗又出人意外，诗人一反游子羁旅乡愁的古诗传统，身在客中，他却乐而不觉其为他乡，这正是此诗不同于一般羁旅忧愁之作的地方。这也正体现了李白豪放不羁的个性，并从一个侧面反映出盛唐时期的时代气氛。

诗中的词面非常精美，“兰陵”“郁金”“玉碗”“琥珀”，写酒有香、有色、有形。诗中抒情也格外畅快，“但使”“不知”，只要有酒，夫复何求？而这种表达上的自然畅快，得力于前二句的铺垫渲染得充分。

题屏　刘季孙

呢喃燕子语梁间，底事来惊梦里闲[1]。
说与旁人浑不解，杖藜携酒看芝山[2]。

【注释】　①底事：何事，为什么。②杖藜：拄着藜木拐杖。

【评析】　刘季孙（1033—1092），字景文，祥符（今河南开封）人，就是苏轼写给他《赠刘景文》诗的那位。他是北宋大将刘平之子，刘平是位爱国的勇将，“仁宗朝赵元昊寇，延州危急，环庆将官刘平以孤军来援，众寡不敌，奸臣不救，平遂战殁，竟骂贼不食而死”（苏轼《乞赙赠刘季孙状》），刘景文也是个“慷慨奇士”，而且博通史传，性好异书古文石刻，仕宦所得的钱全都用来买了书籍文物。

刘季孙的父亲是国之功臣，他自己也才能出众，但仕途并不顺利，曾监饶州酒务，摄州学事。直到宋哲宗元祐五年（1090），五十八岁的时候，才因为苏轼的极力举荐做上了知州，两年后的五月，去世于隰州任所。他死后，家人没有能力扶柩归葬，寄食于晋州。又是苏轼“既哀其才气如此，死未半年，而妻子流落，又哀其父平以忠义死事，声迹相接，四十年间，而子孙沦替”上书朝廷，请求皇帝派兵勇相助扶柩归葬，并请奖励其子孙。

这首诗还有一个题目叫作《题饶州酒务厅屏》，正是他沉沦下僚，监饶州酒务时所作。诗歌写得悠闲平淡，像一段心里独白，展露了诗人心灵的一角，诗人说：

“燕子在房梁上呢喃着，它们在说什么呢？为什么要将我难得的清梦打破呢？燕子说的什么我不懂，我有许多话要对别人说，别人又怎么能理解呢？还是拄着拐杖带上美酒去看芝山吧。”

当知道了他的身世，再来看这首诗，不由得会有种同情悲悯，以及一份理解和敬重。诗人生活应该是很艰辛的，梦里才有难得的舒展和清闲，梦却被燕子吵醒了。“底事”二字，表面好像埋怨燕子，实则是因为生活太苦。“说与旁人浑不解”，该有多少不得志的无奈，“杖藜携酒看芝山”，又有多少无奈之中的坚持和不屈。这样想来，我们更能理解他为什么把俸禄都用来买了书籍文物，甚至连日常生活的困窘都不管不顾，那恐怕不仅仅只是一种嗜好。

许多事压在心头，无人能理解，也不太愿意去诉说，这样的心境和王安石《夜值》中“春色恼人眠不得，月移花影上栏杆”，多少有些相通的地方，而两首诗的风格也都含蓄内敛，气度雍然。所以当年王安石任江东提刑，巡查酒务走到饶州，看到刘季孙厅堂屏上的这首题诗后，就不再问酒务，而与之相与论诗，还马上提升他摄州学事，主管饶州的教育事务了。

漫兴　杜甫

肠断春江欲尽头[①]，杖藜徐步立芳洲[②]。

颠狂柳絮随风舞[③]，轻薄桃花逐水流。

【注释】　①欲尽头：指春天即将去尽。②徐步：漫步，慢走。芳洲：长满花草的小洲。③颠狂：猖狂、放荡。

【评析】　这首诗是杜甫《绝句漫兴九首》中的第五首，写作时间是唐肃宗上元二年（761），杜甫住到成都草堂的第二年。

"漫兴"即无所约束地信笔而书，但当时安史之乱尚未平定。这年二月下旬，李光弼于军力不济的情况下，被迫进攻东都洛阳，结果大败于邙山，朝廷大为恐惧。而正月间，长期未被战火波及的江淮地区，由于将官刘展的反叛，也动荡不安。四月间，四川境内的梓州刺史段子璋起兵反叛，攻占绵阳，自称梁王，一时人心惶惶。而叛军自身也是打打杀杀内讧不断，三月份史思明被杀，部下互相攻伐。而所有这些，最苦的都是老百姓。攻占某地，即放纵士兵抢掠，向来是叛军们激励士气的法宝。因此，这个春天，虽然是春光大好之际，杜甫的心境则极其恶劣。"感时花溅泪，恨别鸟惊心"，愁眼看天下，乱中难平情。

"漫兴"九首写杨柳是"谓谁朝来不作意，狂风挽断最长条"；写桃李是"恰似春风相欺得，夜来吹折数枝花"；燕子是"衔泥点污琴书内，更接飞虫打着人"；"碧水春风野外昏"；"眼见客愁愁不醒，无赖春色到江亭。即遣花开深造次，便教莺语太丁宁"，春天来了，诗人却怪它不该让花开造次，莺语烦人。连春天本身都成了诗人埋怨的对象。正是出于这种极度烦乱的心态，他看柳絮、看桃花，都没了好眼色。柳絮成了"颠狂"的，随风乱舞；桃花成了"轻薄"的，逐水乱流。

整个漫兴九首，除了第七首（"糁径杨花铺白毡，点溪荷叶叠青钱。笋根雉子无人见，沙上凫雏傍母眠"）外，找不到一首心态平和的作品。平日对自然万物，对花花草草，莺莺燕燕无比有情的杜甫，此刻似乎换了一个人，看什么都不顺眼。“莫思身外无穷事，且尽生前有限杯”，他真是消极到了极点。而这，大约正是公元761年的春天，诗人心烦气躁，焦首煎心的真实写照，这一组诗歌也让我们看到了伟大的诗人，内心也有脆弱的一面，也有无奈消极的一面。

庆全庵桃花[①] 谢枋得

寻得桃源好避秦[②]，桃红又是一年春。
花飞莫遣随流水，怕有渔郎来问津[③]。

【注释】 ①庆全庵：庵名，在福建建宁武夷山中。因苟且性命于乱世，故名“庆全”。②桃源：桃源在湖南常德，此处借指作者所居之处。同时也是用陶渊明《桃花源记》的典故，说一群人逃避秦国暴政，来到桃花源隐居，与世隔绝。③问津：寻问渡口在哪儿。此处指不愿外人找到。

【评析】 要读懂这首诗，必须了解谢枋得这个人。谢枋得（1226—1289)，字君直，号叠山，别号依斋，南宋末年著名的爱国诗人，信州弋阳(今江西上饶弋阳县）人。

他的伯父谢征明抗元战死，父亲谢应琇触忤权贵含冤而死，谢枋得由母亲桂氏教养，他“为人豪爽，每观书五行俱下，一览终身不忘。性好直言，一与人论古今治乱国家事，必掀髯抵几，跳跃自奋，以忠义自任。”（《宋史》）

他和文天祥是同年进士，他的一生中有两次直接的抗元斗争经历。第一次是中进士后两年，1258年，蒙古大举攻宋，谢枋得被朝廷任为礼兵部架阁，他变卖家产，八方奔走，招募民兵一万多人，保卫了家乡饶、信、抚三州。结果六年后（1264)，蒙古可汗蒙哥死去，忽必烈退兵，南宋刚得短暂安稳，他就被奸臣贬到兴国军（湖北阳新)，其中罪名之一即是抗元时贪污军费。

第二次是1275年，蒙古再次南攻，南宋宰相留梦炎逃跑，兵部尚书吕师孟降元，最终临安沦陷，国家覆灭。谢枋得拒绝降元，再次召集义兵，继续抗战，最终失败。这场战争中，谢枋得的妻子与次女和两个婢女自尽完节，他的两个兄弟、三个侄子也都牺牲。他自己孤身一人，隐姓埋名，逃亡福建，隐遁于建宁山中，以卖卜教书度日。

这首诗歌就是诗人逃亡之际，隐居在建宁山中所写。诗歌化用《桃花源记》的典故，借古喻今。语言非常通俗平易，平平淡淡地说，自己终于"找到一个桃花源，可以逃避秦人迫害，在乱世中又熬过了一年，又见到桃花开了。希望桃花飘落的时候，不要随着流水漂到外面，引得别人来问询寻找"。表面写得闲淡优美，其实有很多乱世苟全的惶恐与担心。而所谓的避秦，其实是逃避蒙古人的迫害，坚守民族气节，这和当年的桃源人有着本质的区别。

然而诗人的愿望终究还是没能实现，蒙古人发现了他的踪迹。1288年冬，大雪纷飞中谢枋得被迫北上大都。从北上那天起，他就开始绝食。后来，为了能活着到大都，每天吃少量的蔬菜维持生命。他一到大都，问明太皇太后谢道清坟墓和宋恭宗所在的方向，恸哭拜祭，被拘于悯忠寺（今法源寺），见壁间有曹娥碑，哭泣说："小女子犹尔，吾岂不汝若哉！"再次绝食。留下遗书云："大元制世，民物一新，宋室孤臣，只欠一死。某所以不死者，以九十三岁之母在堂耳，先妣以今年二月，考终于正寝，某自今无意人间事矣！""雪中松柏愈青青，扶植纲常在此行……义高便觉生堪舍，礼重方知死甚轻"，四月初五，绝食五天后，诗人为国尽节，至死未降。

要提一句的是，《千家诗》中最流行的七言部分，据说就是谢枋得在刘克庄《分门纂类唐宋时贤千家诗》的基础上，重新编定的。对于文化的传承，他也贡献了一份力量。

玄都观桃花 刘禹锡

紫陌红尘拂面来[1]，无人不道看花回。
玄都观里桃千树[2]，尽是刘郎去后栽[3]。

再游玄都观

百亩庭中半是苔，桃花净尽菜花开[4]。
种桃道士归何处，前度刘郎今又来。

【注释】 ①紫陌：指京城长安的道路。拂面：迎面、扑面。②玄都观：道观，在长安城南。③刘郎：作者自指。④净尽：全没有了。菜花：油菜花，白菜花一类。

【评析】 刘禹锡被称为“诗豪”，他有着“沉舟侧畔千帆过，病树前头万木春”的辩证思想与达观精神，更有着“千淘万漉虽辛苦，吹尽狂沙始到金”的不屈斗争精神。这两首关于桃花的诗歌，正是刘禹锡斗争精神的集中体现。两首诗虽然前后相隔十四年，但这种斗争精神一以贯之，而且两诗都是讽刺诗，都和玄都观的桃花相关，不妨放到一起来看。

唐顺宗永贞元年（805），即德宗贞元二十一年，刘禹锡参加永贞革新失败，被贬为朗州司马，到了元和九年（814）十月，朝廷有人想起用他和柳宗元等人。诗人从朗州被诏回长安，次年三月他写下了《元和十年自朗州至京戏赠看花诸君子》，即上面的《玄都观桃花》。

诗歌的前二句写都中人蜂拥到玄都观看桃花的热闹场面，用“紫陌红尘”扑面而来渲染看花回的喧闹，用“无人不道”反衬众人的趋之若鹜。看似写得热闹，实则话外有音。所以后二句说：“玄都观里如此众多艳丽的桃花，都是我离别长安十年后新栽的”，用来讽刺那些在他被黜之后爬上台的，趋炎附势、得意忘形的权贵们。此诗语带讥忿，大胆直接，刺痛了当权者，作者因此又遭贬逐。

这一次被贬谪到更远的播州，幸有裴度、柳宗元诸人相助，改为连州刺史。到元和十四年（819）因母丧才得以离开。其后历官夔州（今四川奉节县）、和州（今安徽和县），唐敬宗宝历二年（826）奉调回洛阳，“巴山楚水凄凉地，二十三年弃置身”。初次被贬到这时，前后共历二十三年。然而次年，诗人回朝任主客郎中，写下了《再游玄都观》，从第二次被贬到此时，又过了近十四年。

诗歌的内容很通俗，说：“现在的玄都观里都是青苔，娇贵的桃花都开尽了，轮到苦菜花开了。种桃的道士都不知道到哪儿去了，而前度被贬的刘郎今天又回来了。”但诗歌所传达的那种不屈的意志、不休的斗争精神，实在让人叹服。

滁州西涧[①] 韦应物

独怜幽草涧边生[②]，上有黄鹂深树鸣。
春潮带雨晚来急，野渡无人舟自横[③]。

【注释】 ①滁州：在今安徽滁州以西。西涧：在滁州城西，俗称上马河。②独怜：唯独喜欢。③野渡：郊野的渡口。横：指随意飘浮。

【评析】 韦应物十五岁即任唐明皇近侍，安史之乱后失职流落，始立志读书。从繁华走向平淡，由骄纵走向自矜，他的诗歌也“高雅闲淡，自成一家之体”。这首《滁州西涧》颇能代表他的风格。

从字里行间，可以读出这是一首描绘暮春景色的诗，而且诗中的西涧也比较偏远，应该是个人迹罕至的地方。山林幽深，郊野荒凉，傍晚还下起了急雨，其境界有些过于清冷，但对于看透官场的韦应物而言，这远离人迹的地方，这自然的山水中，正可以寄托他的心灵。他的《东郊》诗云：“吏舍局终年，出郊旷清曙。杨柳散和风，青山澹吾虑。依丛适自憩，缘涧还复去。微雨霭芳原，春鸠鸣何处？乐幽心屡止，遵事迹犹遽。终罢斯结庐，慕陶真可庶。”说他走到郊外在山水间流连忘返，心里想着要住到这样的地方，终究还无法摆脱世务，他暗暗下决心，等到不再为官了，一定要在东郊这样的地方结庐，像陶渊明一样生活。

所以这诗歌中的境界对他而言，并不觉得清冷，况且西涧是这么秀美、幽静，拥有这美景本身就足够了。

首句写涧边幽草，次句写树上鸟鸣，一下一上，一静一动，静静的春草，婉转的鸟鸣。宁静而不枯寂。诗人于此流连，直到傍晚。后二句写傍晚时分，下起了急雨，涧水也涨了起来，暮色苍茫的渡口，只有一只小船在水中随着潮水在山涧中起起伏伏，飘飘荡荡，恍如不系之舟。这情景常让我想起吴均《与朱元思书》中的句子，“从流飘荡，任意东西”。诗人当时是不是也会有这样的想法呢？

宋初寇准的《春日登楼怀旧》云：“远水无人渡，孤舟尽日横”，那是思乡望远时见到的一片的萧条；苏舜钦《淮中晚泊犊头》云：“春阴垂野草青青，时有幽花一树明。晚泊孤舟古祠下，满川风雨看潮生”，则是人已上岸，静看潮起潮生的闲适。他们或者都受到了韦应物的影响，但境界和心态却大不相同。

花影　苏轼

重重叠叠上瑶台[①]，几度呼童扫不开。
刚被太阳收拾去，却教明月送将来。

【注释】　①瑶台：传说中西王母居住的地方，这里指玉石台阶，院中的台阶。

【评析】　苏轼有些小诗写得特别活泼，出人意料，又耐人寻味。比如：《琴诗》“若言琴上有琴声，放在匣中何不鸣？若言声在指头上，何不于君指上听？”《洗儿诗》“人皆养子望聪明，我被聪明误一生。惟愿孩儿愚且鲁，无灾无难到公卿。”这首《花影》小诗，也具有这样活泼，流转的特色。

而细想这几首诗，其结构上有相通之处，那就是诗歌的结构都是建立在层层转折之上的。而推究其来源，应该和佛教禅宗的“转语”相关。所谓“转语”是指高僧们往往以片言只语，拨转对方的心机，使得对方猛然醒悟。如问：“磨砖岂成镜耶?”答：“磨砖既不成镜，坐禅岂得成佛耶!”意在让修炼者明白，坐禅只是形式，若心中没有对禅的理解领悟，坐禅也终究修不成正果。转语的特征，一是意思层层转折，二是抛出问题，让人思索。

这首小诗写“花影”，说它“重重叠叠上瑶台”，似乎花影登上瑶台并不容易。这花影是如此之厚重，“几度呼童扫不开”。童子扫也扫不开，可是对于太阳而言，则轻而易举就收拾去了，太阳下山了，哪儿还有花影呢？然而且慢，这花影又被月亮摇摇摆摆地送了出来。曲曲折折，来来回回中诗人究竟要说的是什么呢？实在让人寻味无穷。

有人说这是讽刺诗：形容小人像花影，怎么也清除不干净；有人说这是政治诗，写的是苏轼那几朝的政局变幻：所谓“熙丰小人”在宋神宗死去、哲宗即位、高太后临朝时，全都被贬谪（刚被太阳收拾去），而到高太后死去、哲宗亲政时，又全被起用了（又教明月送将来）；还有人觉得“世间的种种琐事，正像花影一样萦绕在花前，挥不尽，抛不去，只要有日月轮回，只要还停留在这世上，你就躲不开、赶不走这永远跟着你的影子”；而对于修炼身心的佛教徒而言，这花影又好像心头那除之不尽的贪嗔痴慢疑等杂念。

对于儿童而言，这首诗让他们认识了可爱调皮的花影，增加了一分对自然对生命的感悟。对成人而言，这花影则让他们想到更多值得思索的东西。

北山 王安石

北山输绿涨横陂①，直堑回塘滟滟时②。

细数落花因坐久，缓寻芳草得归迟。

【注释】 ①北山：即今南京东郊的钟山。横陂（bēi）：横堤，横塘。②直堑（qiàn）：堑的本义是沟渠，直渠。回塘：弯曲的池塘，大池塘。滟滟：形容春水在阳光下闪闪发光的样子。

【评析】 宋神宗元丰七年（1084）王安石退出相位已经八年了，这一年，苏轼从黄州迁汝州，途经金陵，前去拜访王安石。爱子夭殇，退相多年，闲居的王安石对苏轼的到来十分感动，他亲往迎接，“野服乘驴，谒于舟次”，二人同游钟山，诗酒唱和，相处甚欢。金陵相会后，苏轼更了解了王安石，逢人就夸“不知几百年，方有如此人物”。王安石也喜欢苏轼，还邀请苏轼移家金陵。不久后王安石就写了《北山》一诗寄给苏轼，以表达其心无挂碍的超脱情怀。但这种超脱第二年就被打破了，1085年四月初一，宋神宗英年病逝，随后哲宗登基、高太后临朝，新法全面废除，王安石再也无法经受这样的打击，于次年悲郁而逝。

要了解这首诗中王安石的心态，不妨先看看苏轼的和诗，因为只有苏轼最了解他那时的心境了。苏轼《次荆公韵四绝》中写了他们之间的交往，“骑驴渺渺入荒陂，想见先生未病时。劝我试求三亩宅，从公已觉十年迟。”还写道：“细看造物初无物，春到江南花自开”，“甲第非真有，闲花亦偶栽。聊为清净供，却对道人开（公病后，舍宅作寺。）”这后面几句，深有一切皆空，当下即是的感悟。这大约也是王安石写《北山》诗时的感受。

“北山输绿涨横陂，直堑回塘滟滟时。”一个“输”字，用拟人的手法，写北山将春水输送给池塘，生动传神。“绿”字的用法让人想到“春风又绿江南岸”的名句，只是这里不作动词，而是由碧绿的春水联想而来。通常人们将“直堑”和“回塘”并列，认为是直的水渠和弯曲的池塘都水光滟滟。但滟滟描绘的是大片的水面波光闪闪的样子，比如苏轼笔下西湖，张若虚笔下的春江。其实，这里的“直堑”似应该理解为动词，说山上的水直冲入横塘，直到把它灌得满满的，呈现出波光滟滟的美景。这样理解，两句间的文气才通畅。

“细数落花因坐久，缓寻芳草得归迟”，这两句才是整首诗的重心。诗人因悠闲地数着落花而久坐，又慢慢地观赏着碧绿的芳草而回家迟。时间对于诗人已经不再重要，变法也遥远得似乎不曾存在。“细看造物初无物，春到江南花自开”。诗人似乎已经神离尘寰、任运随性，心无挂碍。只是“细数”“缓寻”四字，多少有点落寞的感觉。

湖上　徐元杰

花开红树乱莺啼，草长平湖白鹭飞。
风日晴和人意好①，夕阳箫鼓几船归②。

【注释】　①人意好：指游人的心情很好，兴致情绪很高。②箫鼓：吹箫打鼓，指代音乐。

【评析】　徐元杰（1196？—1245），上饶人，宋理宗绍定五年（1233）年进士及第。敢于直谏，为政清廉。其诗清新自然，富有情趣。这首小诗写仲春时节西湖的美好景色，表达了作者的愉悦之情。

起手诗人直接入题，写湖上之景："花开红树乱莺啼，草长平湖白鹭飞"，两句境界开阔，设色鲜明，对仗工整，一个"乱"字，显出流莺之多，地域之广，顿时有咫尺千里之感。"平湖"二字，写出春水的特点，"白鹭飞"的景色原本美丽，再加上平湖春水的倒映，不由让人赞叹。这两句写出了西湖的美景，也写出了勃勃的春意。

后两句则着笔于人，展现人们的精神面貌。"风日晴和人意好"，绾结上两句，同时开启下一句。"夕阳箫鼓几船归"，以景结情，既是一幅西湖晚归图画，也是"人意好"的具体化，写出人们舒畅心情的，愉快的生活。

柳永的名作《望海潮》云"重湖叠巘清嘉。有三秋桂子，十里荷花。羌管弄晴，菱歌泛夜，嬉嬉钓叟莲娃。千骑拥高牙。乘醉听萧鼓，吟赏烟霞"，和此诗后二句，正好可以相互启发，促进理解。

漫兴　杜甫

糁径杨花铺白毡①，点溪荷叶叠青钱②。
笋根稚子无人见③，沙上凫雏傍母眠④。

【注释】　①糁径：糁（sǎn）：饭粒，因饭粒为白色，故用来形容杨花洒落在小径上的样子。②青钱：青色的铜钱，因外形圆而色青，用了形容初生的嫩荷叶。③稚子：刚长出来的嫩笋。④凫雏：刚孵出来的小野鸭。

【评析】　这首诗就是前面提到过的，杜甫到成都草堂第二年所写的《绝句漫兴九首》中的第七首。除了这一首外，其他八首都没有一点平和之气。同一时期的九首诗歌，为什么唯独这一首有平和之气呢？这其中自有其因缘。我们不妨先读诗歌，再做辨析。

这首诗，四句话四幅景：飞舞的杨花洒落在小径上，好像铺了白毡；嫩嫩的荷叶刚刚长出，仿佛溪水中点缀着叠叠青钱。那一根根嫩笋隐伏在笋根旁无人看见。那小凫雏依偎着母凫在沙滩安然成眠。四幅画面合在一起，显得安静平和，特别是凫雏傍母而眠的形象，让人十分感动。

这首诗在章法用字上也有老杜的特色，不说"杨花糁径""荷叶点溪"，而说"糁径杨花"、"点溪荷叶"，中心落在杨花、荷叶之上，而白毡、青钱的比喻紧承而下，既结构严密，又生动形象。"点"、"叠"二字，把荷叶初生时，小而分散、圆而青青的形态，写得十分生动传神。后两句的观察细腻，选词精确，"傍"字注入了主观的情感，尤为动人。而前后两句，各自成对，又前后照应。前两句写杨花、青荷，已经涉及水边沙岸，后两句写雉子、凫雏，正与前面照应，前后浑成一体，精妙之极。

再回到前面的问题，为什么唯独这一首有平和之气呢？浦起龙在《读杜心解》中说此诗"微寓萧寂怜儿之感"，《唐诗鉴赏辞典》中左成文先生则认为"从全诗看，'微寓萧寂'或许有之，'怜儿'之感，则未免过于深求。”而笔者以为，这首诗歌不仅有怜儿之感，而且正是因为诗中的景象不免让诗人想到孩子，也正是天真的孩子缓解了他心情的焦躁，暂时抚平了他的悲伤，当他提笔作诗时，心境不由自主地平静下来，才写出了这《漫兴》九首之中，唯一平和，甚至可以说充满深情的诗歌。在我们的人生经验中，不是常常能体会到，天真的孩子会给我们繁琐、艰辛的生活带来平和、乐趣与动力吗？

春晴　王驾

雨前初见花间蕊[1]，雨后全无叶底花。
蜂蝶纷纷过墙去，却疑春色在邻家。

【注释】　①初见：刚刚看见。蕊：花苞。

【评析】　王驾，字大用，自号守素先生，河中（今山西永济）人。唐昭宗大顺元年（890）进士及第。与郑谷、司空图为诗友，是晚唐有名的诗人。

这首小诗，写春天雨后所见小园之景，以平常景物，表达了惜春爱春之情。诗中摄取的景物很简单，不过是花苞和蜂蝶，虽然十分平常，诗人却能平中见奇，表现得饶有诗趣，并蕴含哲理。

诗的前两句写“花”，以“雨前”和“雨后”做对比。用“初见”二字，写出花儿初生，还未绽开；同时又表现出满心的欢喜和期盼，将一片爱花惜花之情表现得很好。而雨后，“全无”二字已让人痛心，“叶底”二字，仿佛看见诗人翻开雨水打乱的枝叶，细细寻找，结果是连叶底的花也都打落得干干净净，更显出诗人的无限爱惜和无奈。

正在这扫兴的时节，诗人发现那蜜蜂和蝴蝶，纷纷飞向邻家，以至于诗人想：春天是不是跑到邻家去了呢？真是对春天一份痴心不改。

而这种“却疑春色在邻家”的心理，却是人们常会有的一种共同心态：得不到的才是最好的，得到的却往往不去珍惜。

春暮　曹豳

门外无人问落花，绿阴冉冉遍天涯[①]。

林莺啼到无声处[②]，青草池塘独听蛙。

【注释】　①冉冉：渐渐地。②无声处：指黄莺不再鸣叫了。

【评析】　曹豳，字西士，南宋进士，浙江人，宁宗嘉泰二年（1202）进士及第。官至宝章阁待制，曾任州学教授，浙东提点刑狱、左司谏等职。

这首诗刻画的是暮春景色。到了暮春时节，百花大多数过了花期，落花满地，无人问津。而经过一个春天的生长，青草和绿树都茂盛起来，“绿阴冉冉遍天涯”。“冉冉”二字，动感极强。虽然林中的莺声已经渐渐消褪下去，而长满青草的池塘正传来阵阵蛙鸣。落花仿佛是有意为了给绿荫让路，而蛙鸣则也似乎为了给莺歌接力，自然的脚步就是这样一环扣住一环，不停地走过。春天就要去了，夏天即将到来。春有春的美好，夏有夏的清凉，在这春夏之交的时节，让我们想想那大片的绿野，幽静的树林，水清如镜的池塘，这些已经够让我们放开思想，体味一回春暮的黛绿了。

这首小诗在结构上也很有特点，前后二句，各为一节。前二句写植物，从视觉入手。后二句写动物，从听觉入手。两节都是第一句抑，第二句扬。或者说第一句落，第二句起。花谢了，大地因而葱茏；莺住了，蛙声因而响亮。诗人显示出一种顺应季节规律，季季都有精彩的乐观情怀。

这种坦然面对季节的变化，理智地过好每一段生命的智慧，给人无限的启迪，我们的人生不也是如四季般发展？一代人与另一代人之间，不也是如同季节般变换？

落花　朱淑真

连理枝头花正开[①]，妒花风雨便相催。

愿教青帝常为主[②]，莫遣纷纷点翠苔。

【注释】　①连理枝：异根草木、枝干连生，旧时表示吉祥，后用来象征至死不渝的爱情。②青帝：掌管春天的神，又称东君，东皇。

【评析】　朱淑真（1135？—1180?），号幽栖居士，南宋江浙一带女诗人，出身官宦家庭，自幼喜欢读书，诗词写得尤为出色，此外还会作画，精通音律，是一位难得的才女。《四库全书》中定其为“浙中海宁人”，一说浙江钱塘（今浙江杭州）人。因夫妻志趣不合，最终抑郁而死。朱淑真过世后，父母将她的作品大部分烧毁。现存《断肠诗集》、《断肠词》都是劫后余篇。

这首诗的另外一个名字叫《惜春》，全诗以连理枝上的花被风雨摧残做比喻，来表达对爱情恒久的期盼，可以说这是一首宣扬爱情的诗作。在禁锢妇女的封建社会里，诗人能大胆地为爱情呼吁，实在是难能可贵，就算这呼吁有些藏头露脚，并没有直白地表露出来，但是有点文学素养的人都能读出来。故《千家诗》旧本注云：“花正开而芳姿艳丽于连理枝头，如少年夫妇燕婉和谐也，花开而遇嫉妒之风雨相催，百花摇落如夫妇不幸，中道分离乖阻也，安得青帝常主四时，使连理花常开并蒂，而无风雨纷纷之摇落也。”

而且从朱淑真的一些诗词来看，她曾“娇痴不怕人猜，和衣睡倒人怀”，也曾“月上柳梢头，人约黄昏后”，对爱情的热烈追求，可谓大胆无畏，惊世骇俗。但诗人追求的情趣相投、心心相印的爱情，并不曾在现实生活中实现，她真实的婚姻生活是很不幸的，她的心中也就充满了悲苦。如下面这首词：

减字木兰花·春怨

独行独坐，独唱独酬还独卧。伫立伤神，无奈轻寒著摸人。

此情谁见，泪洗残妆无一半。愁病相仍，剔尽寒灯梦不成。

春暮游小园　王淇

一从梅粉褪残妆[①]，涂抹新红上海棠。
开到荼蘼花事了[②]，丝丝天棘出莓墙[③]。

【注释】　①一从：自从。褪残妆：指梅花凋谢。②荼蘼（tú mí）：又写作荼醾，又名佛见笑、百宜枝等，属蔷薇科，初夏开花，花期较晚。③天棘（tiān jí）：即天门冬。其苗蔓生，叶细如青丝，好缠竹木上，寺院多植之。杜甫《巳上人茅斋》诗："江莲摇白羽，天棘蔓青丝。"莓：当即山莓、蔷薇莓一类小灌木。

【评析】　宋代至少有两个王淇，其一为北宋人，字君玉，华阳（今四川成都）人，曾任江都主簿。宋仁宗天圣三年（1025）上时务十事，受到皇帝嘉奖，命试学士院，授大理评事、馆阁校勘，知制诰。宋仁宗嘉祐（1056—1063）中，守平江府。数临东南诸州，政尚简静。以礼部侍郎致仕，年七十二卒。

另一个王淇为南宋人，字菉猗。谢枋得集中有《代王菉猗女荐父青词》一篇，此王淇"与谢枋得有交"。因谢枋得曾编辑《千家诗》，这篇《春暮游小园》估计是南宋王淇的作品。

这首诗歌从结构和内容上都和曹豳的《春暮》有些相似。都写到了春天去尽，夏天到来。不过曹豳的诗中是前后两节，分别从植物和鸟儿说起。而王淇的诗歌只说植物，而且只说春天最典型的花事。从春初说到初夏，先是梅花，然后海棠，中间省略了大多数的花，最后说到荼醾，"开到荼蘼花事了"，此花开后更无花，于是转而说到观叶的绿色植物天棘。

不像曹豳"绿阴冉冉遍天涯"、"青草池塘独听蛙"，对夏天的到来比较喜欢，显得乐观，"丝丝天棘出莓墙"则看不出作者的悲喜，似乎诗人只是淡淡地述说着万物更替的自然规律，这此消彼长不以人的意志为转移的客观规律。或者诗人已经人到中年，心态确实已经比较平和、达观。

然而，从“一从”到“花事了”的语气中，我们能感受到诗人对春的留恋更强烈一些。对逝去的韶光、凋零的落花，诗人虽没有出声悲叹，总还是有些无奈和不舍。换了心境较悲感的人来读，更会感到“开到荼蘼花事了”，蕴含无限的伤心无奈，绵绵不绝，无法止住。“丝丝天棘出莓墙”一句，竟压不住全诗的情感节奏了。

此诗首二句，将春天拟为美丽的佳人，将梅花看作她的初妆，海棠看作她涂抹的新红，新颖别致，亦足称道。

莺梭　刘克庄

掷柳迁乔太有情①，交交时作弄机声②。
洛阳三月花如锦，多少工夫织得成③。

【注释】　①掷柳迁乔：指黄莺在柳林中飞来飞去，又飞上高高的乔木。②交交：黄莺的鸣叫声，这里将莺声比拟作织布机的声音。③工夫：时间。

【评析】　刘克庄（1187—1269），初名灼，字潜夫，号后村，福建莆田人，初为靖安主簿，后曾长期过着给人做幕僚的游幕生活。因咏《落梅》诗得罪朝廷，闲废十年。后通判潮州、吉州、知漳州等。“文名久著，史学尤精”，在南宋后期号称一代文宗。其诗数量丰富，内容开阔，喜谈时政，早年学晚唐体，晚年诗风趋向江西派，词受辛弃疾影响大，多豪放之作。胡适先生在其《白话文学史》称他“有悲壮的感情，高尚的见解，伟大的才气”。

刘克庄精力旺盛，才力宏富，诗作数量极多，难免有叠床架屋之感，加之受江西诗派的影响，好用典故，讲究技巧。南宋诗人方回批评他“用事冗塞，小巧多，风味少”，钱钟书也说：“他的作品给人的印象是滑溜得有点机械”。但这并不影响他作为南宋后期成就最大的诗人的地位，而且他还对文化的传承发展有不小的贡献。据传他是最早的《千家诗》编选者，他的《分门纂类唐宋时贤千家诗选》虽然不完全是启蒙读物，但却是南宋谢枋得选注、清王相增补《千家诗》的祖本。

这首《莺梭》将黄莺在树木间飞来飞去，比喻成织女们织锦的飞梭。将黄莺交交的鸣叫声联想成织机纺织时的声音。并进一步联想，洛阳三月繁花似锦，不知黄莺要多少工夫才织得成？整首诗比喻新奇，将黄莺的动作和鸣声与织锦穿梭的形象和声音交织起来，结构也十分紧密。诗中“掷柳迁乔”的黄莺形象十分鲜明，“洛阳三月花如锦”的概括描写也很有力量。

然而，如将这首诗和贺知章的《咏柳》对比阅读，“碧玉妆成一树高，万条垂下绿丝绦。不知细叶谁裁出，二月春风似剪刀。”我们会感到，贺诗中柳树更形象更生动，由细细柳叶联想到二月剪剪春风，也更亲切更自然。虽然刘诗中抓住黄莺“掷柳迁乔”的形象和“交交”的声音两个方面来设喻，终觉得人工机巧更多一些，不如《咏柳》有韵味。可以说《莺梭》是由想象写成的诗，《咏柳》是由诗引出的想象。

暮春即事　叶采

双双瓦雀行书案①，点点杨花入砚池②。

闲坐小窗读周易，不知春去几多时。

【注释】　①瓦雀：瓦上的鸟雀。②砚池：砚台中聚墨的小池。

【评析】　叶采，字仲圭，号平岩，邵武（今福建）人，理宗淳祐元年（1241）进士。理宗宝庆年间（1225—1227）任职秘书监，景定（1260—1264）初卒。

叶采虽然在诗坛上没什么名气，但这首小诗却写得很好，写出了读书的快乐，尤其是没有特殊目的与压力的情况下读书的真趣。常让人想起陶渊明《五柳先生传》中所云：“闲静少言，不慕荣利。好读书，不求甚解；每有会意，便欣然忘食。”

诗歌前两句写书房的宁静，写物。三四句写读书的专注，写我。前两句是并列关系，后两句，一句叙事写动作，一句写心理感觉，有递进层深的关系。前两句又是后两句的背景与基础。正是书房宁静，才便于读书。正是读书专心，才不知春去几多时。全诗语言平易，景物生动，头两句对仗也自然工整。

诗人说："瓦雀双双在书案上跳来跳去，杨花点点飘落在微凹的砚池中。我闲来坐在小窗边读着周易，不知那春天已经离开了几多时。"

据《邵武县志》记载，"采初从蔡渊受《易》，已而往见陈淳，淳以其好猎高妙而少循序，痛砭之。自是屏敛锋芒，渐趋着实。"看来叶采是十分喜欢《周易》的，而且早已经没了矜才好名的少年心性，此时读《易》不是"今之学者为人"，而是"古之学者为已"，全然是为了探求真理，有得于心，自然浑然忘记春去几多时了。

陈师道《绝句》云："书当快意读易尽，客有可人期不来。世事相违每如此，好怀百岁几回开？"能读书时，能有机会像叶采那样读书时，不妨痛快地读下去。书将充实你的心灵，你将装点别人的梦境。

登山　李涉

终日昏昏醉梦间，忽闻春尽强登山①。
因过竹院逢僧话，又得浮生半日闲②。

【注释】　①强：勉强。②浮生：形容人生在世，沉浮不定，没有着落，无所依靠。

【评析】　李涉（766？—835？），唐代诗人。自号清溪子，洛阳（今河南洛阳）人。李涉和弟弟李渤早年曾隐居庐山香炉峰，后又曾隐居少室。中间做过幕僚，做过官，也被贬谪过。唐文宗大和（827—835）中，任国子博士，世称"李博士"。著有《李涉诗》一卷，存词六首。

李涉颇有诗名，据晚唐范摅《云溪友议》记载，他曾往九江看望弟弟而遇劫匪，匪徒听说是李博士路过，不劫财而索诗，他写了《井栏砂宿遇夜客》“暮雨潇潇江上村，绿林豪客夜知闻。他时不用逃名姓，世上于今半是君。”匪首得诗大喜，反送了许多财物给他。

这首诗又名《题鹤林寺》，鹤林寺在江苏镇江，是江南名刹。而此时，李涉因贬官流落东南，心情十分消极愁苦，这首小诗正是诗人人生旅程的一个片段，心灵世界的一个瞬间。与上一首叶采写读书的快乐相反，此诗写诗人落魄之际的郁闷的情怀。诗歌没就外界景物展开过多的描摹，而是如同心理独白，在叙事中写出心中的挣扎和妥协。

前二句交代自己到鹤林寺时的心理状态，“忽闻春尽强登山”。因为要忘记现实整日饮酒，希望借酒精麻醉自己，以至于“终日昏昏醉梦间”，可见苦闷是多么深。“忽闻”二字一转，说自己要打起精神去登山，登山也是为了遣愁。“因过”二句又一转，登山没登成，但却偶然有机会和高僧晤谈，心里遂觉得十分受用。“又得”有的版本作“偷得”，于意更佳。“偷”字表明平日闲时不多，或者终日醉梦昏昏，或者忙碌奔波，故而得闲仿佛“偷得”。

诗人满心愁苦，强打精神出去走走，碰巧遇到僧人，晤谈之后，心情的苦闷也应该有了些缓解。西班牙人说“旅行是一面镜子。”现代心理学也强调通过运动、旅行来减轻心理的负担。而后人最容易产生共鸣的是诗中“又得浮生半日闲”一句，不过通常都是用来指忙碌紧张之后，终于有个机会放松一下，和李涉当时的心境颇不相同。老子说“重为轻根”，达·芬奇说：“勤劳一天可得一夜安眠，勤劳一生可得永世长眠”，在这种情况下，“又得浮生半日闲”，方才是真闲吧。

蚕妇吟　谢枋得

子规啼彻四更时[①]，起视蚕稠怕叶稀[②]。
不信楼头杨柳月，玉人歌舞未曾归。

【注释】　①子规：杜鹃鸟。②蚕稠句：怕蚕多了聚在一起，桑叶不够吃，蚕会饿死。

【评析】 谢枋得的生平事迹，前面已经有详细的介绍。这位充满爱国思想的大诗人，对于辛苦的蚕妇也同样充满同情。

在这首小诗中，前两句用精心提炼的细节，来表现蚕妇的辛苦。四更天时，她就起来看蚕，生怕蚕多了聚在一起，桑叶不够吃而饿死，减少了收获。这种细腻的心理不是深有体会，是难以道出的。后两句则用同一时空中，截然不同的另一种生活状态来做对比。远处的高楼中隐约传来歌舞声，那些富人们通宵享乐还没有歇息。诗人没有说什么，但他同情谁，批判谁，应该是清清楚楚的。而整首诗歌的结构和意境营造都是比较成功的。

宋人张俞的《蚕妇》云："昨日入城市，归来泪满巾。遍身罗绮者，不是养蚕人。"张诗讽刺的力度更强，思想更强，但似乎思想高大，蚕妇的形象未免不足。而谢诗中的蚕妇，其形象其心理更加具体真切。但后面因为有"玉人歌舞"的字眼，所以会让人误解诗人是拿蚕妇和歌女相比。我想诗人当然也很清楚，在他那个时代，多数歌女的日子也不好过，她们也是身不由己，他所要批判的当然是那些彻夜享乐的富人，但总不能将诗歌写成"富人歌舞未曾歇"吧。

这首诗如果放在今天的环境中解读，看作辛勤的劳动女子和卖笑追欢的歌女的对比，也还是很值得思索的。如果这样看，那它就没有下面叶绍翁这一首写得好了。

田家三咏之三 叶绍翁

抱儿更送田头饭，画鬓浓调灶额烟。
争信春风红袖女，绿杨庭院正秋千。

晚春 韩愈

草木知春不久归[①]，百般红紫斗芳菲。
杨花榆荚无才思[②]，惟解漫天作雪飞[③]。

【注释】 ①归：归去，回去。②榆荚：又叫榆钱，榆在枝间生小荚，形如钱，荚花呈白色，随风飘落。无才思：指杨花、榆荚不能如别花那样开出艳丽的花朵。③惟解：只知道，只解。

【评析】 此诗的另一个题目是《游城南十六首 · 晚春》，《游城南十六首》作于元和十一年，是韩愈年近半百时，回忆宣城生活而作的一组绝句。

诗歌写“晚春”景色鲜明如画，且别具一格。草木知春，通常都是说草木最早知道春天的到来，“春到人间草木知”，而韩愈却说，草木知春“不久归”，这就特别新颖。而草木知其不久归，故而以各种方式挽留春天，所以这一句又统领后面三句。并且整首诗全用拟人手法，下面紧承第一句，说百花争艳，各呈芳菲。连朴实无华的杨花榆荚，开不出美丽的花朵，也知道像飞雪一般漫天遍野地飘舞。百花斗紫争红，榆柳解作雪飞，这样的写法，寥寥几笔，给人满眼风光、耳目一新的印象，将晚春写得生机盎然，毫无迟暮之感，实在有创造性。

然而，正如朱彝尊的《批韩诗》云：“此意作何解？然情景却是如此。”就晚春之景而言，作者写得有情有趣，不落俗套，但诗人究竟要表达什么呢？特别是诗中“无才思”三个字，更是让人议论纷纷。而诗之寓意，因为不同人生阅历和心绪，也就有着不同的领悟，甚至是天壤之别。

或云此诗是劝人勤学，不要像杨花那样白首无成；或云隐喻庸人无才，做不出好文章，只会附庸风雅；或云诗人是以此鼓励无才思者敢于创造；或云此诗表达了诗人惜春的思想感情，同时也提示人们应抓住时机，乘时而进，创造美好的未来；或云诗中杨花榆荚不学百花之争斗，无知无识，无愁无情地飞来飞去，代表了韩愈饱经沧桑，看淡一切世态炎凉的胸怀。

这上面的每一种解释，自然都有它的道理，不能说错，当然也无法说韩愈就是这么想的。诗无达诂，信然。假如，我们将晚春看作一场即将谢幕的人生舞台，百花榆柳皆看作在这舞台上奔走的芸芸众生，又将会有怎样的一种感触呢？

伤春　杨万里

准拟今春乐事浓①，依然枉却一东风②。

年年不带看花眼③，不是愁中即病中。

【注释】　①准拟：预料，预计。乐事浓：高兴的事情很多。②枉却：辜负。东风：指代春天，春光。③看花眼：赏花的眼光。

【评析】　杨万里（1127—1206），字廷秀，号诚斋，吉州吉水（今属江西）人。高宗绍兴二十四年（1154）进士，调赣州司户参军，转永州零陵丞（湖南），在零陵时，他拜谒了名将张浚，张浚勉励之以正心诚意之学，杨万里遂以诚斋为号。他为人坦荡，为官正直，立朝有大节，宦海浮沉近四十年后退隐田园。开禧间，闻韩侂胄启兵北伐，忧愤而卒。其诗初学江西派，五十多岁后学王安石及晚唐诗，终自成一家，时称“诚斋体”。

典型的“诚斋体”诗歌，因为诗人已经历了人生的淬炼，做到了“自古诗人磨不倒”，外师造化，内得心源，都写得比较机智活泼，而这首诗则显得伤感、苦闷、沉重，应当是中年所作。

这首诗虽然情绪有些消极，却写出了“天下事总难十全”的共同人类体验，因而能引发人们的共鸣。诗歌在情感的表达上，十分成功，主要得力于跌宕顿挫的手法，而适度的夸张也增强了诗歌的抒情力量。

写伤春，诗人却从“乐”字着笔，“准拟”高高扬起，结果却“依然枉却”，重重落下。心情的沉重失望都无以复加。“依然”二字已表明这不是一次两次的失望了，故而下面“年年”就出得十分自然。最后一句补出“不带看花眼”的原因是“不是愁中即病中”。整首诗凝成一体，起伏跌宕，给人的感受十分强烈。

苏轼《寒食雨》其一内容相近，但依次说来，就没有杨万里的诗句有力量。诗云：

自我来黄州，已过三寒食。年年欲惜春，春去不容惜。今年又苦雨，两月秋萧瑟。

卧闻海棠花，泥污燕脂雪。暗中偷负去，夜半真有力。何殊病少年，病起头已白。

送春　王令

三月残花落更开，小檐日日燕飞来。
子规夜半犹啼血[①]，不信东风唤不回[②]。

【注释】 ①子规：杜鹃鸟。②东风：春天，春光。象征一切美好的事物。

【评析】 王令（1032—1059），字逢原，广陵（今江苏扬州）人。五岁时就父母双亡，家贫而有志节，成年后以教授生徒为业，不乐仕进。王安石对其非常器重，以为“可与共功业于天下”（宋刘发《广陵先生传》），并把妻妹嫁给他，在他早逝后又写有《思王逢原》等十余首诗表示纪念。其诗以想象瑰丽奇伟、气势豪迈著称，钱钟书说他：“仿佛能够头昂天外把地球当皮球踢着似的，大约是宋代里气概最阔大的诗人了。”

这首小诗，不以气概阔大著称，却以情感深挚强烈动人，诗歌中弥漫着一股浓厚的屈骚精神，即一种九死不悔，死且不悔，不到生命终结绝不罢休的斗争精神。

暮春三月春将尽，残花无奈终飘零。然而诗人不相信这就是必然的命运，不相信美丽的春天不能永驻，不相信春天一去便无法唤回。你看那屋檐下的小燕子天天都要飞来，那暮春的残花开了便落落了还要更开。那啼血的杜鹃呀夜半还在啼血，它不相信东风就唤不回。这该是怎样的一种执着，怎样的热烈！

然而，很多时候，东风真的就唤不回来。天妒英才，王令二十八岁便撒手人寰，去世时他的孩子都还未出世，令人唏嘘！但这首富有象征意味的小诗，却拥有永恒的生命。

三月晦日送春[1] 贾岛

三月正当三十日，风光别我苦吟身。

共君今夜不须睡[2]，未到晓钟犹是春。

【注释】 ①晦日：农历每月的三十日。②共君：此诗原题《三月晦日赠刘评事》，君当指刘评事。

【评析】 贾岛素来以苦吟著称，他的律诗，字斟句酌，反复推敲，常有耐人寻味的佳句，比如：

“秋风吹渭水，落叶满长安”、“独行潭底影，数息树边身”、“鸟宿池边树，僧敲月下门”等等，对仗工整，境界鲜明，颇为人们所称颂，但通篇都好的律诗却并不多。而他的一些小绝句则自然而然，不求其工却别有情致。如前面说过的《寻隐者不遇》“松下问童子”那首。还有这首《剑客》，“十年磨一剑，霜刃未曾试。今日把示君，谁有不平事?”

这首小诗是一首送春的七言绝句，表达了对春的无限喜爱和痴迷之情，诗歌写得朴素真诚。首句“三月正当三十日”，点明今晚已经是三月晦日，是春天的最后一夜。句中两个三字重复出现，并不计较字面的重复，然而起到了强调的作用，显出珍重不舍之意。次句“风光别我苦吟身”，用拟人手法，说春光告别我而去，不说我送春，而说春别我，有新意有情味。末二句一转，不写送春，却写不放走每一分每一秒的残春，“共君今夜不须睡，未到晓钟犹是春”，写尽珍惜，写得痴绝。如此良夜不眠，爱惜春光，爱惜韶华，这种“锲而不舍”的精神实在让人感动。

“未到晓钟犹是春”一句，单独拿出来，也很有理趣：任何事情不到最后一刻，都不应该放弃。

客中初夏　司马光

四月清和雨乍晴[①]，南山当户转分明[②]。
更无柳絮因风起[③]，惟有葵花向日倾。

【注释】　①清和：天气清明而温和、和暖。②南山：当指洛阳城北面北邙山之南峰，即北邙南山。③柳絮：象征司马光的政敌变法派党人。

【评析】　司马光（1019—1086），字君实，号迂叟，陕州夏县（今山西夏县）涑水乡人，世称涑水先生。北宋著名政治家、史学家、文学家。历仕仁宗、英宗、神宗、哲宗四朝。神宗变法时极力反对，连上五封札子，自请离京，出知永兴军（现陕西省西安市），后退居洛阳。居洛阳十五年，"日力不足，继之以夜"，编纂编年体通史巨著《资治通鉴》。哲宗继位后得高太后重用，拜相，全面废除新法，史称"元祐更化"。但不久之后，司马光就辞世了。

本诗还有一个题目《居洛初夏作》，推测当即宋神宗元丰八年（1085）四月所作。这一年三月神宗去世，哲宗登基，年仅十岁，一向反对新法的高太后临朝听政，司马光感到政局要变化了。因此这首写初夏的诗，其实是一首政治抒情诗。明白了这一背景，这首诗歌就很好理解了。

诗歌格调明快。首二句描绘初夏时节雨后初晴，山清水秀，花香气清，没有市廛的喧嚣，只有南山鲜明在目。诗中景物清新宜人，是诗人良好心情的反映。而且在头一年司马光已经完成了历史巨著上奏朝廷，并得到神宗嘉奖，赐名《资治通鉴》。此诗心态，当然很好。"南山"一句，还寓有政治清明的含义。

后两句，更进一层，说再没有柳絮因风而起，显然是对自己的政敌，变法派的攻击，"惟有葵花向日倾"，则是对自己忠君之心的表白。从诗歌中可以看到他对新皇帝应该有种期望，认为新皇帝会同意他的观点，从而重新任用他，结果司马光并没有猜错。

然而，司马光掌政后，年事已高，而且实在有些意气用事，连同样反对新法的苏轼也不满意他的牛脾气。八年后，哲宗亲政，改元崇宁，蔡京当政，将司马光等人打为元祐奸党，立碑布告天下。司马光墓前的“忠清粹德之碑”也被推倒。在奸臣们为个人而算计的过程中，国家走向衰微，这些都是司马光所无法预知的。

有约　赵师秀

黄梅时节家家雨[1]，青草池塘处处蛙。
有约不来过夜半，闲敲棋子落灯花[2]。

【注释】　①黄梅时节：四五月间的梅雨季节。家家雨：到处都在下雨。处处雨。②灯花：蜡烛燃烧或油灯燃烧时结成的灰球，当其未落，色红如花。

【评析】　赵师秀（1170—1210），字紫芝，又字灵秀。永嘉（今浙江温州）人。宋光宗绍熙元年（1190）进士及第。历任江东从事，高安推官等职。赵师秀与徐照（字灵晖），徐玑（字灵渊）、翁卷（字灵舒）字或号中都带有“灵”字，诗歌风格也相近，故称永嘉四灵。

“江南的梅雨来了，家家都湮没在那雨中；青草长满池塘，池塘里处处有青蛙的鸣声。朋友约好了却没有来拜访，不知不觉中已到了半夜，在这样一个闲静的夜晚，我却只能默默地敲敲棋子，静静地看着灯花飘落。”

这首诗整体上渲染了一种雨中候客的寂静环境。小雨加蛙声，失约的朋友和独自等待的主人公，一切陷入静默。值得注意的是衬托是这首诗的主要手法。像蛙声，只有在夜里或者静悄悄的时候才觉得响亮；家家雨，雨水也是有声音，只有在一种相对更安静的环境中才会听到，尤其是轻飘细洒并不积骤的黄梅雨。所以“家家雨”不仅在空间上给我们雨蒙万家的形象感，其听觉上的表达效果也是不容忽视的。这些都衬托出夜深人静。

其次，诗中人有一些落寞孤单，但并不颓丧焦躁，显出一种闲雅情怀。朋友失约，他能等上半夜，闲敲棋子，静看灯花，有一份落寞，有一份诚恳，但确实没看到他有任何的焦躁和埋怨，这应该是对未来者心中有一种谅解，也是自身修养极好的表现。或者当时，等候的人未到，他和仆人书童在下棋，或者正自己和自己一个人在棋枰上悠闲地敲着棋子。我想多半还是后者吧。

闲暇下棋是一种文人雅事，夜来听雨更是浪漫情怀，连蛙声、雨声也入了主人公的耳朵，这难道不是对生活的细心，不是一种安贫乐道的修养么？

这首作品，四句都对，前两句工对，后两句流水对，音声和谐，境界清雅，从中我们真可以读出一些灵气。色彩，铺排，细致到人物的心境、品行，都有很好的表现。

初夏睡起 杨万里

梅子流酸软齿牙，芭蕉分绿上窗纱①。

日长睡起无情思②，闲看儿童捉柳花。

【注释】 ①分绿：指芭蕉叶子十分绿，将窗纱也映绿了。②情思(sì)：情绪，思绪。

【评析】 前面我们读过杨万里的《伤春》，感受过他“年年不带看花眼，不在愁中即病中”的苦闷、伤感。这首小诗原来的题目是《闲居初夏午睡起二绝句》，共有两首，一心想有所为的诗人，说自己闲居，看见心境仍然不是那么好，这从诗中的描写也能得到印证，但他似乎有了自己的解脱之道。

时值初夏，闲废在家，午睡起来，慵倦之意溢于心头，正是“日长睡起无情思”，无情无绪的时候，他却看到了有趣的一幕，“儿童捉柳花”。但诗人不是一开始就写这一幕，而是先描绘出初夏的清幽秀美景象，渲染自己的倦怠慵懒心情，为最后一句先做了铺垫和预留了反衬。

“梅子流酸软齿牙，芭蕉分绿上窗纱”，“枝头的梅子快要熟了，看着都让人牙齿觉得酸软，而芭蕉缤纷的绿影也匀了一些到窗纱上。白天变得长起来，午睡起来，更觉得没什么意趣，打不起精神”，虽然景色是秀美幽静的，但诗人的心境还是有点慵懒倦怠，无精打采。正在这时，跑出一群孩子，或许还是偷偷跑出来的，孩子总是天真，喜欢淘气，活泼好动。他们追逐柳絮，跑来跑去，这是默然中突然出现的欢快。诗人对他们突然有了兴趣，他乐于看着这群天真无邪的孩子玩乐。虽说诗人是一副懒洋洋散漫的样子，心里还有着烦闷和无聊的感觉，但他对这群孩子的注意，让我们读出他还有着一颗尚未泯灭的童心。

果然，到第二首诗中，诗人就有些坐不住了，开始玩起水来。《闲居初夏午睡起二绝句》其二云：“松阴一架半弓苔，偶欲看书又懒开。戏掬清泉洒蕉叶，儿童误认雨声来。”

生活中多数是琐屑小事，而不是名山大川，能保有天真，发现琐屑中的美好，无疑既是心性的修炼也是生活的智慧。

这首绝句语言活泼流畅，意态鲜活生动，手法巧妙，富有情趣。遣词造语，别具匠心。第一首“‘留’字、‘分’字都精致而不费力”。（钱钟书《宋诗选注》）“无”和“闲”字写尽午后懒起的慵倦之感。把“柳絮”写作“柳花”，则从孩童天真烂漫的视觉入手，“捉”字真切形象，又极其具有童真童趣。诗歌写出了生活中的细小瞬间与偶然情趣，体现了“诚斋体”的个性特点。

三衢道中[①] 曾几

梅子黄时日日晴，小溪泛尽却山行[②]。
绿荫不减来时路，添得黄鹂四五声。

【注释】 ①三衢：指三衢山，在浙江衢县，县因山而得名。②泛尽：指船走到小溪尽头。却山行：改走山路。

【评析】 曾几（1084—1166），字吉甫，赣州（今江西赣州市）人。宋代南渡时期诗人。他是陆游的老师，也是一个坚定的爱国者。他身处南渡时期，诗歌创作承前启后，学习江西诗派而有所突破，诗歌风格清新活泼，对陆游杨万里都有影响。

和前面杨万里的《初夏睡起》一样，这首诗也是写的日常生活中的小事，不过不是家居而是出门旅行之中。诗歌写初夏山行中生机勃勃的自然美景，表达了诗人欢快的情感。诗歌写得行云流水，十分轻快，读来很有感染力。

轻快欢愉是这首诗的基调。梅子黄时本是多雨季节，诗人却遇到连日大好晴天；小溪泛尽，前面还有山路，能进到山中更深景更美的地方；不仅水陆相接，道路通畅，而且一路都是浓荫满身，美景满目，现在更增加了黄鹂清脆的啼鸣声。造物原来真有情，水色山光都来迎。浓荫已令神清畅，黄鹂叫得一身轻。

诗中文字朴实易懂，像“四五声”，“不减”这些字眼，很平实，但在这里被诗人合理铺排，化平淡为优雅。全诗节奏流畅优美，“日日”“却”“不减”“添得”，连贯自如，全为写实，毫无机巧。

湖光山色，鸟语花香应该是让人心情愉悦的，再加上晴朗的天气，这都是一派山野之乐,山中跋涉，常常会使人疲劳，但在这中间观赏一下绿树莺鸟，寻访一下幽泉，就算独自行来，也是一种很有趣的事情，反而是不虚此行了。

钱钟书说曾几是做了杨万里的先声，就是说杨万里的风格和曾几的很接近，而立意上曾几比他更新更清淡雅致。曾几真是一个寻求自然美，摈弃浓词艳调的诗人。

即景 朱淑真

竹摇清影罩幽窗[①]，两两时禽噪夕阳[②]。
谢却海棠飞尽絮，困人天气日初长。

【注释】 ①罩幽窗：竹影笼罩这小窗。②时禽：应季出现的小鸟。

【评析】 朱淑真，宋代女诗人，前面介绍过她因为婚姻不幸郁郁而终。她的诗集和词集都取名断肠，诗集是《断肠集》，词集是《断肠词》。前面介绍过朱淑真的《落花》，以咏连理枝来表达自己对美好爱情的渴望。到这首诗中，诗人的心境则十分苍凉。

首二句句中“清影”、“幽窗”、“时禽”、“夕阳”，都是有些忧伤的字眼，不过虽有种冷清清之感，倒还是可以欣赏一些绿竹，听一听鸟鸣。但读到“谢却海棠飞尽絮”的时候，那种伤怀愁闷就很深了。不仅海棠花谢了，连杨花和柳絮也就要飞走殆尽，一切美丽的东西都要如过眼烟云般流逝了，诗人的伤心绝望呼之欲出。但诗人并没有喊出来，而是结以“困人天气日初长”，含而不露。这就加深表露出那种心里苦闷，却还不能直接说给旁人听的难堪境地。人为什么困乏？表面看来是因为天气，其实这里面的原因恐怕还有因为丈夫不能了解她的心意，自己在夫家并不受欢迎，只好一个人在那幽窗之下，阴冷的竹影中听听鸟鸣看看夕阳罢了。

此诗写景细腻，抒情含蓄。用字也很出色，“摇”“罩”写出竹影荫浓，似摇曳有声。“噪”字写出心情不佳。“谢却”“飞尽”饱含几多无奈和失望，“困人天气日初长”的感叹中，不仅仅是身体的慵倦，更含有许许多多欲言而不能的痛苦。

夏日　戴复古

乳鸭池塘水浅深[1]，熟梅天气半晴阴[2]。

东园载酒西园醉，摘尽枇杷一树金[3]。

【注释】　①乳鸭：小鸭子。②熟梅天气：梅子成熟时的天气。③一树金：形容枇杷成熟，一树金黄。

【评析】　此诗一作戴敏作，戴敏字敏才，号东皋子，是戴复古的父亲。戴复古（1167—1248?）是陆游的学生，字式之，号石屏、石屏樵隐。天台黄岩（今属浙江台州）人。戴复古淡泊名利，一生不仕。浪游江湖，隐居家乡，卒年八十余。虽然浪迹天涯，但他心中还是时时装着国家的，部分作品抒发爱国思想，反映人民疾苦，具有现实意义。如《江阴浮远堂》"横冈下瞰大江流，浮远堂前万里愁。最苦无山遮望眼，淮南极目尽神州"，表达故国沦陷之悲；《夜宿田家》中"身在乱蛙声里睡，心从化蝶梦中归。乡书十寄九不达，天北天南雁自飞"表达流离之苦，都真诚动人。

但这首诗的前三句却写得形象并不鲜明，反倒有些模糊，有些随意。说"池塘里有小鸭子，梅熟时的天气时阴时晴，我们在张家东园喝了酒又到西园去喝。"读完了，头脑中真难有什么鲜明的画面。比如鸭子，杜甫写来是"花鸭无泥滓，阶前每缓行"。乳鸭毛黄黄，应该更可爱，但诗中看不到。写饮宴"清夜游西园，飞盖相追随"（曹植），"西园夜饮鸣笳，有华灯碍月，飞盖防花"（秦观），都比诗中写得生动形象。看看上面举出的诗歌，显然并不是诗人没有功力，不妨问问何以如此呢?

我们觉得，其实诗人就是要在这几句中表达一种潇洒随意的情绪。而且，前三句诗歌的平淡随意，不求其鲜明，正是为了反衬最后一句，"摘尽枇杷一树金"，于是诗歌精彩立现。"水浅深"也好，"半阴晴"也罢，东园西园也不管他如何，真正抓住诗人的是那"一树金"。

潇洒随意的情态，一树金黄的枇杷，诗人需要表达的都表达得很成功，戴复古真不愧是老江湖。

题榴花 韩愈

五月榴花照眼明[1]，枝间时见子初成。
可怜此地无车马，颠倒苍苔落绛英[2]。

【注释】 ①榴花：石榴花，此处指红石榴。②颠倒：凌乱，错杂。苍苔：青苔，苔藓。绛英：深红色的花朵和花瓣。

【评析】 《全唐诗》第343卷有韩愈《题张十一旅舍三咏》，其中一首就是这首写榴花的诗歌。这三首诗同作于贬谪中的旅舍，分别咏“井”、“葡萄”和“榴花”，托物言志，抒发怀才不遇的苦闷之情，可见这首诗的作者应当是韩愈，而旧本《千家诗》题为朱熹作。

此诗咏五月的红石榴花，有两层意思：一是欣赏鲜艳灿烂的石榴花无人欣赏，二是借花来叹息自己没有知音，表露出一种落寞的心情。“五月的石榴花开得耀眼，枝条间已经可以看到初结的果实。可怜这石榴花，在这人迹罕至的地方，没有人专程乘车骑马来欣赏它们，那深红色的花瓣落在青色的苔藓上，错落而凌乱。”

首二句，诗人没有用色彩直接描写花的盛开，而是用了一个动词“照”，将花朵旺盛的颜色表达了出来，石榴花有红色黄色和白色。红色多见，花期长，花繁色深，五月强烈的阳光下，耀眼、惊艳。既然写了花朵，似乎不写果实还难以表达对石榴花的赞美，于是加上了枝间初（时）见子初成，应了开花结果的道理。

第三句，“可怜”二字，感叹美好的榴花没有被更多的人所发现，尤其是那些身居高位的人更不会乘车骑马来这里看花赏花，故只能颠倒零落在青苔上。其实是在叹息他的才华虽然如盛开的石榴花般灿烂耀眼，可是也只能和苔藓一样平庸的人混迹在一起罢了。

这首诗应该是韩愈写的，也许朱熹特别喜欢，曾题写过，所以后人误以为是朱熹的了。不过对他来说，这首诗也很合适。朱熹虽是进士出身，但对科名和官场的兴趣没对学问的大。考进士的名次并不靠前，以第五甲第九十名低低地中了。他做官的胃口也不大，多次辞官，一生在官不足十年。但对讲学、论学和著述，则奋其一生智力，“集大成而绪千百年绝传之学，开愚蒙而立亿万世一定之归”。（清 康熙）但是，年轻时，朱熹抗金的主张没有被孝宗皇帝采纳，连国子监武学博士也不做，请辞回家。晚年再度为官，提出核实田亩，打击土地兼并，又遭到大地主的强烈反对，终未能推行。他著述一生，临死还遇到血雨腥风的“庆元党禁”，禁止他的学术。“颠倒苍苔落绛英”不正是他的写照？

晚楼闲坐　黄庭坚

四顾山光接水光，凭栏十里芰荷香①。

清风明月无人管，并作南来一味凉②。

【注释】　①芰（ji）荷：菱角和荷花。②一味凉：一片凉。

【评析】　黄庭坚（1045—1105），字鲁直，号山谷道人、涪翁，洪州分宁（今江西修水）人。宋代诗人，书法家。英宗治平四年（1067）进士及第，曾任国子监教授、知县、秘书丞等职。绍圣元年（1094）哲宗亲政后任用新党，黄庭坚被诬陷所修《神宗实录》不实，被贬外放为涪州别驾，后徙戎州，前后六年。元符三年（1100）徽宗即位后获短暂复职，旋因得罪宰执而被除名，羁管宜州（今广西宜山地区），不久死于宜州。

黄庭坚是“苏门四学士”之一，是与苏轼齐名的北宋诗歌领袖，被奉为“江西诗派”宗师。其创作追求生新瘦硬的风格，喜用典故、拗律、险韵，句法精警，但有时不免险怪。但这首诗歌则写得清新明丽。

这首诗的另一个题目是《鄂州南楼书事》，鄂州即今天的武汉武昌。北宋时，南楼和黄鹤楼齐名。陆游的《入蜀记》载：“南楼，在仪门之南石城上，一曰黄鹤山。制度宏伟，登望尤胜……下瞰南湖，荷叶弥望。”范成大

《吴船录》卷下亦说南楼在“黄鹤山上，轮奂高寒，甲于湖水，下临南市，邑屋鳞差”。黄鹤楼则在“在石镜亭、南楼之间，正对鹦鹉洲”（陆游《入蜀记》），可见南楼俯瞰南湖，在黄鹤山顶；而黄鹤楼西向长江，在黄鹤山麓长江边上。这两座楼在北宋时同时并存，吸引着南来北往的文人墨客，南楼的声誉一点也不比黄鹤楼差。

在宋人吟咏南楼的诗作中，流存较早、影响较大、流传最广的是上面黄庭坚的诗歌。宋徽宗崇宁元年（1102）黄庭坚做了几日太平州知州即被罢免，随后来到武昌，于次年写下了《鄂州南楼书事四首》等诗。诗中盛赞南楼“四顾山光接水光，凭栏十里芰荷香。清风明月无人管，并作南楼一味凉”的美景；讴歌“南楼槃礴三百尺，天上云居不足言”、“势压湖南可长雄，胸吞云梦略从容。北船未尝睹巨丽，复阁重楼天际逢”的壮观，甚至宣称“江东湖北行画图，鄂州南楼天下无”，充分展示了诗人在逆境中的气度与胸襟。

有了上面的介绍，相信这首绝句已经无需更多的解释了。诗人说：“我刚做了几日太平州知州，就被免职，今夜在月下登上这南楼，凭栏俯身一看：只见四面山光接着水光，南湖十里芰荷飘香，还有那无人管束的清风明月，都并在一起化作一味凉意漫到心上。”

山居夏日[①] 高骈

绿树阴浓夏日长，楼台倒影入池塘。
水晶帘动微风起[②]，满架蔷薇一院香。

【注释】 ①山居夏日：诗题一作《山亭夏日》。②水晶帘：玻璃帘，琉璃帘。

【评析】 高骈（821—887），字千里。幽州（今北京）人，唐代南平郡王高崇文孙，世袭禁军将领。高骈还曾担任安南都护，天平军节度使，剑南西川节度使，荆南节度使等职，唐僖宗时受封燕国公。在四川任职时，对反对他的人满门诛杀，手段残忍。他镇压过唐末黄巢起义军，后来自拥兵马，割据一方，最后被部将毕师铎所杀。高骈虽行伍出身，但喜好文学，《全唐诗》里收录有他所著作品一卷。

这首诗描绘了一幅夏日浓荫下寂静院落的画面，写得自然浑成。首先是绿树荫浓，夏意顿出。然后是一池清水中清晰的楼台倒影。将那烈日下树荫里的小院，添上凉凉的清水一池，使人顿觉清幽，前面这句是静态描写。后一句是动态描写，也是细节描写：水晶帘在微风拂动下声音该是清脆悦耳，接着一架蔷薇花这时正在绽放，香气飘满了这寂静的小院。

诗中所写都是实情实景，但诗人经过精心剪裁，重在表现出夏日山居的幽静清凉和心态安闲。所以特意选择浓荫、池水、微风、花香来详写，而且一些景物之间还自为因果，绿树故而荫浓，荫浓故觉得夏日长；微风动才有蔷薇香。正是绿树荫浓，让人凉爽，满院花香让人心畅，既自然又耐人寻味，读后让人心境清净安详。

田家　范成大

昼出耘田夜绩麻[1]，村庄儿女各当家[2]。

童孙未解供耕织[3]，也傍桑阴学种瓜[4]。

【注释】　①耘田：锄地。绩（jì）麻：把麻搓成绳，搓麻绳。泛指纺织。②童孙：幼童。供：从事、参与。③各当家：每人都负有专责，独当一面。④傍：靠近。

【评析】　范成大（1126—1193），字致能，号石湖居士，吴郡（今江苏苏州）人。高宗绍兴二十四年（1154）进士，除徽州（安徽歙县）司户参军。孝宗乾道六年（1170），出使金国，不辱使命，全节而归，除中书舍人。七年（1171），知静江府兼广西经略安抚使。淳熙二年（1175），除四川安抚制置使。五年（1178），拜参知政事，两月即被罢免。晚年闲居石湖十余年，广种梅花，戴月荷锄，怡情养性。范成大工于诗，与尤袤、杨万里、陆游并称南宋中兴四大诗人。他的组诗“使金绝句七十二首”和“四时田园杂兴”影响很大。

“四时田园杂兴”共绝句六十首，分成春日、晚春、夏日、秋日、冬日五组，每组十二首。这首《田家》即是“夏日田园杂兴”中的一首，这首诗写农人的勤劳和辛苦，真实感人。

诗歌写得很细致，先写大人们白天出去除草、耕田，做种种农活，晚上回家还接着编麻绳、纺织等等。就像豫剧《花木兰》里面唱的“白天去种地，夜晚来纺棉，不分昼夜辛勤把活干”。“耘田”“绩麻”都是借代用法，指代耕种、纺织两中农家大事。这样的生活日复一日，就是农人生活的常态，一方面诗人赞叹农人的勤劳，另一方面也理解同情他们的艰辛。

穷人孩子早当家，农村孩子多，父母会分配较大些的孩子每人做一方面的活。孩子虽小，但做饭的做饭，放牛的放牛，拾柴的拾柴，几个孩子都出力，就把一家人的日常家务事都做了，父母得以全力做农活大事。所以诗人有“村庄儿女各当家”一句。

而更小的孩子，还不会做事，就靠近桑树下阴凉的地方学种瓜、种菜等等。也许他们真是在桑树下刨土、浇水、学着种瓜种豆，也许就是在办酒酒过家家，做虚拟的游戏。无论是哪一种，都给农家风景增加了无限的童真童趣。

宦海浮沉时代，范成大就想“归田园，带月荷锄，得遂此生”，他晚年的归隐得遂其愿，日子也过得富足，有石湖大庄园，有大片梅园，甚至还有歌姬可以送人，而他对农人还是充满了同情，还能写出这么美好的诗篇，让人感慨。其实，人们都应当追求富足，只是不要太剥削别人，富足了不要失去同情心。

村居即事　翁卷

绿遍山原白满川[①]，子规声里雨如烟[②]。

乡村四月闲人少，才了桑蚕又插田[③]。

【注释】 ①白满川：指还没插上秧苗的水田、池塘、湖泊等都白水茫茫。②子规：布谷鸟。③才了：刚刚结束。

【评析】 翁卷，字续古，一字灵舒，就是前面提到的南宋“永嘉四灵”之一。他一生布衣，诗歌以白描为主，诗风较为平易，简约中有一份清淡韵味。这首《村居即事》在他的诗中，算是比较明艳的了。

和上面范成大的诗歌不同，这首诗不是以细致见长，而是“对整个村居做了长镜头式的全景拍摄”，诗歌也不仅仅写农事，还大笔绘画了农村的美丽风光。

诗歌首二句写江南四月乡村风景，江南村居景物的季节性特征格外突出，境界开阔，描摹真实，有如天然图画，让人叫绝。“绿”与“白”对比，色彩非常鲜明；山原和川田，高下俱在眼中；而又都笼罩在“雨如烟”中，成为一个迷蒙而清丽的整体。这里面有自然的生机和力量蕴含其中：夏季借助春天之力已经征服了大地，绿草长满了一望无边的山原；山上的冰雪早已经彻底化尽，丰富的雨水从山川中奔流而出，淌满了水田、池塘、河、湖泊。

后二句写农事，仍然是大处着笔，不做细节的描绘。在这繁忙的季候中，农民更是勤劳匆忙，乡村四月几乎看不到一个游手好闲的人。刚刚结束了养蚕的农务，又赶紧忙着插秧栽田。

年复一年，山秃了又绿，水凝了又活。农人勤劳，忙起来少有厌烦，仍然一年又一年。生机勃勃的自然，辛勤劳动的农人，这应该就是一种值得赞赏的美好生活。然而今天的农村，多的是荒田。

村晚　雷震

草满池塘水满陂[①]，山衔落日浸寒漪[②]。
牧童归去横牛背，短笛无腔信口吹。

【注释】　①塘：池堤。陂（bēi）：池塘。②寒漪：略略寒冷的水上泛着波纹。

【评析】　据《江西通志》记载，雷震是宋代江西人，宋度宗咸淳元年（1265）进士，南宋末年人，其他均不详。

这首小诗写山村晚景，抓住“乡村”和“傍晚”，即环境和时间上的特殊性来选择景物，善于构图，描写有近有远，有静有动，有主有次，仿佛一幅趣味盎然的水墨画，生动逼真，撩人逸性。

池塘，牧童，乡村形象中的代表；夕阳和回家的老牛则是傍晚形象中的代表。读到这些，一幅傍晚乡村的画面就清晰起来了。而且诗人写得很真切细致，近处的池塘，塘中水很满，堤上草青青。远处的山峰，半含着夕阳，山脚浸到涟漪阵阵的水中，它们的倒影也在水中荡漾。最突出的则是小牧童，他横坐牛背，信口吹着短笛，笛声随风飘送。悠闲，自在，是牧童的心境，也是整个画面的境界。

这首诗的风格虽是有些缓慢，但和“夕阳无限好，只是近黄昏”的伤感有很大的区别。这首诗中，夕阳只是个背景，牧童才是主体。而且夕阳西下时，也就是农人开始休息的时刻，这一刻的来临意味着一天的忙碌可以告一段落，牧童见到夕阳多少会有些喜悦，心里也应该有轻松和自在的感受吧。

答钟弱翁 牧童

草铺横野六七里，笛弄晚风三四声。

归来饱饭黄昏后，不脱蓑衣卧月明①。

【注释】 ①蓑衣（suō yī）：古代用蓑草编织成的像衣服一样的雨具，也多用棕叶编成。

【评析】 牧童，只是一个化名，到底是谁，目前很难考究。钟弱翁，名叫钟傅，弱翁是他的字，钟傅是宋朝人，这位牧童当然是宋代或宋代以后的人。钟弱翁曾因人推荐而做了官，但多次被降职。这首诗是在安慰他，也是在劝勉他，不必争功名利禄那些虚名，与其和人勾心斗角不如全身而退，去过一种闲逸舒适的生活。

另据宋人笔记记载，钟弱翁好书好名，喜欢到处题字，常让仆人背着梯子跟着，以便于随时题写。大约人都讨厌他，于是就有传说，说吕洞宾化作一个道士和一个牧童去戏弄他，牧童留下了这首诗。不管钟弱翁究竟人品如何，这首小诗中的牧童和张志和的渔翁一样，都是一种自由自在，无欲无求生活的象征。

和上面雷震的诗歌一样，前面两句写景，后面两句写人物，牧童也是这首诗歌的主体。不同的是，上一首目的在于写乡村晚景，牧童是画面中重要的部分，但终只是其中的部分。这一首则专门写牧童，前两句的写景就比较轻描淡写了。写草只是“六七里”、写笛也只“三四声”，都不求鲜明细致，却透着一种山野之趣，一种无拘无束的快乐。也为后面集中笔墨写牧童的精神世界做了铺垫，这也是写文章的详略之法吧。

后两句写牧童，说他饱饭，是突出知足。最后用一个细节，“不脱蓑衣卧月明”写他的潇洒随意。知足随意，这当然只是理想化了的牧童生活，但不妨作为一种生活的理想，总比勾心斗角，尔虞我诈好得多。

茅檐　王安石

茅檐长扫净无苔[1]，花木成畦手自栽[2]。
一水护田将绿绕[3]，两山排闼送青来[4]。

【注释】　①茅檐：指茅檐之下的地面。无苔：没有青苔。②成畦（qí）：成垄成行。畦：修整过的整齐成块的田地。③护田：指护卫环绕着田园。④排闼（tà）：打开门。闼：小门。

【评析】　此诗原题《书湖阴先生壁》，共有两首，这是其中的第一首。湖阴先生，本名杨德逢，是王安石晚年隐居时的好友。这首小诗主要写湖阴先生住处的特点，但对仗工整，用典高明，用笔精妙，仅仅通过写其住处，而刻画出了湖阴先生的精神品格。

诗的前两句从小处着笔，写茅檐下地面的干净和屋前花木的繁茂整齐，写出清幽雅洁的环境。在农村生活过的人可能有经验：勤快的人家，房子檐廊、门前庭院都打扫得很干净，而一些衰败之家、懒惰之人，则可能杂草都长到门边了。茅草房檐下，或者是泥土地面，或者砌着石头，因为主人经常清扫，而没有苔藓，十分干净。花木长得很好，整治成畦，而且都是主人亲手栽种、修整。整个小院也显得很宁静。这两句从小处着笔，写出主人的内在性情：心境安闲、雅好整洁、勤于劳动、热爱花木、热爱生活。

张港先生的《经典古诗词另类"悦"读》中，认为房檐不会去扫，而扫有描画的意思，将第一句理解为"无苔的房檐，像大笔一样长长的一画"。虽然很新，未免不合常理。洒扫应对，是古人的日常生活，也是古人修养的体现。王安石一去就盯着朋友新换的茅房檐子看，还写到诗里面，也太另类了。

后面两句从大处落笔，写湖阴先生的居处前面的景色。"一水护田将绿绕，两山排闼送青来。"诗人运用对偶、拟人、借代的修 辞手法，把山水描写得有情且有趣。一条流水护卫着田园，两座山峰仿佛要推开门，给主人送上满山的青翠。水有情，山有意，实则是人寄情山水，与天地万物相往来。人有了亲物爱物之心，就觉得物自和人相亲了。

后二句中，暗用“护田”与“排闼”两个《汉书》中的典故，但是让人丝毫不觉得用了典，显示了王安石超人的才华和技巧，一直为人称道。昔年，苏东坡有写雪诗云：“冻合玉楼寒起粟，光摇银海眩生花”，王安石和苏轼相会时论及此诗，“云：‘道家以两肩为玉楼，以目为银海，是使此否？’坡笑之，退谓叶致远曰：‘学荆公者，岂有此博学哉！’”（赵德麟《侯鲭录》）苏轼的诗，如不是王安石点破，读来终隔着一层，没有王安石此诗中的典故用得高明，不着痕迹又容易理解。

题北榭碑　李白

一为迁客去长沙[①]，西望长安不见家。
黄鹤楼中吹玉笛，江城五月落梅花[②]。

【注释】 ①迁客：被贬谪的人。去长沙：汉代贾谊曾被贬为长沙王太傅，这里指代自己被贬。②江城：即今湖北武汉武昌区，古城鄂州，江夏。落梅花：指古代笛子曲《梅花落》。

【评析】 这首诗原题是《与史郎中钦听黄鹤楼上吹笛》，是李白乾元元年（758）流放夜郎经过武昌游黄鹤楼所作。

李白因参与永王李璘军队，受到牵连，被加之以“附逆”的罪名长流夜郎。故诗中起首即云：“一为迁客去长沙，西望长安不见家”，以贾谊自比，表达自己被流放的凄凉之感和不满之意。又用西望长安的动作，表达眷恋朝廷之心。正在这遭遇贬谪冷落凄凉之际，猛然听到黄鹤楼上传来《梅花落》的笛声，不觉心绪为之摇动。

要很好理解李白听笛时的心情，必须了解两个关键点，其一是李白听笛的时间是去流放地的时候，还是遇赦归来之后。其二是唐代《梅花落》曲调的情感内涵究竟如何。对于前一点，我们倾向于是贬谪途中所作。而后一点，虽无具体乐曲为证，但从前人的描述中，可以大约知道一些：“《梅花落》本笛中曲也。”（郭茂倩《乐府诗集题解》）而且此曲饱含愁怨，故杜牧诗云：“月明更想桓伊在，一笛闻吹出塞愁。”所以李白听到《梅花落》时，去国之情当然更为浓郁。正如论者所云：“江城五月，正当初夏，当然是没有梅花的，但由于《梅花落》笛曲吹得非常动听，使诗人仿佛看到了梅花满天飘落的景象。梅花是寒冬开放的，景象虽美，却不免给人以凛然生寒的感觉，这正是诗人冷落心情的写照。”

另一方面，《梅花落》曲子还涉及一个为人申冤的感人故事：淝水战后谢安功名日盛，为人所嫉妒诋毁，被晋孝武帝疏远怀疑。一日，那位创作《梅花落》的桓伊趁着陪孝武帝和谢安等人饮宴的机会，抚筝一弄，唱道：“为君既不易，为臣良独难，忠信事不显，事有见疑患。周王佐文武，金縢功不刊，推心辅王政，二叔反流言”（曹植《怨歌行》），桓伊抚筝而歌，“声节慷慨，俯仰可观”，向来沉得住气的谢安，听到桓伊唱曲，为自己分说是非，不由为之动容，“泣下沾衿”，孝武帝闻之亦“甚有愧色”。大词人辛弃疾在《念奴娇·我来吊古》中感叹说：“却忆安石风流，东山岁晚，泪落哀筝曲。”人间知己，正当如此。

听着这样的哀曲，李白难免不想到这一故事，他曾对故友江夏太守韦良宰说过“君登凤池去，忽弃贾生才”，心中的遗憾可想而知。正如江湖夜雨所云：“以李白当时的心境，他是多么盼望有一个像桓伊那样的人为他分说一下是非，让朝廷重新信任他啊。”可惜即便君王“扫荡六合清”，李白“仍为负霜草”，“日月无偏照，何由诉苍昊？”他只有听曲伤心而已。

清代沈德潜《唐诗别裁》卷二十说：“七言绝句以语近情遥、含吐不露为贵，只眼前景，口头语，而有弦外音，使人神远，太白有焉。”这首七言绝句正是如此。

西湖 林升

山外青山楼外楼，西湖歌舞几时休。
暖风薰得游人醉，直把杭州作汴州①。

【注释】 ①直：简直。杭州：即临安。汴州：北宋都城，今河南开封市。

【评析】 这首诗原来还有一个题目《题临安邸》，是题写在临安客舍的粉墙上的。作者林升，生卒履历都不详，或者因为诗歌的讽刺意味太强烈了，留的就是个化名。

诗歌写于南宋前期，宋高宗好不容易坐稳了半边江山，早把父兄被俘，妃后受辱，北国沦陷，强敌虎视的一切置之脑后，尽情享乐起来。哪里还会想到北国老百姓的苦难悲哀，想到这些，诗人不由怒火中烧，挥笔就在墙上写下了这首脍炙人口的诗篇。

“山连山楼重楼，西湖上的歌舞什么时候才会罢休？是暖烘烘的风把你们都吹醉了吗？简直把这杭州当成了汴洲！”

当然，诗人写的时候并不是这般激烈直露，而是忍了又忍，说得很含蓄很温和很无奈。“西湖歌舞几时休”，仿佛无奈的叹息，“直把杭州作汴州”，也仅仅心疼难受地谴责了一句。他不敢骂皇帝、吼大臣，只好批评“游人”了。其实诗人真正想指责的，是君王，还有那些当权的贵族。正是他们在政治、军事上的无能，才导致了整个国家在军事和经济上连连受挫，山河破碎，人民流离。而他们仍沉迷在奢靡享乐之中，实在可恨至极！至于多数的百姓，他们是希望抗金的，尽管打起仗来，先死的可能就是他们。想想孤身行刺秦桧的军士施全，就能明白当时百姓的心声。

晓出净慈寺送林子方[①]　杨万里

毕竟西湖六月中[②]，风光不与四时同[③]。
接天莲叶无穷碧，映日荷花别样红。

【注释】　①净慈寺：在西湖南岸，和灵隐寺同为杭州的著名寺庙。②毕竟：究竟，到底。③四时：四季，此处指六月以外的其它季节。

【评析】　这首诗在旧本《千家诗》中，也题作《西湖》。诗人特写西湖的荷叶、荷花美景，从一个侧面展示了西湖的美。但诗歌的原题却是《晓出净慈寺送林子方》，为什么呢？原来，杨万里同时写了两首诗，第一首单写西湖，第二首才涉及送别的事情。第二首是这样写的："出得西湖月尚残，荷花荡里柳行间。红香世界清凉国，行了南山却北山。"因为只选了第一首，所以编选者就改题为《西湖》了，后来甚至还讹传为苏轼所作。

杨万里的诗歌，有些有点小巧琐碎，有些有点人工多于天然。机智有余，浑厚不够。但这首小诗，不仅平易简洁、流畅自然，而且浑然天成，境界开阔，音声响亮，读来让人心旷神怡，无比欢喜。

诗人一开始就以惊叹的语气提出一个悬念，"毕竟西湖正是六月中，风光还真与平常四季不相同"，怎么不同呢？"接天莲叶无穷碧，映日荷花别样红。"这两句专写荷叶和荷花，对仗工整，音韵响亮，体物工致，色彩鲜明，境界开阔，这些都不言而喻。关键是这两句道出了自然的神理，景物之间互为因果，相辅相成，久久思之，更觉妙处无穷。莲叶接天，故而"无穷碧"，碧荷映花花更红，而荷花映日更是"别样红"。西湖的六月，荷叶长得最茂盛，荷花开放得最灿烂。正是因为前一句，才有了后面别样美丽的荷花。荷花是花中君子，一向是以清丽著称。这里的六月荷花，因为阳光为她添姿添彩，清丽的荷花竟有了一抹艳丽的颜色，岂不让人怦然心动。

诗人赞美了西湖的荷叶、荷花，也就赞美了西湖，赞美了生活。

饮湖上初晴后雨　苏轼

水光潋滟晴方好[①]，山色空蒙雨亦奇[②]。
欲把西湖比西子[③]，淡妆浓抹总相宜。

【注释】　①潋滟：阳光下水面波光动荡的样子。方：刚刚。②空蒙：朦胧缥缈。③西子：西施，春秋时越国著名美女。

【评析】　这首写西湖的诗歌和前面杨万里从一个侧面写西湖不同，而是从宏观上、从整体上、从比较虚的角度来写西湖的美，而且蕴含很深刻的哲理。

别人往往写西湖哪里美、怎样美："重湖叠巘清嘉，有三秋桂子，十里荷花。""映日荷花别样红"。苏轼却说，西湖就是美呀，晴天也美，雨天也美，无往而不美。晴天的美，就"水光潋滟"一句；雨天的美，也就"山色空蒙"一句。但却"以少总多，情貌无遗"。

更妙的是，诗人又来了一个极其精妙的比喻，而且是比喻中套着比喻。说这个比喻精妙，不仅因为西湖西子都姓西，西子还是越国人，比喻起来合情合境。而且西湖和西子，都以阴柔之美著称，不像洞庭湖、鄱阳湖，浩瀚雄浑，多阳刚之美。这就比一般用美人比喻山水之美更精妙。而且下一句，进一步把晴天、雨天，比作西子的浓妆和淡妆，既自然又精妙。用苏轼自己的诗句来说，真是"只有西湖似西子"。这个比喻可以说独一无二，乃天作之喻。

这句诗不仅是天然成喻，而且还蕴含着天然道理：只要自有佳质，晴亦美，雨亦美，无往而不美；只要立根坚定，顺亦可，逆易可，无往而不可；只要胸怀坦荡，达亦佳，穷亦佳，无往而不佳。

水亭　蔡确

纸屏石枕竹方床[①]，手倦抛书午梦长。

睡起莞然成独笑[②]，数声渔笛在沧浪[③]。

【注释】　①纸屏石枕：纸糊的屏风，石头做的枕头。竹方床：即竹床。②莞然：微笑的样子。③沧浪：泛指江、湖。暗用《楚辞·渔父》典故："渔父莞尔而笑，鼓枻而去，乃歌曰：'沧浪之水清兮，可以濯吾缨，沧浪之水浊兮，可以濯吾足'，遂去，不复与言。"王逸《楚辞章句》注："水浊，喻世昏暗，宜隐遁也。"

【评析】　蔡确（1037—1093），字持正，晋江（今福建省晋江市）人，宋仁宗嘉祐四年（1059）进士，积极支持王安石变法，神宗元丰五年（1082）拜尚书右仆射兼中书侍郎（右丞相）。但人品似乎不太好，见神宗有疏远王安石之意，便煽风点火。看哲宗时高太后主政，变法派大势已去，便谣言高太后有取代哲宗之意，最后被贬官安州（湖北安陆）。在此，他有感于自己官场沉浮和当时的现状，写下《夏日登车盖亭》十首，描写自己的闲散生活，委婉抒发归隐的志向，本诗即其中第二首。

但当他向往归隐时，历史却不再给他机会。他的政敌吴处厚上奏说他的《夏日登车盖亭》十首，有五首语涉讥讽。"何处机心惊白马，谁人怒剑逐青蝇"是讥谗谮之人；"叶底出巢黄口闹，波间逐队小鱼忙"是讥新进用事之臣；"睡起莞然成独笑"——"方今朝廷清明，不知确笑何事。"结果被贬到新洲（今属广东）安置，五十七岁死于贬所。

实际来说，《车盖亭》十首中，如"叶底出巢黄口闹，波间逐队小鱼忙"这样的句子，确实含有讽刺，但说"独笑"是在讥笑朝廷时政，则是冤枉他了。

诗人说，"车盖亭上，有藤皮纸糊的屏风，石头做的枕头和大竹床，环境很幽静很凉爽。看了一会儿陶渊明的诗，感到有些倦怠，便把书抛在一边，美美地睡了一觉。一梦醒来，感悟到人生如梦，富贵如烟，不觉莞然独笑。这时江面上传来渔父的笛声和“沧浪”歌声，不觉对归隐的生活更加神往。”

诗歌的前二句写读书之乐：读书的地方很凉爽，读书的心态很自由，看倦了即抛书而睡，实在是十分惬意。后二句写睡醒后对人生的反思，想到自己的人生，想到陶渊明的生活，想到当下读书的知足与快乐，不觉莞尔而笑，而数声渔笛正好传来，似乎陶渊明看到“飞鸟相与还”，感到“此中有真意”，正是心物相感，好不快乐。

竹楼　李嘉祐

傲吏身闲笑五侯①，西江取竹起高楼。
南风不用蒲葵扇②，纱帽闲眠对水鸥③。

【注释】　①傲吏：用庄子“漆园傲吏”的典故，指自己。据《史记》中记载，战国时庄子曾任漆园小吏，楚威王想让庄子出来做官，许以相位，庄子表示宁愿“游戏污渎之中自快……终身不仕，以快吾志焉。”②蒲葵扇：蒲草编成的扇子。③水鸥：沙鸥。用“鸥鹭忘机”的典故，《列子·黄帝》载：海上之人有好鸥鸟者，每旦之海上从鸥鸟游，鸥鸟之至者百往而不止。其父曰：“吾闻鸥鸟皆从汝游，汝取来，吾玩之。”明日之海上，鸥鸟舞而不下也。

【评析】　李嘉祐，字从一，唐代赵州（今河北赵县）人，唐玄宗天宝七年（748）进士及第，累任秘书省正字，监察御史，曾贬官鄱阳，后复任江阴令，袁州刺史等，最后在台州刺史任上辞世。他的诗写得很有成就，李白也对他多有称道。著有《李嘉祐集》。

这首诗歌，刻画了一个傲吏形象，表达了作者的归隐思想和洒脱情怀，也含有对现实的批判。诗的开头即将自己比喻成庄子一样的傲吏，并先立了一个标靶，即五侯，主人公对他们是傲而笑之。而庄子更是一生绝意仕进，以一双批判的眼光注视他的时代，揭露出“窃钩者诛，窃国者侯”的现实。这里以庄子自比，多少有着对权贵的嘲笑和批判。

第二句，诗人将搭建竹楼这样的小事，也写得傲气十足，大有“振衣千仞岗，濯足万里流”的气概。一个“取”字，煞有介事；一个“高”字，气势不凡。住到这样的高楼上，清风明月为伴，白鹭鸥鸟为友，自然潇洒自在，陶然忘记。果然后面就说道：“南风不用蒲葵扇，纱帽闲眠对水鸥。”

整首诗紧扣“竹楼”来展开，先出盖楼之人，再写起楼之事，最后写楼中生涯，结构紧密。语言平易，虽用典故，但浑化无迹，让人不觉。而且全诗傲气十足，颇有气势。

直中书省[①] 白居易

丝纶阁下文书静[②]，钟鼓楼中刻漏长[③]。
独坐黄昏谁是伴，紫薇花对紫薇郎[④]。

【注释】 ①直：值班。中书省：官署名。唐代三省制，中书省拟旨发令，门下省审核，尚书省执行。中书省正长官为中书令，副长官为中书侍郎，其下有中书舍人，由中书舍人拟旨。②丝纶阁：指替皇帝撰拟诏书的地方，语出《礼记》，意思是君王之言，初出细如丝，行于外则渐大于轮，影响深广；又，汉时草拟诏书的官员待诏于玉堂殿，唐时待诏于翰林院，至宋以后翰林院也称玉堂。③刻漏：古时用来滴水计时的器物。④紫薇花：落叶亚乔木，夏季开红紫色的花，秋天花谢。紫薇郎：唐代官名，指中书舍人，因唐玄宗开元元年，曾改中书省曰紫微省，取天文紫微垣为义，故称。

【评析】 白居易（772—846），唐代诗人。字乐天，号香山居士。今山西太原人，贞元十六年的进士，六年后先后被选为“书判拔萃科”，“才识兼茂明于体用科”，历任秘书郎，翰林学士，左拾遗，赞善大夫，江州司马，杭州刺史，苏州刺史等，官至刑部尚书。白居易自幼聪明，心怀大志，可是元和年间被贬为江州司马后思想倾向于“独善其身”。在文学上，主张“文章合为时而著，歌诗合为事而作”，是新乐府运动的倡导者。其诗语言通俗。和元稹并称“元白”，和刘禹锡并称“刘白”。有《白氏长庆集》。

白居易于穆宗长庆元年（821）十月任中书舍人，长庆二年（822）七月，自中书舍人出任杭州刺史，故此诗当作于长庆二年六七月份，其时紫薇花正开。此时白居易已经五十岁，宦海沉浮多年，对古代文人都极为向往的玉堂生活，白居易似乎并不怎么兴奋，甚至还有些无聊之感。

在旧本《千家诗》中还收录了南宋前期的周必大，和南宋晚期的洪咨夔的入值诗作，不妨放在一起做一比较。

入直　　周必大

绿槐夹道集昏鸦，敕使传宣坐赐茶。
归到玉堂清不寐，月钩初上紫薇花。

禁锁　　洪咨夔

禁门深锁寂无哗，浓墨淋漓两相麻。
唱彻五更天未晓，一墀月浸紫薇花。

周必大的诗中，诗人十分兴奋。诗中写宫中绿槐夹道，在鸦雀飞回的黄昏时分，他被召进宫中，皇帝礼遇有加，看座赐茶。诗人激动万分，回到玉堂的办公室都睡不着觉，这时一弯月钩正挂在紫薇花梢，好生惬意。

洪咨夔的诗中，首句写宫中的威严寂静没有喧哗，次句写他工作顺利，一夜起草好了两大张任命宰相的诏书草稿，浓墨淋漓地写在白麻纸上。此时刚到五更天，提前完成了任务，只见外面台阶下，紫薇花正浸在皎洁的月光中，不觉浑身轻松。

而白居易值班时，正是黄昏时分，宫中很静，静得连宗谷楼的刻漏声都听得很清楚。而他既不能到处走动，又没有紧急的诏书要写，独坐署中，只有紫薇花陪伴着他这个紫薇郎，显得有些寂寞。

这些诗歌，再现了当年中书舍人为皇帝起草诏书时的工作情景，已经难引起读者的共鸣，但能让我们了解翰林生活中最重要的一方面。

观书有感　朱熹

半亩方塘一鉴开[①]，天光云影共徘徊[②]。

问渠那得清如许[③]，为有源头活水来。

【注释】　①鉴：镜子。②共徘徊：指天光云影倒映在塘中。③渠：它。那得：怎么会。清如许：这么清亮，如此清亮。

【评析】　俗话说“流水不腐，户枢不蠹”，意思是只有不断接受新事物，掌握新知识，吸收新营养，才能使自己的观点保持正确，并与时俱进。这个道理被朱熹从看书做学问的过程中悟出来，于是借这一池清水很形象地表达出来。诗人大约是漫步塘边，思考着求知识做学问的道理，猛然想见清澈的塘水和求知之间的关系，于是便写出了这篇佳作。

诗人先描绘了池塘像镜子一样明亮，倒映着天上的天光云影的美好景致，然后笔锋一转，发出自己的疑问，天光云影的美景从何而来呢？是因为水的清明才得以呈现。而水为什么会这么清澈呢？“为有源头活水来”。

“问渠那得清如许，为有源头活水来”的哲理，不仅仅是对读书做学问有启示，对生活的很多方面都有启迪。

旧本《千家诗》中还收录了朱熹的《泛舟》一诗，也是一首十分深刻的哲理诗。

昨夜江边春水生，艨艟巨舰一毛轻。

向来枉费推移力，此日中流自在行。

此诗通过日常行舟的事例来说一个道理：要像艨艟巨舰一样行驶，需要有足够的江水涨起来才行。换一个说法，想要成为一个大有作为的人，首先自己要有足够丰富的知识和能力才行；要想解决学习上的难题，也得不断积累知识，掌握方法，长期坚持，终有一天，豁然开朗，进入一个自由境界。用哲学术语来解释就是：只有量变积累到足够的程度，才会发生质变。成语中“熟能生巧”、“水到渠成”等都有这个意思。

这两首诗歌都用了比喻，将抽象的道理说得生动形象，让人一看就懂。和苏轼那些蕴含哲理的诗歌相比，诗中的道理更明白显豁，诗歌所写景物本身的形象性和美感则要差一些。但说理深入浅出，让人容易明白理解，仍是好诗。

冷泉亭[1] 林稹

一泓清可沁诗脾[2]，冷暖年来只自知。
流出西湖载歌舞[3]，回头不似在山时。

【注释】 ①冷泉亭：亭名，在浙江杭州西湖灵隐寺前飞来峰下，亭下有冷泉，流入西湖。②一泓：水深为泓。清可：清新可人，清新可爱。沁：渗入。③载歌舞：载着西湖上满是歌舞的游船。

【评析】 根据《宋诗纪事》及《梅磵诗话》，确定本诗的作者为林稹（zhěn）。林稹，号丹山，长洲（今江苏苏州）人。神宗熙宁九年（1076）进士及第，著有《宫词》百首，旧本《千家诗》收录了他的两首《宫词》及这首《冷泉亭》。

这首诗的语言并不复杂，也无典故，比较容易读懂："冷泉亭下一泓清泉，可以沁入诗人的心脾。但并没有多少人关注这眼清泉，寒来暑往，是冷是暖，只有泉水自己知道。当这清澈的泉水注入西湖，承载的竟是轻歌曼舞充盈的画舫，溪流回头一看，自己再也不是从前那样纯净清澈了。"读完了，发现这首诗题目其实叫作《冷泉》，应该更合适，因为它写的不是亭子，而是亭下的泉水，以及由泉水引发的感想。

清泉因为出于深山或偏僻的地方而保持了自己的纯净，它们注入西湖这样笙歌燕舞的地方，会被脂粉玷污，会被喧哗扰攘，会失去原来的面目。这是件平常的事情，是摆在人们面前几千年的东西，但林稹却深有感触地写成了一首深刻的咏物诗。

泉水的清浊，古人早有感悟。《诗经·小雅·四月》有"相彼泉水，载清载浊。我日构祸，曷云能谷”；杜甫的《佳人》诗有“但见新人笑，那闻旧人哭。在山泉水清，出山泉水浊。”这些都还是以泉水的清浊起兴，不是专门写泉水。白居易的《白云泉》诗云：

太平山上白云泉，云自无心水自闲。
何必奔冲山下去，更添波浪向人间。

主要是借泉水来表达自己“独善其身”的思想，而林稹这首诗则专写泉水，并把泉水当作人来写，由泉水感悟人生，给人更多启迪。

有人说，此诗是诗人“借泉水的名义来凭吊身陷污渠的女子”；有人说此诗是批评假隐士；有人说这诗教我们要“审慎地选择环境，审慎地选择道路”。这些解释都不错，但似乎都不及石继航先生解释得深刻：“一个人的成长过程，几乎就是一个逐渐丢掉纯真的过程：懂得了欺诈、虚伪、矫情、油滑，然后蜕去了赤子的皮肤，换上老练的甲壳，于是才有机会在世上活得更安全，更舒适。”

人必须长大，必须适应社会，这很无奈很无情，然而，当一个人看清楚了这些，他还是可以有所选择，有所坚持，尽力保持其纯真赤子之心的。所以，在冷泉亭这首诗的后面，一个叫陈藏的诗人，又题了一首：

岩里空寒玉有声，亭前渊静镜生明。
从他流入香尘里，不碍源头彻底清。

乌衣巷 刘禹锡

朱雀桥边野草花[①]，乌衣巷口夕阳斜。
旧时王谢堂前燕[②]，飞入寻常百姓家。

【注释】 ①朱雀桥：在秦淮河上，乌衣巷在桥边。花：动词，开花。②王谢：指以晋代宰相相王导、谢安为代表的世家大族。

【评析】 《乌衣巷》是刘禹锡《金陵五题》中的第二首。乌衣巷，是南京城内的一条街巷，在秦淮河之南，因三国时期东吴的军队驻扎于此，并且军士身穿黑衣而得名，在东晋时，乌衣巷住的是以王导、谢安为代表的世家大族，贤才众多，至唐时则皆流落不知其处。诗人正是有感于此，而写下此诗。

但是，这首诗通篇写景，没有一个字的议论和感慨，诗人的情感是通过强烈的今昔对比得以表现的，这就非常含蓄而耐人品味。

诗歌首二句，写“朱雀桥”、“乌衣巷”一带今日的荒凉颓败，桥边如今只有“野草花”，一个“野”字，突出衰败荒凉。巷口悬着的夕阳也无精打采，仅是斜阳将快要消失的光线送入巷内。一个“斜”字，渲染出日薄西山的惨淡。让人想到辛弃疾的“斜阳正在，烟柳断肠处”。繁华难继，盛极必衰，古往今来，概莫能外。

“旧时王谢堂前燕，飞入寻常百姓家。”诗人仿佛觉得那曾经在王谢堂前筑巢的燕子，都飞入了平常百姓家。这种时空交错的手法，真让人觉得昔日的风流、曾经的繁华，只不过弹指一挥，恍若一梦。

有人说这首诗“通过对夕阳野草、燕子易主的描述，深刻地表现了今昔沧桑的巨变，隐含着对豪门大族的嘲讽和警告”。但我更倾向把这首诗理解为对历史和个人有限性、短暂性的深沉感喟，王谢大族尚且如此，平头百姓又当何如？它应该唤醒的，是每个人对于生命的反思，而不仅仅是对贵族的讽刺。

题淮南寺　程颢

南去北来休便休，白蘋吹尽楚江秋[1]。
道人不是悲秋客，一任晚山相对愁。

【注释】　①白蘋：又写作白萍，白苹，一种水草，绿叶春夏开白花，秋天渐渐枯萎。

【评析】　这首诗题写于扬州附近的淮南寺，写得十分洒脱，表达了诗人不滞于物，定性任运的潇洒风度。

诗人说："我独自一人，想要走到南就走到南，想要走到北就走到北，年复一年，日子流逝如飞，如今又看到白萍枯萎楚江深秋。且任凭那晚山在黄昏暮色里相对感伤吧，我可不会做个愁客，一味悲秋。"

起首一句"南去北来休便休"，想走就走，想歇就歇，无所牵绊，无所留恋，快活随意，潇洒不羁。第二句"白蘋吹尽楚江秋"，景物萧条，情绪不觉一沉。但诗人马上放开，笔锋一转，翻为劲健："道人不是悲秋客，一任晚山相对愁。"

这首小诗，语言朴实，情绪乐观，显示了诗人的道力深厚，不以物喜，不以己悲的潇洒风度。和寒山"秋到任他林落叶，春来从你树开花"一样，尽管一儒一佛，道路不同，但都达到了一种人生超越的境界，

秋月　朱熹

清溪流过碧山头，空水澄鲜一色秋①。
隔断红尘三十里，白云红叶两悠悠。

【注释】　①空水：月夜的天空和溪水。

【评析】　"青翠碧绿的山边流过一条清澈的小溪，夜空和溪水一样透明澄澈，秋天里这样的景象真是让人感到爽快。山和水隔断了三十里外的红尘俗世，这里的人就像朵朵白云和满山红叶一样单纯鲜明、自在悠然。"

这首诗，旧本《千家诗》题为程颢所作，实为朱熹《入瑞岩间得四绝句，呈彦集、充父二兄》中的第三首，诗歌体现了理学去欲的思想，也含有佛家的精华，意境上突出了人融于自然的感受。

诗的前一句是写景物，山水澄澈，空气新鲜，青山碧水，长天一色，这些景物都笼罩在溶溶月色中，极幻极美。但这样的美景在诗中也并不陌生，没有格外特别的地方。后一句才是本诗的巧妙之处。这山水将俗世隔了开来，隔断红尘三十里，隔开了喧嚣和物欲。人走入这山林，就好比进入桃源仙境，人的心一下子就可以放下。再看看蓝天上飘浮的轻云，身边或深或浅

的红叶，或许还有野花的清香，人在这样的境地真是想烦恼都很难了，于是悠悠之意油然而生。这后一句既是前一句的接续，也是前一句的深化，突出了人和自然相融洽的天人合一的精神追求。

其实，也不一定要隔断红尘，陶渊明早说了："结庐在人境，而无车马喧。问君何能尔，心远地自偏。"

七夕[①] 杨朴

未会牵牛意若何[②]，须邀织女弄金梭[③]。
年年乞与人间巧，不道人间巧几多。

【注释】 ①七夕：农历七月初七，传说牛郎织女每年在这一天相会，故可看作古代的"情人节"。另外，在这天晚上，妇女们在院子里摆上瓜果，对月穿针，向织女乞巧，故又称"乞巧节"。②未会：不知道。弄金梭：用金梭织锦，这里二人相会。③须：应当。

【评析】 杨朴（921—1003），北宋初布衣诗人，字契元，郑州新郑（今河南新郑）人。善歌诗，士大夫多传诵。与毕士安尤相善，每乘牛往来郭店，自称东里遗民。《直斋书录解题》著录有《东里杨聘君集》一卷，《宋史》著录《杨朴诗》一卷，均佚。北京大学出版社《全宋诗》录存其诗六首。

杨朴算是个隐士，他的名气很大，宋太宗召他做官，朴坚辞不受，作《归耕赋》以明志。据宋郑景望《蒙斋笔谈》记载：宋真宗祭祀汾阴，经过郑州，曾召来杨朴，想要他出来做官。会见时，真宗问："你来时，有人赋诗送行吗？"杨朴揣知帝意，故意说："没有。只有老妻写了一篇。"皇帝让他吟诵一下，道："更休落魄贪杯酒，亦莫猖狂爱作诗。今日捉将官里去，这回断送老头皮。"意思说"你不要再落魄贪酒喝，也不要张扬发狂喜欢作诗。今天捉到官府里去，看不断送了你的老头皮。你呀今天算完蛋了，别想有快活日子过了。"宋真宗听罢大笑，厚赐金帛放他回去了。

这么一个超脱豁达的人，写七夕的诗，也与众不同，语言如他的名字一样朴素，却幽默诙谐，而且讽刺深刻。诗人说：“也不晓得牛郎心里怎么想的，他应该急着邀请织女去‘弄金梭’吧，毕竟人家一年才一次相会的机会呢？你们这些人，问都不问一声，只知道年年焚香设果，扯住织女向她乞巧，难道不知人间的奸谋机巧已经太多太多？”

立秋[1] 刘翰

乳鸦啼散玉屏空[2]，一枕新凉一扇风。

睡起秋声无觅处，满阶梧叶月明中。

【注释】 ①立秋：农历二十四节气之一，时间在公历八月七八九日之间。②乳鸦：小乌鸦。玉屏：颜色如玉的屏风。

【评析】 刘翰，字武子，湖南长沙人。南宋诗人，与范成大、张孝祥、苏洞等有诗文交往。宋光宗绍熙（1190—1194）年间尚在世。

这首诗写立秋时的景致，写得十分细腻传神。现在南方立秋的时节，天气还较热，还常常有所谓“秋老虎”的高温天气，要到处暑以后才觉凉快。但不知宋代时，气温是不是比现在低一些，或者作者写此诗时是在北方。不过诗中描绘的秋凉意境确实十分真实，让人感同身受。

诗人说：“傍晚时小乌鸦散去归巢了，如玉的屏风前听不到它们的鸣叫，显得有些清静空落。躺下休息，枕上的秋凉一阵阵漫过来，似有丝丝的秋风拂过，像有人在扇着微风。夜间似乎有朦胧的秋风吹树叶的瑟瑟之声，可是一觉醒来，却听不到任何声音，找不到任何秋声的踪迹，只有满阶零落的梧桐叶，静静地躺在清冷的月光中，告诉我秋天真的已经来了。”

这首诗里的秋天是最让人舒服的初秋，诗人是精心选用新凉的“新”，乳鸦的“乳”，无觅处的秋声，明月中的梧叶来表现秋意。这时候秋意是淡淡的，痕迹也是轻轻的，让人有时觉察不到。诗歌的结构则很自然，前两句是睡前，由鸦声到入睡时人的细腻感受；后两句是醒后，由觅秋声到静看满阶梧叶，自然而然，无丝毫营造的痕迹。

乳鸦在傍晚要回巢了，厅前更显冷落，主人公自己躺下养神，枕头散发着秋凉，整个场景看起来有点孤独，有点冷清。比起传为李白所做的《秋风词》：

秋风清，秋月明。落叶聚还散，寒鸦栖复惊。相思相见知何日，此时此夜难为情。

刘武子的这首诗少了一份浓浓的相思意，境界也没那么凄清，但多了一份平静。

七夕[①] 杜牧

银烛秋光冷画屏[②]，轻罗小扇扑流萤[③]。
天街夜色凉如水[④]，卧看牵牛织女星。

【注释】 ①七夕：此诗一题做《秋夕》。如题目为《七夕》，则诗中含蓄表达感情的失望更多一些。②银烛：银白的蜡烛，也可理解为银色烛台上的蜡烛。秋光：秋月的光辉。③轻罗小扇：用轻丝罗做成的小扇子。也含有团扇秋来见弃，得不到君王眷顾爱惜的意思。④天街：皇宫中的御道，这里泛指皇宫之中。

【评析】 这首小诗读完后给人的感受最鲜明的就是两个字，“冷”、“凉”，再细细思索，则有无聊、无奈、孤寂、可怜等等情绪。诗歌主要写宫女在秋夜的无聊、寂寞，表达了她们心中难以诉说的孤寂和苦闷。

诗歌先描绘秋夜宫女所处的冷清的环境，再写宫女扑流萤，最后集中笔墨写宫女在如水的夜色中，孤单地看着天上的牵牛织女星。诗歌没有一句直接写宫女的心境和情感，但通过形象则可以体会到她们的不幸、孤独、寂寞、可怜，也能感受到作者的无限同情。

首句，一个“冷”字，奠定了全诗的基调，秋月烛光本来不一定冷，可是在不幸的宫女眼中，一切都显得格外冷清。“故国三千里，深宫二十年”，她们心中的孤独无奈不是一般人能够体会的。“轻罗小扇扑流萤”，在旁人看来可能是美的，但在当事的宫女而言，这只是她们无聊之极，聊以打发时光而已，她们的心里充满凄凉，心思也不在流萤身上。最终，她们还是回到自己的住处，躺在冰凉的床上，孤独地遥望牵牛织女星。牵牛织女象征着美好真挚的爱情，而对她们而言，这些都只能如同遥远的星星，看看、想想而已。也许她们会想到入宫前的经历，曾经的感情等等。

诗歌的语言清丽，境界清冷，情感含蓄，“状难写之景如在目前，含不尽之意见于言外”，虽诗人不置一词，而宫女的可悲可叹可怜，早已溢于言表。

江楼有感　赵嘏

独上江楼思渺然[①]，月光如水水如天。
同来望月人何处？风景依稀似去年[②]。

【注释】①江楼：江边的小楼。思渺然：思绪怅惘。渺（miǎo）然：悠远的样子。②依稀：仿佛，好像。

【评析】赵嘏（gǔ）（806—852），唐代诗人，字承祐，楚州山阳（今江苏淮阴市）人。唐武宗会昌四年（844）进士及第，曾任渭南尉（陕西渭南）。精于七律，笔法清圆熟练，时有警句，但诗歌题材较狭窄。有《渭南集》，《编年诗》二卷。

赵嘏是一个很深情的人。他曾有一个很相爱的女子，本意白头相守，不料却被恶人霸占。到他考中进士时，那势利的恶人把她还回来，这已经让人难以为怀了。可是等到他们终于相见时，女子却伤心过度，死在了他的怀中。赵嘏写下了两首心碎的悼诗，哭她，也哭自己。其诗云：

一烛从风到奈何，二年衾枕逐流波。虽知不得公然泪，时泣阑干恨更多。

明月萧萧海上风，君归泉路我飘蓬。门前虽有如花貌，争奈如花心不同。

这首诗又题为《江楼感旧》，是一首重游旧地、怀念故交的作品，同样也可以看出他对朋友的深情。在一个宁静的夜晚，诗人故地重游，独自登上江边的高楼，不觉思绪万千，心中惘然。寂寥之中，诗人放眼望去，只见月光如水，水光接天，上下空明，皎洁一片，美好的夜景令人心醉。如此美景却是孤身一人欣赏，不由想起故人，想起去年。去年也是这样的良夜，诗人和朋友们结伴夜游，共赏江天明月，多么快乐。曾几何时，人事蹉跎，昔日伴侣如今已不知漂泊何方，诗人心中不由满怀惆怅。

"独上"的动作，"思渺然"的心理，"人何处"的向往，和"依稀似去年"的惆怅，将诗人的形象、心理和情感清晰地表露出来。触景生情，以景寄情，感怀思旧，情感真挚，水到渠成，一气呵成。

此诗在行文上先将自己入画，再把目光放远，后又拉回到诗人内心世界，最后再放开回到眼前风景，结构上浑然一体。时空距离是本诗抒发感情的基础和手段，而大气的文字又让作品显得深邃，诗中流露的情感更让读者难以释怀。

读这首诗，我们应该能想象出那平江秋月、夜色如洗的美丽风景，诗人念怀朋友的深情和形影相吊的孤独值得我们同情。友谊和美景都是人类应该珍惜的。

中秋 苏轼

暮云收尽溢清寒，银汉无声转玉盘[①]。
此生此夜不长好，明月明年何处看。

【注释】 ①银汉：银河。玉盘：圆月。

【评析】 这首作品是苏轼的《阳关曲三首》中第三首，也有的本子题为《中秋月》。写于宋神宗熙宁十年（1077）苏轼任徐州知府时，当时他和弟弟苏辙共同赏月，写下了这样的诗句。苏轼和弟弟感情很好，小时候一起读书，“未尝一日相舍”；而成名做官后，则各自沉浮于官场。而苏轼因为性格外向，好发议论，仕途更多坎坷。

宋神宗熙宁四年（1071），苏轼因上书论新法弊病和王安石不协，遂自请外任。先是通判杭州三年，再调往密州三年，熙宁十年（1077）四月又奉调到徐州任知州。恰巧和弟弟苏辙在澶濮之间相遇，便一同前往徐州。苏辙留在徐州一百多天，此诗即二人共同赏月时所写。

在苏轼第二年写给弟弟的《中秋月寄子由三首》其二中，他曾感慨“六年逢此月，五年照离别”，并自注云“中秋有月凡六年矣，惟去岁与子由会于此”，也就是说这次赏月前，兄弟二人至少有四年不曾在一起赏月。所以这一夜，对他们来说，既高兴，又辛酸。多年分离，难得有团圆之乐，可团圆之后，很快又得分离。

“夜幕降临，云气收尽，清寒的月光洒满天地。银河流泻无声，月亮像玉盘在天宇缓缓流转。人的一生中，这样月圆人聚的好日子不会常有；明年的月亮明年中秋我们又在什么地方仰头长看呢。”

苏轼的胸怀是博大的，苏轼的忧患是深广的，“此生此夜不长好，明月明年何处看”，这就不仅仅指他和弟弟，而是所有相思者的心声。而且“何处看”三字，笔意深长，不仅有他和弟弟两地分离的相思之意，还含有行踪萍寄不知流落何方的个体生命之悲。正如他的诗中所云“人生到处知何似，应似飞鸿踏雪泥。泥上偶然留指爪，鸿飞哪复计东西。”

不过，对这人生命运的难题，苏轼早有过自己的回答：“但愿人长久，千里共婵娟。”珍惜拥有的每一分美好，过程即是永恒。

枫桥夜泊[①] 张继

月落乌啼霜满天，江枫渔火对愁眠。
姑苏城外寒山寺[②]，夜半钟声到客船[③]。

【注释】 ①枫桥：原名封桥，在江苏省苏州市阊门外。②姑苏城：

即今苏州市，因城西南有姑苏山而得名。寒山寺：枫桥附近的一座寺庙，因唐代诗僧寒山曾住在此寺而得名。③夜半钟：古代苏州寺院有半夜撞钟的习俗，名为定夜钟。据说是近午夜时均匀地打一百零八下，最后一下即午夜与凌晨瞬间。

【评析】 张继，字懿孙，襄州（今湖北襄阳）人，唐玄宗天宝十二年（753）进士及第。大历末年曾任检校祠部员外郎，分管洪州（今江西南昌）财赋。与顾况、刘长卿等又诗歌唱和。存诗三十多首，语言清新自然。

此诗是他最有名的诗篇，不仅古往今来布在人口，而且远传日本，影响深远。而对于诗歌的解释，比如“江枫”是桥还是树、“愁眠”是山的名字还是写人、“夜半钟”有没有等等的具体问题，都有不同的看法。但如果从形象和意境去还原这首诗歌，应该不难想象和理解。

应该可以推断诗人是因为听到夜半钟声，被钟声触动灵感而写下这首诗歌的。多年后，他曾经写下《枫桥再泊》，说：“乌啼月落寒山寺，依枕尝听夜半钟”，足见当年记忆深刻。但诗人不是一开始即写出钟声，而是先做了环境和情绪上的充分铺垫烘染。

“月落乌啼霜满天”首句，起笔就从视觉听觉感觉三方面，写出江边月落，乌雀悲啼，霜气漫天，寒冷、暗淡、凄清的氛围。“江枫渔火对愁眠”，《楚辞·招魂》云“湛湛江水兮上有枫，目极千里兮伤春心”，“江枫”生长在江边，风一吹瑟瑟作响，总是让人生出离忧之情。而暗淡夜色中的渔火在月落之后，更显得孤零、冷寂。诗人此时正满怀客子离思，难以成眠，“渔灯暗，客梦回，一声声滴人心碎”（马致远）。这时，姑苏城外的寒山寺中，传来一阵悠远的定夜钟声。

如果说前二句中涌动着的还是客子的离思别绪，而夜半钟声则把人引向更深层人生回味与思考。这钟声打破了全诗的静默气氛，冲淡了诗里人物的愁闷心情，应该有些使人振奋的作用。诗人可能会想，喧哗的苏州城外竟有寒山寺这样的寂静所在，距离红尘如此之近，但却是一方净土。这夜半钟声，似乎要唤醒什么，远远传来，飘渡到我们心间，留下恒久的印象，再也难以飘走。

秦淮夜泊[1] 杜牧

烟笼寒水月笼沙，夜泊秦淮近酒家。
商女不知亡国恨[2]，隔江犹唱后庭花[3]。

【注释】 ①秦淮：指秦淮河，发源于江苏溧水县东北，西流经南京市入长江。河道是秦时所开，凿钟山以疏淮水，故名秦淮。蓦地：猛然地。② 商女：歌女。③后庭花：《玉树后庭花》的简称。南朝陈后主沉溺声色，作乐曲《玉树后庭花》，与狎客、妃嫔饮酒作乐，终至亡国。故后人视此曲为亡国之音。

【评析】 此诗是杜牧夜泊秦淮时的即景感怀之作。金陵曾是六朝故都，至唐时繁华依旧，特别是秦淮河一带，一直是权贵富豪游宴取乐之地。诗人舟行于此，看着眼前歌舞升平的景象，不禁感慨万千，写下这首忧愤之作。

全诗章法井然。首句写景，运用互文手法，以两个“笼”字将“烟”、“水”、“月”、“沙”等景物联结在一起，勾画出一幅烟水迷离、朦胧冷清的秦淮夜景图，奠定了诗歌感伤低沉的基调。次句叙事，以“夜泊秦淮”四字点题，使诗歌由写景自然过渡到写人事，并以“近酒家”三字写出六朝以来秦淮河一带的繁华，启动思古之幽情，了无痕迹地引出下文。三、四句感怀，以一曲《后庭花》引发无限感慨，表达出对历史的思考和对现实的隐忧。全诗语浅意深，精练含蓄，曾被清代的沈德潜誉为“绝唱”（《唐诗别裁集》卷二十）。

“商女不知亡国恨，隔江犹唱后庭花”两句，字面上指斥无知“商女”，事实上是借以讽刺不以国事为重、只知醉生梦死的统治者。商女身不由己，命运可悲，唱《后庭花》是迫不得已，情有可原。达官贵人却偏要商女唱《后庭花》这样的曲子，实不知羞耻，连商女都不如。

而“犹唱”二字，将历史、现实巧妙地联结起来，语轻意重，余味无穷。

暮秋独游曲江[1] 李商隐

荷叶生时春恨生[2]，荷叶枯时秋恨成。

深知身在情长在，怅望江头江水声。

【注释】 ①曲江：即曲江池。在今陕西省西安市东南。②春恨：犹春愁，春怨。

【评析】 李商隐（812—858），唐代诗人。字义山，号玉溪生。祖籍怀州河内（今河南沁阳），祖辈迁往荥阳（今河南荥阳市）。唐文宗开成二年（837）进士。李商隐早年得到牛僧孺党主要人物令狐楚的赏识培养，后因娶李德裕党成员王茂元的女儿，长期受到牛李党争影响，被人排挤，仕途不展，任过秘书省校书郎、弘农尉，更多时候是给别人做幕僚。所作咏史诗多托古讽今，爱情诗歌尤其深情。擅长律绝，富于文采，构思精密，情致婉曲。与温庭筠合称为“温李”，与杜牧并称“小李杜”。有《李义山诗集》。

《暮秋独游曲江》一般认为是李商隐追悼妻子王氏的诗作。推测写作时间可能在唐宣宗大中五年（851）王氏病故的那年秋天，或者是五年之后李商隐从四川做幕僚再次回到长安时。他们夫妻感情极好，又聚少离多，本以为还可以来日方长，诗歌的前二句“荷叶生时春恨生，荷叶枯时秋恨成”，用比兴的手法，写荷叶的“生”与“枯”，暗喻人的生死。这两句同时又像缓慢沉重的自言自语，有无限的憾恨。

第三句直接抒情，“深深知道只要自己此身尚存，此情必将长在”，比起“春蚕到死丝方尽，蜡炬成灰泪始干”，此句更朴素、诚挚，但深情和巨恸则没有差别，格调无限凄惋。《重订李义山诗集笺注》中引程梦星语，评此句云：“‘身在情长在’一语，最为凄婉，盖谓此身一日不死，则此情一日不断也。”

最后一句“怅望江头江水声”，突出诗人独游曲江，面对江水，触景伤情，无限怅惘的形象。这里有“望”又有“声”，似乎视、听错乱，其实深刻反映了诗人内心的怅恨茫然。诗人的心并不在江流、水声之上，其所视、所听并不真切，他其实根本无心细听细看，他最深切的感受，唯有心底的哀痛，绵绵不绝，无法止息，仿佛眼前的江水，呜呜咽咽，悠悠不尽。

相较于李商隐那些深情绵邈、绮丽精工而又含蓄朦胧的诗作，这首诗显得特别自然、质朴、诚挚、深情。诗人和妻子伉俪情深，聚少离多，又中道分离，生死永隔的悲剧让人同情。而诗人那种对感情“生死不渝”的坚贞，“至死方休”的执着，更让人感动。

冬景 苏轼

荷尽已无擎雨盖①，菊残犹有傲霜枝。
一年好景君须记，最是橙黄橘绿时。

【注释】 ①擎（qíng）：举着，托着。

【评析】 这首诗在苏轼集中题为《赠刘景文》，刘景文就是刘季孙，前面选有他的《题屏》一诗，也介绍过他是北宋大将刘平之子，他自己也是个“慷慨奇士”，但仕途并不顺利，死后无力归葬，还很凄凉。他和苏轼是莫逆之交，这从苏轼在他死后，对他家人的帮助即可看出。而且两人性情很投契，又比苏轼年长数岁，苏轼见到他来就格外高兴，“我闻其来喜欲舞，病自能起不用扶”（苏轼《喜刘景文至》），能有这样的好友，真是人生的幸福。

这首诗歌当诗作于宋哲宗元祐五年（1090）初冬，当时苏轼正任杭州知州，刘景文任两浙兵马都监，都在杭州。此时两人都五十多岁了，苏轼官居知州，正逢高太后听政，司马光主持朝廷，前途很是光明，而刘景文的日子过得则比较艰难。苏轼写此诗勉励朋友，也含有“东隅已逝，桑榆非晚”的自勉之意。

诗歌前两句初冬时的景致很鲜明，虽不是什么美景：荷花早已凋零，荷叶枯残，菊花谢尽，风中只有傲霜的枝条。但诗人的重心不是写景，而是托物写人。“荷”、“菊”多喻君子高人，而时值岁末，荷枯叶败，菊凋花残，正如君子生不逢时，老年仍潦倒失路。这两句用了互文的手法，诗人真正要表达的是：“荷”“菊”都会尽，但“荷”和“菊”的精神——荷要高举着叶盖、菊要挺立着霜枝的那种精神却是不朽的。或者这样理解，当我们没有了“擎雨盖”，我们还仍要挺起“傲霜枝”。这两句是对友人精神品格的赞誉，也是苏轼的人生体验和人生态度。这已经让人非常乐观，非常受鼓励了。而诗歌的后两句，则更进一层，推出更高一层的信念。

“一年好景君须记，最是橙黄橘绿时。”这两句是对景物的议论，它不仅笔粗墨壮地写出了初冬时“橙黄橘绿”的美景，更表达了作者的一种坚定的人生信念和对友人的勉励和祝福。诗人特别强调最美的不是花和叶，而是果实。这就像人的一生，从少年、青年、壮年到老年，青春不断流逝，生命逐渐衰老。花会落，叶会枯，但只要有擎雨傲霜的精神，生命不息，奋斗不止，最终结出累累硕果，那才是最美好的人生。其实，只要有这样的精神和生活态度，不可能不结出果实。即便因特殊的原因真没结出果实，这样的人生，本身即是一枚坚硕的甘果。

此诗前两句，字面相对，内容相连，用的是“流水对”，工整而畅达。后二句，一句提顿，一句回答，连贯流畅。又都在前二句的基础上生发，更进一层，使得整首诗成为一个整体，并且节节高涨，直到最高点戛然而止。有的选本“最”字作“正”字，从情感表达而言，就逊色得多。

昂扬的精神，坚定的信念，深刻的思想，使得此诗比“天意怜幽草，人间重晚晴”（李商隐），“莫道桑榆晚，为霞尚满天”（刘禹锡）这样的诗句，更有力量，更鼓舞人心。

附：

晚晴　李商隐

深居俯夹城，春去夏犹清。天意怜幽草，人间重晚晴。
并添高阁迥，微注小窗明。越鸟巢干后，归飞体更轻。

酬乐天咏老见示　刘禹锡

人谁不顾老，老去有谁怜。身瘦带频减，发稀冠自偏。

废书缘惜眼，多炙为随年。经事还谙事，阅人如阅川。

细思皆幸矣，下此便翛然。莫道桑榆晚，为霞尚满天。

寒夜　杜小山

寒夜客来茶当酒，竹炉汤沸火初红[①]。

寻常一样窗前月[②]，才有梅花便不同。

【注释】　①竹炉：外面为竹子，内糊泥巴的火炉。汤：泡茶的沸水。②寻常：平常。

【评析】　杜耒，字子野，号小山，南宋后期人，盱江（今江西临川）人，一说死于南宋理宗宝庆三年（1227）楚州杨妙真（江苏淮安）兵乱中。一说杜耒曾为太府卿许国的幕僚，后许国在山阳（将山东金乡县）被李全所杀，杜耒也死于此事变中。

这首诗写诗人寒夜与友人相聚，以茶当酒，宾主欢畅，这时窗外月色正好，梅花方开，更觉欣欣然，让人陶醉。

寒夜总是让人感到寒冷、萧瑟，对于穷苦无家的人更是一场灾难。杜耒的《苕溪》诗中曾说他："生涯无岁不扁舟"，吟诗也是"及到吟成字字愁"，可见他是个并不富裕且常年漂泊的人。但在诗中的这个寒夜，诗人没有一丝一毫的寒冷之感，甚至有浓浓春意从字里行间溢出来。

诗中写了寒夜的两件事，一是品茶，一是赏梅。品茶品得有味，赏梅却是无心。品茶、赏梅之中都似乎有某种人生真味，让人回味无穷。

白居易有一首寒夜招人饮酒的小诗《问刘十九》，诗云：

绿蚁新醅酒，红泥小火炉。晚来天欲雪，能饮一杯无？

白诗虽然还是置酒招饮，读来也让人心里充满了温情。而在杜小山家里，却是客人已经来了，人数可能还不少。以茶当酒，看来是知己熟人，而且不去再办什么酒肴，显得宾主随意而真诚，倍觉温馨。"竹炉汤沸火初红"，主人将火烧得更旺，炉子上水已经沸腾，热气直掀，室内更是暖暖融融。虽未写谈论的内容，而温暖火热的氛围，友情的温馨，都已经写足了，让人羡慕。

这时，心中满怀温暖地看看窗外，发现和往常一样的月光下似乎有些什么不同，原来是新开了朵朵梅花，真让人欣喜不已。恐怕连窗外都不觉得寒冷了，或许下一步就会出门去赏梅吧。

真诚、友爱、悠闲，红炉、香茶、月色、梅花，这么多美好的东西，哪里还有寒夜的寒冷和孤寂呢？而这些其实并不是很难办到，只是缺少有这样生活情趣的人吧。

范成大《冬日田园杂兴》有一首也写寒夜饮酒，而且边饮酒边在火中烤芋头、栗子，则又别是一种农家风味，而非此诗中的雅人之集。范诗云：

榾柮无烟雪夜长，地炉煨酒暖如汤。

莫嗔老妇无盘饤，笑指灰中芋栗香。

霜月　李商隐

初闻征雁已无蝉①，百尺楼台水接天。

青女素娥俱耐冷②，月中霜里斗婵娟③。

【注释】　①征雁：指秋深时节大雁南飞。蝉：知了。②青女：传说中主管霜雪的女神。素娥：嫦娥。③婵娟：美好的容貌。

【评析】　深秋或初冬季节，看到茫茫白霜并不稀奇，但多半在清早；看到皎洁月光也很常见。但同时看到霜和月的时候可能就少得多了。因为要月白霜浓，景致才佳，而这样有皎月明霜的晴夜，一年里面机会也不会很多。况且下霜多半要到半夜或后半夜，这时候天气又特别冷，一般人当然没雅兴半夜起来看霜月，即便因事偶然看到，也难有兴趣久赏。所以像温庭筠《商山早行》中，“鸡声茅店月，人迹板桥霜”这样的景致就特别打眼，让人难忘。而李商隐则可能是半夜特意观赏了霜月，观赏玩味之后，还为我们留下了一首让人神清骨冷、澄怀涤虑的空灵诗篇，不得不说李商隐是个浪漫的人，也是一个追求美的极致的人。

诗歌的前两句为霜、月的出场，做了很充分的铺垫，大雁南飞，蝉鸣已绝，天气已经寒冷。“百尺楼台水接天”，可见月已经升到半空，时间已经很晚，地上已经下霜。有了百尺高楼这个坐标，更显得天高地迥，明月高悬天顶，地上青霜如雪，天地间一片皎洁，而天气奇寒无比。

这时候，诗人笔锋一转，让两位主角上场了，青女，这掌管霜雪的女神，她和广寒宫中的嫦娥一样不怕寒冷。这两个仙子，她们一个在天上，一个在地上；一个在冷月中，一个在青霜里，各自展现她们的美丽，争妍斗艳。“青女素娥俱耐冷，月中霜里斗婵娟”，霜月虽是斗婵娟，可是也相辅相成。无霜就少了月的清冷，无月就少了霜的皎洁。霜月相斗相辅，成就了我们眼前这银装素裹的空灵世界，它清而幽，冷而丽，逸尘绝俗，非为人间。

神奇的想象，成功的暗喻，空灵的境界，冷艳的魂魄，《霜月》之美，遂让人过目难忘。

梅 王淇

不受尘埃半点侵，竹篱茅舍自甘心。
只因误识林和靖[①]，惹得诗人说到今。

【注释】 ①林和靖：即北宋初年诗人林逋，以“梅妻鹤子”和《山园小梅》“疏影横斜水清浅，暗香浮动月黄昏”一联著称。

【评析】 王淇在前面介绍过，《千家诗》中他的两首诗都脍炙人口，《红楼梦》中就曾用他的“开到荼蘼花事了”比麝月，用这首诗中的“竹篱茅舍自甘心”比李纨。

自古咏梅，或咏梅傲霜斗雪的斗争精神，或咏梅高洁不染的坚贞节操，或咏梅自甘淡泊的隐士风度，这首小诗中，诗人抓住梅花点尘不染和自甘清贫的特征，用拟人的手法，将梅花写得如一个真正脱俗的隐士高人。

“不受尘埃半点侵，竹篱茅舍自甘心”，是这首诗的核心。诗句并不华美，语言也极其朴素，但“不受”“半点”和“自甘心”几个词语，却强化写出了梅花的绝尘出世又自甘清贫的高贵品格。如同真正的隐士，他们隐居深山生怕人识，他们归隐不是为了曲线做官，也不是为了名声，隐居纯粹是他们的一种生命选择，正如前面写《答人》的太上隐者。

但细细想来，这梅花比隐者还要高上一筹，隐者还有“隐”的动作与身份，这梅花则点尘不染又自甘淡泊，处于竹篱茅舍之下，混同在芸芸众生之间，都没人知道，也不求人知道。

所以，后二句中，诗人还是用拟人的手法，化身为梅花，好像很后悔地说：“都怪自己交错了朋友，认识了林和靖老先生，让他一宣扬，惹得诗人们议论纷纷直到而今，再没好日子过了。”

南宋还有一位名气很大、才华出众、任侠尚义，却又似乎神龙不见首尾的人物白玉蟾，他本名葛长庚，是道教南宗五祖，也写过一首梅花的诗歌，虽算不上好诗，因旧本《千家诗》录选了，附录在此。另林和靖的佳作也附录如下，以做比较。

早春　　　白玉蟾

南枝才放两三花，雪里吟香弄粉些。
淡淡著烟浓著月，深深笼水浅笼沙。

梅花　　　林逋

众芳摇落独鲜妍，占断风情向小园。疏影横斜水清浅，暗香浮动月黄昏。
霜禽欲下先偷眼，粉蝶如知合断魂。幸有微吟可相狎，不须檀板共金樽。

雪梅　卢梅坡

其一

梅雪争春未肯降[①]，骚人阁笔费评章[②]。
梅须逊雪三分白，雪却输梅一段香[③]。

其二

有梅无雪不精神，有雪无诗俗了人。
日暮诗成天又雪，与梅并作十分春。

【注释】 ① 未肯降：不肯投降，服输。但如果理解为不肯降落人间更佳。② 骚人：诗人。阁：同搁，放下。费评章：费心评论、评价。③ 输：少，逊。

【评析】 卢梅坡，南宋诗人，生卒年和生平都不是很清楚，从刘过《柳梢青·送卢梅坡》词知道他曾在京城住过，和刘过同是南宋中期人。卢梅坡可能是他的号，如同“苏东坡”、“周竹坡”一样。从这名号看，他也是很喜爱梅花的诗人了。

这两首诗，写得很朴素，甚至俚俗，近似于打油诗，但因为诗中有朴素的道理，含有辩证的思想，故为人们广泛接受。而且第二首中，将梅、雪、诗三者联系起来，将自然之物和人的精神创造相联系，认为有雪有梅还有诗，才是美的极致，得出的结论很平实而又具有启发性。

这两首诗本应该放在一起读，第一首中，写梅雪相争，谁也不肯认输，结果让卢先生来评判。评判的结果是二者各有所长，各有所短。梅花没有雪那么的白，雪没有梅花的幽香。

而第一首首句“梅雪争春未肯降”，用拟人的手法，似平实奇。这个“春”字可以理解为梅雪争论谁更美好，谁也不肯先投降先服输；也可以理解为梅雪都认为自己很美好，争着要去报春，结果相持不下，梅不肯开，雪不肯下，都不愿降落到人间来，于是人间的春天就迟迟不来，甚至永远不来了。这后一种解释可能更合作者本意，同时也含有丰富的内涵。古往今来，不知有多少个人争功、争名，最终贻害百姓的事例。

第二首中，诗人评完梅和雪，将自己也加入进来。不说“有雪无梅俗了人”，而说“有雪无诗俗了人”。光知道梅花芬芳，雪花纯洁，不算是真高雅，要会写诗吟咏才算真清雅。虽然这三者都是清高不俗的，但是最好要将它们结合起来才达得到美丽的最高境界。

而且离开具体的梅雪来思考，此诗还蕴含丰富的哲理。梅雪再美，终是自然之物，如果没有人，没有诗，这些都没有意义。最后，“日暮诗成天又雪，与梅并作十分春"，雪降、梅开、诗成，自然加上人功，终于唤来了人间十分春。

小小一首诗，竟含有让人思之不已的思想启迪，似乎说尽了人类应该和睦共处，共同创造，才能让生活更美好的人类社会发展真理。

归雁[1] 钱起

潇湘何事等闲回[2]？水碧沙明两岸苔。

二十五弦弹夜月[3]，不胜清怨却飞来[4]。

【注释】 ①归雁：由南方飞回北方的大雁。②潇湘：即潇水和湘江，这两条江都在湖南境内。③二十五弦：指瑟。瑟本五十弦，天帝因素女鼓瑟过悲，破为二十五弦。④不胜：不堪，不能忍受。

【评析】 要读明白这首诗的含义，首先要清楚两个问题。首先，归雁是指春季向北迁徙的一种候鸟，这种雁，通常在冬天飞往南方，到了春天则会飞回北方。传说大雁南迁不过湖南衡山回雁峰。其次后一句含有两个典故：一是"二十五弦"指的是瑟，《汉书·郊祀志》"帝使素女鼓五十弦，悲，帝禁不止，故裂其瑟为二十五弦"，可见瑟演奏的音乐多有些悲伤；二是湘江女神湘灵曾月下弹二十五弦的瑟以表达对夫君的思念。知道了上面这些知识，我们理解起这首作品来相对就容易了。

这首诗歌实际像一个小童话，前两句是诗人问大雁，是个倒装的句子。说"潇湘那儿河水碧绿，岸边白沙细腻，两岸植物茂密翠绿。大雁你为啥轻易就放弃这优越的环境而北飞呢？"

后两句则是大雁回答诗人，说："因为湘江的女神夜夜在明月下用清瑟弹奏相思的曲子，我实在受不了那太过清冷哀怨的乐声，而且这曲子也让我听得特别想家，于是就匆匆飞回北方来了。"

前面介绍钱起时说过，他曾经因为写湘灵鼓瑟的应试诗，有"曲终人不见，江上数峰青"的名句而声名鹊起，这首诗仍然用到湘灵鼓瑟的典故，可见他对这一情境十分留恋，或者年轻时确实经历过这样的场景。这首诗真正要表达的应该是游子的思乡之情，却设想人和雁的问答，而且不露声色，真可谓是体格出奇。

“不胜清怨却飞来”一句，说大雁不胜清怨，只是因为游子心中满怀清怨，这才是游子思家怀归的主要原因，而是否听到瑟声，则并不重要，多半就是诗人设想的一个情境。可以说，这首诗是一首想象出来的诗，想象出人雁对话，想象出潇湘的水碧沙明的秀美，想象出湘灵鼓瑟的清怨，奇妙的想象是这首诗最大的特色。这也说明诗歌还可以有另一种写法。

用拟人写法，又让读者理解起来比较轻松。水碧沙明的描绘，对月下弹瑟的清怨之境的渲染，都是这首诗成功的地方。

但此诗也还是有点不足，题目要是写作《北归雁》更好。试想，如果这归雁不是指北归的大雁，如果它的家乡就在南方，它是一只南归雁，这首诗是不是可以这样解释呢？“大雁呀，你怎么不去北方闯一闯轻易就回到潇湘来了呀？因为这地方水碧沙明、两岸葱茏非常美，还有夜月中湘灵鼓瑟，虽然十分清怨几乎让人无法忍受，但却那么动人，何况这又是我的家乡，所以我就飞回来了呀。”

题壁　无名氏

一团茅草乱蓬蓬，蓦地烧天蓦地空[①]。
争似满炉煨榾柮[②]，漫腾腾地暖烘烘。

【注释】　①蓦地：猛然地。②争似：怎似，怎么比得上。榾柮(gǔduò)：树根疙瘩，树蔸。

【评析】　据宋代许顗的《彦周诗话》记载：北宋宣和癸卯年(1123)，诗人曾前往嵩山游玩。当他来到嵩山最高处的峻极寺中院时，见寺中演说佛法的法堂后檐墙壁上有一首题诗，即此诗。诗的字迹很潦草，旁边有隶书四字：“勿毁此诗”，旁边有寺僧说：“这四字为司马相公（司马光）

亲手所书。”

许𫖮游嵩山，上距司马光去世的宋哲宗元祐元年（1086），有三十七年，这首诗歌还写在壁上，而且司马光还题写了“勿毁此诗”的隶书字，许彦周感叹司马光是有感于此诗，才会题写这四个字。许彦周记载的这件事，应该是真实的，司马光留题，多写隶书。推测写诗时间也可能就在王安石变法的时候，是批评新法过于激烈，希望能渐变、细水长流。司马光可能就是有感于此，才令人勿毁。

诗中以茅草和树根烧火的过程来比喻说理，说：一团茅草，虽然烧起来火焰冲天，然而不一会就灰飞烟灭；而一炉红红的木疙瘩，烧起来火苗并不显眼，但却慢腾腾、暖烘烘，将屋子烤得温暖如春。

诗歌蕴含的道理远比批评王安石的新政广泛得多：有人说这首诗说明“无论干什么事，都切不可只图虚名，只搞花架子，以图一时的红火热闹；而应该实实在在，一步一个脚印，一鞭一条痕……”有人说这首诗说明为人要低调，要沉稳持重，不要张狂骄傲；有人说这表明政治上要安分守己，不要用不正当手段去追求飞黄腾达。学习要循序渐进。生活要踏实，不要指望发横财、暴富，最后竹篮打水一场空。

这些无疑都正确。诗歌的语言口语化，比喻生动，道理深刻，显示了老百姓的智慧。记得儿时从奶奶那儿学会的第一句谚语，也是和烧火有关的，说：“人要聪明，火要空心。”

千家诗卷四 七律

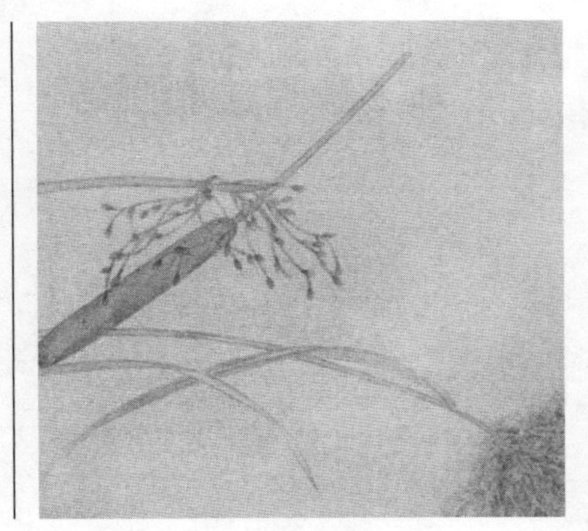

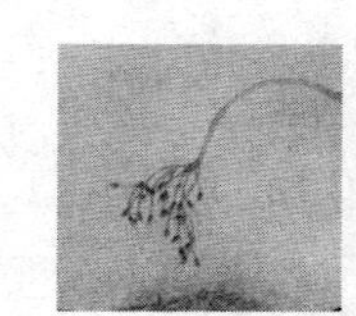

和贾舍人早朝[①] 王维

绛帻鸡人报晓筹，尚衣方进翠云裘[②]。
九天阊阖开宫殿，万国衣冠拜冕旒[③]。
日色才临仙掌动，香烟欲傍衮龙浮[④]。
朝罢须裁五色诏，佩声归到凤池头[⑤]。

【注释】 ①贾舍人：即贾至，时任中书舍人（负责起草诏书）。②绛帻（jiàng zé）鸡人：汉代宿卫之士戴着绛帻，鸡唱时传呼以警百官，故名鸡人。晓筹：即更筹，夜间计时的竹签。尚衣：掌管皇帝衣服的官。隋唐有尚衣局。③阊阖（chāng hé）：传说中的天门，泛指宫门。冕旒（miǎn liú）：古代帝王、诸侯及卿大夫的礼冠前后悬垂的玉串，天子之冕十二旒。这里指皇帝。④仙掌：指汉武帝时所铸仙人承露盘。此处泛指宫殿建筑。衮龙：指皇帝的龙袍。⑤五色诏：用五色纸所写的诏书。凤池：古代称中书省为凤凰池，掌管皇帝诏令起草。

【评析】 唐肃宗乾元元年春（758），安史之乱虽还没平定，但长安洛阳已经收复，一日早朝，中书舍人贾至作了一首朝省诗《早朝大明宫》，一时大诗人杜甫、岑参、王维等人都有和作，大诗人们同台竞技，各有佳作。虽为颂圣之作，但却写出了大唐盛世气象，为后人所称道。诸人作品中，公认王维、岑参和作最佳，杜甫略逊一筹。

王维的这首和诗按时间顺序展开，分别对早朝前、早朝中、早朝后的景况进行了艺术化地描摹。首联写早朝前的准备活动，负责报时与皇帝衣物的官员各司其职，有条不紊。“鸡人”传语报时的细节体现了皇宫的肃穆幽深。

颔联和颈联则细致刻画早朝进行中的各种人事物。颔联把大明宫门比作天门，天门大开，气势磅礴。诗人接着以衣冠喻文武百官，以冕旒喻天子，描写臣子拜见皇帝的恢宏场面。“万国衣冠”衬托出了皇帝超然的地位和大唐强盛的国力，以至于万国来朝。

颈联从侧面加以渲染烘托，写太阳升起，阳光照临宫阙，香烟的缭绕，皇帝龙袍上的龙栩栩如生，仿佛要腾空而起。突出了皇帝服饰的华贵精美，宫殿的巍峨挺拔，更加强化了天子坐朝的雍容华贵气象。

尾联写散早朝后的一些工作，并应和原唱者贾至。贾至时任中书舍人，职责就是给皇帝起草诏书文件。所以诗人说：散朝后诏告等等，就自然要有劳待诏凤池的贾才子了。

全诗以时序展开，层次分明，细节取舍得当，寥寥数语把整个早朝活动展示开来，突显了早朝的宏大气势与帝王的威仪，大唐盛世之威可见一斑。“九天阊阖开宫殿，万国衣冠拜冕旒”，遂成为大唐盛世的典型象征。

附录：　早朝大明宫　　贾至

银烛朝天紫陌长，禁城春色晓苍苍。千条弱柳垂青锁，百啭流莺绕建章。

剑佩声随玉墀步，衣冠身惹御炉香。共沐恩波凤池上，朝朝染翰侍君王。

和贾舍人早朝　岑参

鸡鸣紫陌曙光寒，莺啭皇州春色阑[①]。
金阙晓钟开万户，玉阶仙仗拥千官[②]。
花迎剑佩星初落，柳拂旌旗露未干。
独有凤凰池上客，阳春一曲和皆难[③]。

【注释】 ①紫陌：京都的道路。皇州：帝都，指长安。阑：残、尽。②金阙：金殿。开万户：宫殿的千门万户都开了。仙仗：指皇帝的仪仗。③凤凰池：即凤池，指中书省。阳春一曲：此奉承冯至的诗歌写得好。

【评析】 岑参的这首和作，不像王维的典雅雍容，而更多诗人个人的英雄气，大有睥睨天下的意思。岑参的着意好奇，于此诗可见一斑。

诗歌前两联写早朝。清晨的长安，曙光微寒，黄莺鸣啭，春意阑珊。晨钟一响，宫殿大门次第打开，玉阶的仪仗簇拥这列队而入的文武百官。“万户”“千官”写得热烈而雄壮。颈联荡开一笔，以柔和的笔调描写周围景物来烘托。繁星初落，晨露未干，飞花飘落佩剑，柔柳抚动旌旗。诗歌情调也由热烈转为舒缓。最后恭维贾至的原唱诗歌写得好，阳春白雪，很难奉和。

这首早朝诗内容极力铺设早朝的庄严隆重。“鸡鸣”“曙光”“晓钟”“星初落”“露未干”都抓住“早”字，突出时间早；“皇州”“金阙”“玉阶”“仙仗”“千官”“剑佩”“旌旗”等华丽字眼，调配出一派华贵气象。

清代沈德潜《唐诗别裁》评价这些诗作云：“早朝唱和诗右丞正大，嘉州明秀，有鲁卫之目。贾作平平，杜作无朝之正位，不存可也。”大意是说王维的雍容正大，岑参的诗更明秀，贾至的平淡无奇，杜甫的诗歌根本没说到早朝本身，跑题了，可以不存。是否如此，大家可以自己揣摩。

附录： 和贾舍人早朝 杜甫

五夜漏声催晓箭，九重春色醉仙桃。旌旗日暖龙蛇动，宫殿风微燕雀高。

朝罢香烟携满袖，诗成珠玉在挥毫。欲知世掌丝纶美，池上于今有凤毛。

上元应制[①] 蔡襄

高列千峰宝炬森，端门方喜翠华临[②]。
宸游不为三元夜，乐事还同万众心[③]。
天上清光留此夕，人间和气阁春阴[④]。
要知尽庆华封祝，四十余年惠爱深[⑤]。

【注释】 ①上元：指的是元宵节。应制：应皇帝之命写作诗文。②端门：指宫殿的正门。方：正在。翠华：用翠鸟羽毛装饰的旗帜，用作皇帝的仪仗。此指皇帝的车驾。③宸游：帝王出游。三元：农历正月、七月、十月的十五为上元、中元、下元，合称三元。④清光：指清澈皎洁的明月。阁：同搁，停留。⑤华封祝：即华封三祝。传说华州封人祝帝尧长寿、富有、多男，后人称为华封三祝。

【评析】 蔡襄，宋代福建人氏，仁宗皇帝天圣年间中进士，历任福建路转运使，端明学士，礼部尚书等。蔡襄是宋代的四大书法家之一。他留下的诗文不多，多是应制之作，佳作寥寥。这首诗是蔡襄受宋仁宗之令而写的应制诗，描写元宵节灯会的壮观景象表现百姓对宋仁宗的爱戴和祝福。

诗的首联运用比喻的手法，将灯烛比作高列千峰，形容灯烛多而亮的壮观景象，而人们都等在端门恭候皇帝车驾的到来。颔联写皇帝出行的目的不是为了过元宵节，而是为了与民同乐。颈联再次写景，天上月亮为了不破坏这美好的景象而清澈皎洁，似乎要留下这个美好的夜晚。人间百姓和和睦睦，人人都希望这可爱春光能够长久停留。尾联是诗人直白地歌功颂德，人们都在庆祝皇帝长寿、富有、多子多孙，仁宗皇帝四十年来带给百姓的惠爱极深。

古代应制诗是臣子服从皇帝命令而写作的诗文，在如此环境中写出的应制诗往往大同小异，可诗作的艺术水准却流于庸俗，缺少诗人的个性和创造性。这篇律诗运用了大量歌颂行的词语如“方喜”“不为三元夜”“万众心”

"阁春阴""华封祝""惠爱深"来歌颂宋仁宗。可显得有些言过其实，虚伪做作。

读者们还是能品味一些优点出来的，比如"高列千峰宝炬森"可见灯会场面热闹非凡人头攒动景象壮观，给人视觉震撼。而"天上清光留此夕，人间和气阁春阴"展示一幅君民和谐共乐的图景，这是当时社会的理想蓝图：百姓安居乐业，君明臣贤，国家太平兴盛。这一句诗寄予了诗人的美好希望。

答丁元珍[1] 欧阳修

春风疑不到天涯[2]，二月山城未见花。
残雪压枝犹有橘，冻雷惊笋欲抽芽[3]。
夜闻归雁生乡思，病入新年感物华[4]。
曾是洛阳花下客[5]，野芳虽晚不须嗟。

【注释】 ①元珍：丁宝臣，字元珍，欧阳修好友，时任峡州（治所在今湖北宜昌）判官。此前丁宝臣有《花时久雨》诗，欧阳修以此诗作答。②天涯：峡州地处偏僻。③冻雷：初春的雷声，其时尚寒，故称冻雷。④"病入"句：意为病中迎来新年，因为节物变换而心生感慨。物华：美好的景物。⑤洛阳花下客：欧阳修在仁宗天圣八年（1030）至景祐元年（1034）在洛阳任西京留守推官。洛阳以牡丹著称。

【评析】 欧阳修（1007—1072），庐陵（今江西吉安）人，字永叔，号醉翁。晚年以藏书一万卷、集金石遗文一千卷、琴一张、棋一局、酒一壶，而自身以一翁老于五物之间，自号"六一居士"。仁宗天圣八年（1030）进士，补西京留守推官。历知滁州、扬州、颍州、应天府兼南京留守、翰林学士、知开封府。嘉祐六年（1061），拜参知政事。欧阳修为人刚毅正直，数遭贬谪。诗、词、文各体皆工，散文影响尤大，为"唐宋八大家"之一，是当时公认的文坛领袖。他大力提倡平实文风和诗风，对扭转当时文坛风气起到了关键作用。

宋仁宗景祐三年（1036），范仲淹因批评宰相吕夷简而被贬为夷陵（今湖北宜昌）令。这首诗作于到任后的次年初春（1037）。

首句以曲笔起，引人入胜。据宋蔡絛《西清诗话》，欧阳修自称："若无下句，则上句不见佳处，并读之便觉精神顿出。"元方回《瀛奎律髓》卷四云："盖'春风疑不到天涯'一句，未见其妙，若可惊异；第二句云'二月山城未见花'，即先问后答，明言其所谓也。以后句句有味。"从结构上说，首句以"疑"字领起，以"二月山城未见花"回答，既点出山城景色特点，又借"春风"这一"皇恩"的双关语暗示被贬后的失意伤感，后文写景抒情都围绕山城初春这一情感触发点展开，由感伤而自我开解，时悲时喜，将起伏的心绪充分展露出来，并最终达到理性的认识，以乐观旷达收结。全诗结构巧妙而脉络清晰，将散文谋篇布局的章法移用于诗歌，显示了宋人"以文为诗"的创作特点。

颔联，写出宜昌农历二月白雪红橘、笋芽欲抽的美好而又独特的景致，同时"犹"、"欲"二字又很好地暗示出诗人自我开解、意图振作的心绪。虽然这里春天未来，花还没开，但红橘白雪也很美，不久还有新笋长出，预示着困苦之中孕育着生机与希望。景中寓理，古今传诵。颈联复写夜来听雁思乡、新年新春将至而人在病中的伤感，由上联的开解复陷于感伤。其实诗人应该还有许多没说出来的愁绪，只是诗歌的容量有限，无法多说。

写此诗时，欧阳修30岁，四年前（1033）第一任夫人胥氏去世，留下一个婴儿。两年前（1035）第二任夫人又去世；如今又被贬到偏远的宜昌，据欧阳修《与尹师鲁第一书》自述，他自汴京赴任，历时三月有余，"沿汴绝淮，泛大江，凡五千里"，可见宋代夷陵的偏僻。而三十岁正是仕途发展的大好时期，可以想见他心中的痛苦是很深的。

尾联，诗人似乎想通了，说"我也曾经在洛阳赏过那著名牡丹，这儿虽只有野花，还开得很晚，但我辈中人也不须为此而嗟叹。"欧阳修是否真的这么洒脱呢？此后，他把精力放在为官断狱等方面，成为夷陵历史上有名的好官。还从贬居夷陵的经历，总结出"文章止于润身，政事可以及物"的思想认识，并教导学生苏轼要好好为官、不可轻慢政事，从这些事情来看，他真正是经历了情感向理性的升华，增长了人生经验智慧，并达到了理智从容的人生境界。所以这最后一联，可能他真正想要表达的是：只要我们认真生活过了，珍惜并曾拥有过该珍惜的一切，在失意和困境中也不必太多伤感忧愁。

插花吟 邵雍

头上花枝照酒卮[①]，酒卮中有好花枝。
身经两世太平日[②]，眼见四朝全盛时[③]。
况复筋骸粗康健[④]，那堪时节正芳菲[⑤]。
酒涵花影红光溜，争忍花前不醉归[⑥]。

【注释】 ①酒卮（zhī）：酒杯。②两世：三十年为一世，两世即六十年。③四朝：指宋真宗、宋仁宗、宋英宗、宋神宗四代皇帝。④况复：况且又。筋骸：筋骨。⑤那堪：更兼，再加上。⑥争忍：怎么忍得住。

【评析】 邵雍（1011—1077），字尧夫，自号安乐先生，谥康节。其先世居范阳（今河北涿县），后迁居卫州共城（今河南辉县）。北宋理学家，精于象数之学，著有《皇极经世》、《伊川击壤集》。邵雍不好当官，以教授生徒为乐。宋仁宗皇佑元年（1049）定居洛阳近三十年，将居所命名为“安乐窝”。

这首诗充满知足常乐的情怀，诗人年过六十，在古代已经是高寿，又一生太平，生活幸福，故此诗写得也十分爽快。重在情绪情感的真实，并不计较刻画景物的工拙。

邵雍长在宋真宗朝，少年苦学，成名很早。宋仁宗四十年太平，英宗时间很短，神宗时虽有变法，对他也毫无影响，而且社会整体仍还是太平富裕。加上他人品为人所重，房子、田地、花园都有人奉送，生存从没有压力。“身经两世太平日，眼见四朝全盛时”，对他而言，也是发自内心的感想。而且写此诗时，诗人年过六十，受用已多。正是内心的真正的知足，更加上学问心性上的修为，他的这首诗写得分外欢喜。

全诗运用口语化的语言，幽默风趣。首联未必是实情实景，却描画出一个老顽童般的形象：白头插花，花枝映酒，酒映花枝，好不知足！颔联对仗工整，感情真实，语气中带着自得。颈联又以“况复”“那堪”推动气氛，身体又好，景物又好，好上加好，一切都好，怎么能不大醉方归呢。

然而正是一切都太美满了，诗人在盛世中安度一生的那种心满意足、怡然自得的心情并不是很能打动我们，而且显得有些世俗，缺少精神的力度。相比而言，唐代杜牧《九日齐山登高》那样苦中作乐的情怀，则更能给我们精神的鼓励。毕竟苦中能乐，是更需要襟怀的。

附录：　九日齐山登高　　杜牧

江涵秋影雁初飞，与客携壶上翠微。尘世难逢开口笑，菊花须插满头归。

但将酩酊酬佳节，不用登临恨落晖。古往今来只如此，牛山何必独沾衣？

寓意[①] 晏殊

油壁香车不再逢[②]，峡云无迹任东西[③]。

梨花院落溶溶月[④]，柳絮池塘淡淡风。

几日寂寥伤酒后，一番萧索禁烟中[⑤]。

鱼书欲寄何由达[⑥]？水远山长处处同！

【注释】　①寓意：有所寄托而不便名言，这类诗题多用于写爱情的诗篇。②油壁香车：古代妇女所坐的车子，因车厢用油涂饰而得名。③峡云：巫山上的云彩。暗用宋玉《高唐赋》巫山神女与楚王相会的故事。④溶溶：月光似水一般地流动。⑤禁烟：指寒食节禁烟火。⑥鱼书：指书信。古人用鱼形木匣寄送书信。古乐府有“客从远方来，遗我双鲤鱼。呼儿烹鲤鱼，中有尺素书”之句。

【评析】　晏殊（991—1055），字同叔，抚州临川人，北宋前期著名婉约派词人。生于宋太宗淳化二年（991），宋真宗景德元年（1004），十四岁以神童入试，赐进士出身。仕途顺达，从秘书省正字一直做到宰相，死后谥号“元献”。性刚简，自奉极清俭。能荐拔人才，如范仲淹、韩琦、欧阳修均出其门下。生平著作丰富，能诗、善词、工书，尤擅小令，风格含蓄婉丽，与其子晏几道，被称为“大晏”和“小晏”，又与欧阳修并称“晏欧”，有“宰相词人”之称。原有诗文二百四十卷，现仅存《珠玉词》及清人胡亦堂所辑《晏元献遗文》。

这是一首抒写别后相思的爱情诗，全诗笼罩着一种浓烈的失去爱情的悲伤感。爱情在宋词中有很丰富的表现，但在古代诗歌中这样直抒胸臆来表达情爱失落的作品，却并不多见。较之李商隐的《无题》诗，此诗没写炽热的情爱、别离的怆恨，也无绮丽的字句，而是以一种低沉苍老的声调，吟唱故地重游的失落与感伤，含着人生的漂泊感与生命的感悟。

首联追叙离别时的情景，将离去的爱人比作峡云，这美好的云彩，一经飘散便无影无踪，而自己也如同浮云，如同飘蓬，任意西东。后一句中有无限飘零之感，而这种精神情感上无所归依的感受，大约人皆有之。

颔联寓情于景，回忆当年花前月下的美好生活，但却没有正面入笔，而以景物烘托。“梨花院落溶溶月，柳絮池塘淡淡风”，旧地重游，风景依旧，物是人非，当初我们相伴游览的地方，“开着梨花的小院，依然月色溶溶，柳絮也依然如当年那样在淡淡微风中飘落到池塘的水面上，点起细细的涟漪。”可是人在何处？旧时美好与今日的孤苦寂寥对比映衬，更显凄清。

下面两联中，诗人实在忍不住了，开始直接抒写起心底的深深创恸和无限思念。“几日寂寥伤酒后，一番萧索禁烟中。鱼书欲寄何由达？水远山长处处同！”——“在寂寥的日子里我让自己深深沉醉，可连日沉醉后醒来我更觉得无边的寂寥。寒食节那烟灰火冷的日子是那么的萧索，可我心中的萧索有什么能够形容！我欲把这满腔的思念写成密密麻麻的红笺小字，可是到处都是山长水远我该往什么地方寄送？”真可谓一往情深。

晏殊一生才名早著，位至宰相，诗文过万篇，弟子满朝堂，但我相信在他的人生却仍有一个遗憾，那就是他肯定有一段没能实现的铭心刻骨的爱情。于是才会有这样一首真情的诗篇和众多深情的辞章；才会有“无可奈何花落去，似曾相识燕归来”，“满目山河空念远，落花风雨更伤春。不如怜取眼前人”的感伤和领悟。仅就此诗而言，则字字含情，动人心扉。

附录：浣溪沙　　　　晏殊

一向年光有限身，等闲离别易销魂。酒筵歌席莫辞频。
满目山河空念远，落花风雨更伤春。不如怜取眼前人。

寒食　赵元镇

寂寞柴门村落里，也教插柳记年华①。
禁烟不到粤人国，上冢亦携庞老家②。
汉寝唐陵无麦饭，山溪野径有梨花③。
一樽竟籍青苔卧，莫管城头奏暮笳④。

【注释】　①插柳：古代寒食于门上插柳枝，标志春天到来。②粤人国：广东一带，指被贬之处。庞老家：指东汉庞德公。庞德公不好名利，不见俗人，一次隐士司马徽来看他，正碰上他上坟扫墓归来。此处用典，仅取上坟一事，较生涩。③麦饭：即米饭、馒头。古时一般百姓以麦饭祭祖，此言虽汉唐帝王如今连麦饭这样的祭奠都享受不到。④籍：枕着，垫着。暮笳：傍晚关城门时催促百姓进城的笳声。

【评析】　赵鼎（1085—1147），字元镇，解州闻喜（今山西闻喜县）人，宋徽宗崇宁五年（1106）进士，支持岳飞抗金复国，反对秦桧妥协投降，宋高宗时两度为相，最终受到秦桧迫害，先贬潮州，再贬崖县（今海南），赵元镇看出秦桧必置自己于死地，对儿子赵汾说："桧必欲杀我。我死，汝曹无患；不尔，祸及一家矣。"为避免连累子孙，悲愤绝食而死。死前自书铭旌（柩前灵幡、即招魂幡）云："身骑箕尾归天上，气作山河壮本朝。"忠义报国之心，至死不泯。

赵元镇是一位正义凛然的清官，人品和气节为后人钦佩。这首诗是作者因奸臣陷害，被谪南方时所写。时逢清明，触景生情，流露出愤世不平之意。

诗歌前两联写南方寒食节的习俗，暗含对帝都风物的怀念。诗人说："即使冷冷清清开着几扇柴门的村落里，也还是要插几根杨柳枝条，标志寒食的到来。虽然这里不兴寒食禁烟火的习俗，但大家上坟祭祖还是和中原一样的。”

颈联抒发作者的感慨，“汉寝唐陵无麦饭，山溪野径有梨花”——“汉唐两代的王陵巨冢前，如今连寻常麦饭这样的祭品都没有，只有山溪野径开着几树寂寞的梨花。”再显赫的功业，死后仍然是什么都没有。“一樽竟籍青苔卧，莫管城头奏暮笳”，那么不如拿起酒樽，枕籍着青苔尽情一醉，不用去管城头是否在吹奏关门的暮笳。

本诗以寒食为名，借寒食节为引，写出忠臣名相赵鼎对朝廷的失望、绝望及愿望。“一樽竟籍青苔卧，莫管城头奏暮笳”，大有辛弃疾“休去倚危栏，斜阳正在、烟柳断肠处”的哀怨与悲愤。诗人口里说不管城头是不是奏暮笳，不管国家是不是会衰弱败亡，但心中如何能放得下？

清明　黄庭坚

佳节清明桃李笑，野田荒冢自生愁[①]。
雷惊天地龙蛇蛰[②]，雨足郊原草木柔。
人乞祭余骄妾妇[③]，士甘焚死不公侯[④]。
贤愚千载知谁是？满眼蓬蒿共一丘。

【注释】 ①荒冢：荒坟、野坟。②蛰：动物冬眠。③人乞祭余：出于《孟子》里的名篇。《齐人有一妻一妾》，故事说齐国有一人每天出外到坟墓上乞食祭品，饱食回家后却向妻妾夸耀是别人请客，最终妻妾查明，羞愧而相泣于中庭。后用以讽刺恬不知耻，以卑鄙的手段追求富贵功名的人。④士：指春秋时晋国高士介子推，他“割股奉君”扶持晋文公成一代霸主，但隐居绵山宁愿被烧死也不愿再出仕。寒食节即为纪念其人。

【评析】 相比上面赵鼎的《寒食》诗，赵鼎再现的是南宋前期的时代悲剧，抒发得更多的是个人身世的感怀和时代的悲愤。而黄庭坚的这首诗，则超越了小我的思考，直面人生的生死。该诗写于宋徽宗崇宁二年（1103）之后，当时黄庭坚被贬到广西宜州，没过多久就去世了，但在这个离他生命尽头不远的清明节，他却提出了这个生死的大问题，但是没给出答案。

诗歌的前两联写清明时节的景物和春天的勃郁生机，并且在首联中的景物中就暗含了生与死的鲜明对比。“佳节清明桃李笑，野田荒冢自生愁”，这两句是清明的实景，一方面是春回大地，桃李盛开；一方面是野田荒冢，满目生愁。景物很鲜明，又正是人生生死的两面。虽然诗人只是写眼前实景，但在清明这个特殊的时刻，“桃李”与“荒冢”将这人生的两面直接呈现在我们面前，让人无法回避。

颔联写春天的生机，气势不凡，刚柔相济。春雷惊醒了蛰伏一冬的龙蛇，春雨滋润着郊原上的草木。“动”字“柔”字，一雄强一温婉，一阳刚一阴柔。这一联概括性很强，不妨展开来想象：天地在旋转，江河在奔流，龙蛇惊起，花树争荣，即便小草柔丝，一切都生机萌动，欣欣向荣。

前两联写眼前清明景象，写勃勃生机；后两联则直面生死发问，和前两联也构成一组“生时种种”与“死后归一”的对比。颈联直接推出两种完全对立的人生态度，用典贴切、生动、醒目。“人乞祭余”符合清明时节家家献祭的情境，而“士甘焚死”正是寒食的来历，合情合景，毫不生涩。更重要的是两者放在一起：乞食祭品还要炫耀于妻妾的齐人，抱树焚身死而不改其志的介子推；贪鄙低俗之人与清高正直之士；到底哪种选择正确？哪种选择错误？人生的价值又在何方？

“贤愚千载知谁是？满眼蓬蒿共一丘。”我不知道黄庭坚的这两句诗，是在感叹人生无常、贤愚无分，还是仅仅以感慨的语言对生死提出质问。同样是人，为什么生命的选择却如此天差地别，而死后都不过是白骨一堆，黄土一抔，孤坟一座，蓬蒿一丛。悠悠苍天，惶惶千载，到底谁贤谁愚，谁是谁非，当时有谁能够分清？千年后又有谁还会去分辨？

其实，黄庭坚已经不是第一次提出这样的问题了，他的《次韵王荆公题西太乙宫壁》中云：“风急啼鸟未了，雨来战蚁方酣。真是真非安在，人间北看成南。”一直关注生死是非的黄庭坚，应该对这一问题已经有深刻的思考吧。我们更倾向诗人在此只是故意提出这样一个疑问，去引起每一个读者的思考。而他自己，应该早已有了正确的答案。

这首诗最显著的特色是对比和用典。前两联和后两联形成生死大对比。前两联中第一联写景中暗含生死小对比，第二联写景中阳刚和阴柔既有小对比，又相辅相成。后两联中，第三联两种人格直接尖锐对冲，尾联引出的也是贤与愚的对立思考。全诗用典贴切、自然、深刻，毫无江西诗派末流的弊病，让人感慨中华语言文字妙不可言。

清明　高菊卿

南北山头多墓田，清明祭扫各纷然①。
纸灰飞作白蝴蝶，泪血染成红杜鹃。
日落狐狸眠冢上，夜归儿女笑灯前。
人生有酒须当醉，一滴何曾到九泉②。

【注释】　①纷然：众多繁忙的意思。②九泉：指人死后埋葬的地方、死后所去的地方，即阴间。

【评析】　高菊卿（1170—1241），初名公弼，后改作翥（zhù），字九万，号菊磵、又号菊卿、信天。余姚（今属浙江）人。南宋晚期著名诗人、画家，江湖诗派的代表人物。高翥少有大志，不屑举业，终身布衣，游走江湖，专力于诗，晚年蜗居草庐，小仅容身，自名信天巢、陋庵信天。七十一岁在游览中逝于杭州，葬在西湖，不愧为“江湖游士”。

如果说黄庭坚只是提出了生死的问题，高翥则直接给出了自己的生死答卷，这答案并不陌生，人们多评之曰：消极！是否如此呢？

同黄庭坚一样，高翥此诗也是通过对比给出答案的，略有不同的是：前三联和尾联构成生死的大对比；前三联的每一联又都关涉生者与死者，一句写物景，一句写人景，先物后人，先死人后活人。还有不同是：黄诗造句奇崛，锤炼老到，用典精工；高诗语言明畅，清新自然，一典不用。黄诗押阴声韵，读来深沉严肃；高诗押阳声韵，读来响亮洒脱。

读此诗，应该像陶渊明写《拟挽歌辞》和《自祭文》那样，先把自己想象成墓中人，再去读：

你看，南山北山都是坟，清明祭扫乱纷纷。纸灰飞起像白色的蝴蝶，悼念痛哭染红了杜鹃。日落后坟地里一片寂静，只有狐狸在荒冢上陪眠；从墓地夜归的儿女们恢复常态，有说有笑谈笑灯前。人生中有酒一醉就应当尽情一醉，哪有一滴真能到地下九泉？

“人生有酒须当醉，一滴何曾到九泉”，通常都认为是及时行乐的消极思想，问题是高翥诗道出的只是宇宙的规律、生死的真理，消极积极只是各人的选择，与理何干？消极的人自然读出消极，积极的人则会更珍惜时间、创造物质与精神的财富，美化自己和他人的生活。当年谭嗣同读此诗“触其机，哽噎不复成诵”（谭嗣同《城南思旧铭并序》），谭嗣同的人生，何消极之有？而且，死生之事，高翥自己是想得很清楚了，他的策略是只管生前不管身后，“生前已自全名节，身后从谁问子孙”（高翥《拜林和靖墓》），你看他一辈子不做官，死都死在旅游中，又何消极之有？

死生事，大矣！能不思乎？附录陶渊明《拟挽歌辞》其三、元好问《临江仙》一阕，以助其思。

拟挽歌辞其三

荒草何茫茫，白杨亦萧萧。严霜九月中，送我出远郊。四面无人居，高坟正嶕峣。

马为仰天鸣，风为自萧条。幽室一已闭，千年不复朝。千年不复朝，贤达无奈何。

向来相送人，各自还其家。亲戚或余悲，他人亦已歌。死去何所道，托体同山阿。

临江仙　元好问

今古北邙山下路，黄尘老尽英雄。人生长恨水长东。幽怀谁共语，远目送归鸿。

盖世功名将底用？从前错怨天公。浩歌一曲酒千钟。男儿行处是，未要论穷通！

郊行即事　程颢

芳原绿野恣行时，春入遥山碧四围①。
兴逐乱红穿柳巷，困临流水坐苔矶②。
莫辞盏酒十分劝，只恐风花一片飞③。
况是清明好天气，不妨游衍暮忘归④。

【注释】 ①恣行：尽情游赏。恣：任意放情。遥山：远山。碧四围：碧作动词，绿遍四周，绿荫冉冉遍天涯。②兴：乘兴，随兴。乱红：飘落的花瓣，落花。苔矶：长满青苔的大石头③风花：随风而落的花。④游衍：尽情游玩。衍：延长、超出范围。

【评析】 如果说高翥的诗是直呈生死之理，让我们珍惜生命和时间，程颢的这首诗则是现身说法，教我们怎样去珍惜。此诗应当是诗人清明出游，兴尽暮归后乘兴而作，慨叹时光飞逝，劝人珍惜。

诗歌前两联扣题写“郊行”之乐，重在写出快乐悠闲的意趣。后两联抒发时光飞逝的感慨，得出尽情游衍的结论。整首诗结构完整，情绪轻快。

清明时节，诗人出游，在一片苍山碧绿、乱红飞舞中恣意游赏。兴起之时追逐落花，行累之后静坐苔石。首句“碧四围”从大处带出春景如画，春意正浓。颔联“逐乱红”、“穿柳巷”、“临流水”、“坐苔矶”不在赋景而在赋事赋情，写得一片游兴盎然，满怀欢喜。“逐乱红”更带有几分天真。但如果以景物的真切，意境的鲜明来看，倒不是十分出色，语言也没高翥诗流畅自然。“穿柳巷”与“坐苔矶”，对得也有些生硬。盖侧重点不同，不必深究。

然而快乐美好总是短暂易逝的，“落花”、“流水”都已经是正在消逝的事物，时光也是一样，一经逝去再难挽回。就如今日这美好快乐的春日清明，也只有短短的一瞬。所以“莫辞盏酒十分劝”、“不妨游衍暮忘归”就不失为一种积极的应对了。这颇有“人生得意须尽欢，莫使金樽空对月”的味道，但却不同于李白的豪放，呈现出优雅娴静的风度。这两联是在前两联的基础上的生发，略略荡开，似断而实连。因为是直接抒情，不必扣合眼前景物，写得就比前两联流畅多了。“莫辞盏酒十分劝，只恐风花一片飞”，刻画一片珍惜之心很细腻，对偶也对得极为精妙。程颢诗歌强在抒发得道欣然之性情，弱在体物写貌之功夫。

诗人是著名的理学家，此诗也融入了他的哲学思考与人生态度，然而在表达这一态度时并不生硬，而是即事抒情，自然而然。落花有意，流水无情，时光是想留也留不住的。是沉溺于过去，还是立足现在，抑或建设未来，诗人给出了自己的回答，剩下的，就留给后人思索了。

秋千　僧 惠洪

画架双裁翠络偏[①]，佳人春戏小楼前。
飘扬血色裙拖地，断送玉容人上天。
花板润沾红杏雨[②]，彩绳斜挂绿杨烟。
下来闲处从容立，疑是蟾宫[③]谪降仙[④]。

【注释】　①画架：指雕花涂漆，做工精致的秋千架。翠络：青绿色的秋千绳。②花板：绘有花纹的秋千踏板。③蟾宫：月宫。④谪降仙：仙女被贬到人间。

【评析】　僧　惠洪（？—1128），俗姓彭，名觉范，也作慧洪，江西宜丰人，是黄庭坚的好友，善画梅竹。惠洪是宋代有名的诗僧，其诗形象优美、意境清新。因为善于描绘凡人的心思，带有世俗色彩，甚至被人讥为浪子和尚。

此诗写佳人荡秋千，便是一幅典型的俗世生活图卷。据相关记载，此诗作于惠洪出家之前，是他十四岁时的作品，但诗歌结构紧密，笔法工整，既有正面细描，也有侧面烘托，色彩对比鲜明，人物情貌真切，将美人打秋千写得十分传神。

首联开门见山，点出精美的画架秋千和佳人春戏小楼前，描出环境，色彩鲜明。“偏”字细节提炼得好；颔联写秋千飘荡，佳人花容失色。“裙拖地”，“人上天”细节也很丰富，但以“血色”来形容红裙，用“断送玉容”写秋千打到高处的情形，虽然非常形象，甚至写出了佳人的容貌神态，但读起来总有些不雅，甚至不祥。后人以之为惠洪“诗谶”，虽然迷信，从艺术角度而言，终究有些不合情境。

颈联则从周围环境烘托，描花踏板上的细雨，斜挂的秋千彩绳，衬以绿杨轻烟，笼以杏花微雨，虚实相生，画面优美。和上一联的激烈，一近一远，相辅相成。尾联以比喻写佳人打完秋千后的从容娴静美丽，仿佛从月宫飘落人间的仙子。

从诗里我们仿佛看到了一位妙龄女郎打着秋千摇荡在秀楼前，轻纱红绡笼罩着身影，春日里淡如轻烟的绿杨衬托在后面，香气隐隐的杏花落在她身上、秋千上，面白如玉，衣红似血，临风高立，确实美如天仙。诗中女子虽不是柔弱的深闺佳人，终究有从容娴静的古典美。而元代诗人杨维桢诗中也有数十处写到“美人”，却大多体态矫健，充满活力，特别是打秋千的这一位，简直是在玩杂技：

附录： 续奁集二十咏·秋千 元 杨维桢

齐云楼外红络索，是谁飞下云中仙？

刚风吹起望不极，一对金莲倒插天。

曲江 杜甫

一片花飞减却春，风飘万点正愁人。

且看欲尽花经眼，莫厌伤多酒入唇。

江上小堂巢翡翠①，苑边高冢卧麒麟②。

细推物理须行乐③，何用浮名绊此身？

【注释】 ①巢翡翠：翠鸟在堂内筑巢。翠鸟毛色十分美丽，通常有蓝、绿、红、棕等颜色。一般雄性为红色，谓之“翡”，雌性为绿色，谓之“翠”。②高冢：高大的坟墓。卧麒麟：指石雕麒麟蹲卧在墓前，或理解为倒卧在墓边。麒麟：传说中一种性情温和的神兽。③物理：事物变化的道理。

【评析】　唐玄宗天宝十五年（756）六月，长安失陷，七月肃宗于灵武登基。十月，房琯奉玄宗之命离川辅佐肃宗，得到肃宗重用，但十月下旬却因带兵用人不当，大败于咸阳陈陶斜。次年（757）五月被贬为太子少师。而杜甫当年五月十六日历经艰辛，“麻鞋见天子，衣袖露两肘”，终于来到行在，肃宗封其为“左拾遗”。因与房绾有旧，杜甫立即疏救房琯，触怒了肃宗，下三司问罪，得友人营救释放。八月，肃宗命他离凤翔探家，实为遣归。

十月长安收复，诗人回京，仍任“左拾遗”。虽是个从八品的“左拾遗”，杜甫对自己的职责特别尽心，这从写于这年（758）春天的《春宿左省》“明朝有封事，数问夜如何”诗句可以看出。但到暮春时节，诗人的心境大恶，《曲江》二首就作于此时。到了这年六月，房绾被贬为邠州刺史，诗人也被贬为华州司功参军。杜甫一生在朝为官也就在这两年，此时诗人年近半百，明白了这一过程，就会对这首诗有比较确切的理解。

张綖曾论此诗云：“二诗以仕不得志，有感于暮春而作”，可谓一语中的。但许多论者都认为此诗宣扬及时行乐，不像其他作品那样忧国忧民，格调不高，这其实是没能读懂此诗所蕴含的深广的社会内容，没看到诗人心底的彻底失望和绝望。

“一片花飞减却春，风飘万点正愁人”，首联似有一种无形的力量，骤然将读者拉入伤春低沉的意境中去。诗人虽是敏感的、珍惜春天的，但因为一片花飞而“愁”，因为“风飘万点”而愁到无以复加，明眼人都能看清诗人愁的是什么。这“风飘万点”的正是大唐之春的严酷现实啊！“正愁人”三字，力透纸背，满怀悲伤与幽愤。

诗人年近半百，历经艰险，奔赴行在，原本没受到多大重视，还因疏救房绾而被疏远，幽愤之余只能借酒浇愁，他几乎是涕泗纵横地呼喊着：“不要嫌我喝太多酒对身体有伤害，你快看呐，那经过眼前的花不是像我一样都快要完了吗？”

“江上小堂巢翡翠，苑边高冢卧麒麟”，四处看看，翡翠鸟在曲江边的小堂里面做了鸟巢，而原来雄踞高冢的石雕麒麟却倒卧在地。曾经那样繁盛的地方如今又是何等荒凉！

“细推物理须行乐，何用浮名绊此身”，再仔细想想，世事变化无常，人生在世，还是好好做好让自己快乐的事，又怎能愚蠢地让那些虚名羁绊了心灵呢？

整首诗中，作者的心情开始低沉，继而悲痛，之后由翡翠鸟和麒麟顿悟，似乎变得豁达、乐观，但我们分明感受到诗人心头的沉重，于是才会有《曲江》其二。

其二　杜甫

朝回日日典春衣[①]，每日江头尽醉归。
酒债寻常行处有[②]，人生七十古来稀。
穿花蛱蝶深深见[③]，点水蜻蜓款款飞[④]。
传语风光共流转[⑤]，暂时相赏莫相违[⑥]。

【注释】　①朝回：上朝回来。典：典当，押当。②寻常：随便。寻、常本为古代长度单位，八尺为寻、一丈六尺为常，喻短小。此处为借。③深深见（xiàn）：在花丛深处时隐时现。见：现。④款款：形容徐缓的样子。⑤风光：春光。共流转：在一起逗留的盘桓。⑥莫相违：即恳请春光不要即刻逝去。

【评析】　这一首比起第一首，写得更加沉重。

首联即写到诗人每日上朝归来后，便去典当自己的春衣。“朝回日日典春衣，每日江头尽醉归。”此时明明正值暮春之际，春衣正是当季所穿的衣服，然而诗人不押当冬衣，却将春衣抵押，可能冬衣早已典当完了，这从另一个方面表现了作者生活的窘迫。然而更让人难解的是，如此窘迫，诗人却并没有将典当的钱用于补贴生活，却全部用于买酒，每日行至曲江，在曲江边上买醉。诗人心中是无限的愁苦，社会动乱、政治腐败，对现状无能为力。“世人皆醉我独醒”，这浊世独醒又能如何呢？思想与心灵的清醒让诗人痛苦不堪，那便让身体麻醉吧，醉后便忘了这世事的愁苦，酒成为了诗人唯一的消愁之法。“日日”“尽醉”泄出一腔苦痛和悲愤。而就在一两个月前，他还在值班时彻夜难眠，急切地等着上朝，更可见诗人内心的痛苦之深了。

痛苦真的将诗人压倒了，他真有几分自暴自弃了。他在《曲江对酒》诗中云：“纵饮久判人共弃，懒朝真与世相违”——“既然人家嫌弃我，我就日日纵酒，甘心被人嫌弃；既然不被世用，我就干脆不去朝参，与世相违。”这首诗中，诗人痛苦的高峰大约已经过去，他开始回到生活的现实。“经过的地方，酒债到处都有，那又何必在意？如今都年过半百，有几人能活到七十古稀？”

既然自己的志向无法实现，那么人生在世为何不放任自己一回呢？“莫思身外无穷事，且尽生前有限杯”，“且尽芳樽恋物华”吧！

“穿花蛱蝶深深见，点水蜻蜓款款飞”，颈联描写了一幅生机盎然的春景图，蛱蝶在花丛中悠闲起舞，蜻蜓在水面上款款徐飞，多么自由、恬静、美好。“传语风光共流转，暂时相赏莫相违”——“可爱的春光呀，你就同穿花的蛱蝶、点水的蜻蜓一起多留些时日，让我暂且欣赏吧，可不要连这点心愿也要相违呀！”

《曲江》二首字锤句炼，法度谨严，深婉曲折，含蓄悲愤。它再现了杜甫人生中最重要的一段心路历程，代表着杜甫“致君尧舜上，再使风俗淳”这一崇高理想的破灭，以及破灭时的极度痛苦和悲愤。我仿佛听见诗人对这一理想的最后道别：“传语风光共流转，暂时相赏莫相违”——“虽然我不能为大唐再做出点什么，但希望大唐的春光能流转得更持久一些，至于我，是时候该走自己的路了。”如此，我们才能理解，杜甫何以会在华州弃官而去。仕途上无所施展，他却更有机会走向民间，继续拿起了如椽巨笔，记录他的时代，于是《三吏》、《三别》等不朽名篇都在此后诞生了。

黄鹤楼　崔颢

昔人已乘黄鹤去，此地空余黄鹤楼①。
黄鹤一去不复返，白云千载空悠悠。
晴川历历汉阳树②，芳草萋萋鹦鹉洲③。
日暮乡关何处是，烟波江上使人愁。

【注释】　①黄鹤楼：故址在武汉市武昌长江边上，靠蛇山，面大江，风景绝胜。传古人于此驾鹤飞升，故名黄鹤楼。②历历：十分清楚。③萋萋：草木茂盛的样子。鹦鹉洲：东汉末年，黄祖杀祢衡葬于江中小洲，因祢衡曾作《鹦鹉赋》，洲因此得名，后为江水淹没。

【评析】　宋代严羽的《沧浪诗话》曾对这首诗的评价很高，认为“唐人七律诗，当以此为第一”。据元人辛文房的《唐才子传》记载，李白到来黄鹤楼，正要提笔赋诗，看到崔颢此诗，于是叹息道：“眼前有景道不得，崔颢题诗在上头。”就此搁笔，后来李白写了《登金陵凤凰台》，与之一较高下。而王兆鹏先生编著的《唐诗排行榜》排在第一的，居然也是这首《黄鹤楼》。那么这首《黄鹤楼》诗的魅力究竟在什么地方呢？

我想其一是这首诗写得天然爽快。诗歌扣题而入，贯穿古今，一气贯注，浑然天成。诗歌前两联写黄鹤楼的历史，引入神话传说。虽是律诗，却全不依律法，用的全是古体诗的句法，诗人不以辞害意，随意舒卷，四句中黄鹤二字三次出现，却丝毫不觉重复，而往复回环，颇有读李白“蜀道难，难于上青天”反复盘旋的韵味。但李白是长篇，崔颢只四句，其奥妙何在呢？沈德潜评此诗云“意得象先，神行语外，纵笔写去，遂擅千古之奇”（《唐诗别裁》卷十三），说得神乎其神，但仍让人不明不白。细细想来，大约崔颢此四句的妙处在于：不依格律而以气为主，而文气暗中自有盘旋往复。诗人好似随口而出，一气旋转，顺势直下，绝无半点滞碍。但细细品味，“昔人已乘黄鹤去”一句扬起，“此地空余黄鹤楼”一句抑下；“黄鹤一去不复返”再次扬起，“白云千载空悠悠”，则悬停不动，余意悠悠。四句诗虽未依律诗的格律，但有着内在完整的韵律和节奏。

神话传说引出的感慨就如悠悠白云一样浮在那儿，挥之不去。诗人于是凭栏俯瞰，将目光投注于现实，但见“晴川历历汉阳树，芳草萋萋鹦鹉洲”。诗歌由黄鹤一去、音信杳然的缥缈一变而为晴川历历、鹦鹉萋萋的现实，前后在勾连中又有变化，虽不是“如疾雷破山，观者惊愕”，（元杨载《诗法家数》）但足以让读者耳目一新，神清气爽。诗歌也由放而收，由散而整，适应了后半首低沉徘徊的情调。至于写景的鲜明，对仗的工切，自不必多言。日暮时分，云树凄迷，江上烟起，不觉满目生愁。尾联的抒情又自眼前景物中自然生发，自然天成。

此诗的魅力，第二点还在于这首诗带给人们一种永恒的沧桑。前两联中，仙人一去不复返，唯余天际白云，悠悠千载，登楼之人读此诗句，顿生人去楼空，世事茫茫之慨，此一层为历史的沧桑。后二联即景生情，“日暮乡关何处是，烟波江上使人愁”，我们或许并没有崔颢那样的乡愁，但却能深深感到一种漂泊的惆怅，“陇头流水，流离山下，念吾一身，飘然旷野”，此一层是个体飘零的沧桑之感。悠悠千载的白云，烟波浩渺的大江，凝成了这千年的沧桑。

旅怀 崔涂

水流花谢两无情，送尽东风过楚城[①]。
蝴蝶梦中家万里，杜鹃枝上月三更[②]。
故园书动经年绝，华发春催两鬓生[③]。
自是不归归便得，五湖烟景有谁争？

【注释】 ①东风：指代春天。楚城：古代楚国地带，今湖南湖北一带。②蝴蝶梦、杜鹃枝：暗用庄周化蝶，望帝化鹃典故，言一梦则故园万里，以渲染身世飘零、情怀凄凉之感。③书动经年绝：言常年收不到家中书信。动：动辄。华发春催：言时光流逝，催人白发。

【评析】 崔涂，字礼山，江南（今浙江桐庐、建德一带）人。唐僖宗光启四年（888）登进士第。这一年崔涂三十五岁，年纪虽然不算大，但能中这个进士，应当也历经了无数的艰难。然而不幸的是，这一年唐僖宗暴疾而驾崩，随后即位的唐昭宗虽撑了16年时间，却一直是藩镇手中的傀儡，崔涂的进士算是白考了。为了避难，他长期漂泊于巴、蜀、秦、陇等地为客，自称是“孤独异乡人”（《除夕有怀》）。故诗多别恨羁愁之作，情调偏于抑郁低沉。有《崔涂诗集》。《全唐诗》存其诗一卷。

此诗诗题一作“春夕”，是他旅居湘鄂时所作，诗歌即残春之景，抒思乡与自伤之情。开篇即云：“水流花谢两无情”，顿觉有无限感伤，又复“送尽东风过楚城”，春天将尽，而人在旅途。水流花谢虽是上天的无情，终令人感到深深的无奈，诗人身在异乡，却反过来要为春天送别，更添凄婉。两句之中竟有层层曲折，窥见诗人悲情难禁。

“蝴蝶梦中家万里，杜鹃枝上月三更”，颔联用典，虚实相生，写尽一片思乡与自伤之情。蝴蝶一梦已见身世迷离，杜鹃啼血更见情怀凄凉。而一梦醒来，家在万里之外，三更月色已令人肠断，更哪堪杜鹃声声不如归去的泣血哀鸣。这一联虽暗含着典故，但情景交融，自然天成。颈联进一步抒写思乡的悲苦，寄回家的家书动辄经年没有消息，春催万物，也催长了游子双鬓的白发。这句诗具体地描述了诗人目前的生活状况，是常年与家隔绝难以取得联系，自己已年华不再，而春则催送落花催流水，催尽东风催白发，真令人感到无限怅恨！

尾联说：“自是不归归便得，五湖烟景有谁争？”真有这么轻巧吗？那又何必要忍受“蝴蝶梦中家万里，杜鹃枝上月三更”的痛苦呢？这里的“归”字，含有归隐田园之意，诗人漂泊风尘，流离道路，不是不想归，实是不敢归、不能归。“自是不归归便得”那只是诗人无可奈何的伤心话，深刻地反映出他在政治上走投无路、欲进不能、欲罢难休的苦闷与彷徨。

答李儋元锡[①] 韦应物

去年花里逢君别，今日花开又一年。
世事茫茫难自料，春愁黯黯独成眠[②]。
身多疾病思田里，邑有流亡愧俸钱[③]。
闻道欲来相问讯[④]，西楼望月几回圆。

【注释】 ①李儋（dān）：字幼遐，武威（今属甘肃）人，曾任殿中侍御史。元锡：字君贶（kuàng）二人都是作者的朋友。②黯黯：低沉暗淡。③邑有流亡：指在自己管辖的地区内还有百姓流亡。愧俸钱：感到惭愧的是自己食国家的俸禄，而没有把百姓安定下来。④问讯：探望。

【评析】 这首七律是韦应物晚年在滁州刺史任上的作品，大约作于公元784年（唐德宗兴元元年）春天。公元783年（唐德宗建中四年）暮春入夏时节，韦应物从尚书比部员外郎调任滁州刺史，离开长安，秋天到达滁州任所。好友李儋，当时任殿中侍御史，在长安与韦应物分别后，曾托人问候。次年春天，韦应物写了这首诗。

首联以从叙别开头，书写回忆。与好友分别已经一年。“花开又一年”，花开此景在与好友的回忆里肯定是美好的。而一“又”字，则不仅显出时光迅速，更流露出别后境况萧索的感慨。

颔联写现在的忧愁苦闷。“世事茫茫”是指国家的前途，也包含个人的前途。当时长安尚为朱泚盘踞，德宗皇帝逃难在外。这种形势下，他感慨自己无法料想国家及个人的前途，觉得茫茫一片。前程未卜，忧心忡忡，让人深有感触。他虽是朝廷命官，到任一年却无所作为，夜夜难寐，只能黯然神伤。

颈联“身多疾病思田里，邑有流亡愧俸钱”，具体写诗人的思想矛盾。正因为他有志难申，又加上身体多病，便想辞官归隐；但有济世之心的诗人，看到百姓贫穷逃亡，觉得自己未尽到责任，所以又不能一走了事。这种进退两难的处境苦于无人诉说，诗人只能向好友倾诉衷肠，希望得到慰勉。尾联以感激李儋的问候和急切地盼望他来访问作结。“西楼望月几回圆”，一片殷勤期待之意跃然纸上。

此诗通过向好友的倾诉，诚恳披露了一个清廉正直官员的思想矛盾和苦闷，诗中可以看出诗人的爱国思想，尤其是“身多疾病思田里，邑有流亡愧俸钱”两句，忧国忧民，自宋代以来，倍受赞扬。范仲淹叹为“仁者之言”，朱熹盛称“贤矣”，黄彻更是激动地说：“余谓有官君子当切切作此语。彼有一意供租，专事土木，而视民如仇者，得无愧此诗乎！”（《巩溪诗话》）

清江　杜甫

清江一曲抱村流①，长夏江村事事幽②。
自来自去堂上燕，相亲相近水中鸥。
老妻画纸为棋局，稚子敲针作钓钩。
但有故人供禄米③，微躯此外更何求④。

【注释】　①清江：指浣花溪，在今四川成都。②幽：幽静，闲适。③故人供禄米：此戏指老朋友们给自己提供生活方面的资助。④微躯：自指，是自谦的说法。

【评析】　此诗作于唐肃宗上元元年（760）夏天。几个月前，杜甫结束了四年的流亡生活，靠亲友的资助，在成都的浣花溪畔建起几间草房，暂时安居下来。这里远离战乱，且环境幽美宁静，让背井离乡、饱经颠沛流离之苦的诗人，终于找到了一个可以容纳自己的栖身之所，其轻松、愉悦的心情可想而知。

与诗歌轻松愉悦的情调相一致，诗中意象的选择亦给人以自由、亲切、赏心悦目之感，如清澈的江水，时来时去、自由自在的梁间燕子，时远时近、相亲相爱的水上白鸥等。物是这样，人亦如此：老妻画纸为棋局的痴情憨态，稚子敲针作钓钩的天真无邪，都充满着生活情趣，洋溢着欢乐。

在结构上，前三联写江村之景致，尾联抒情。前三联写景致，先写自然、再写动物，最后写人物。分别突出景之幽静，物之适性，人之悠闲。尾联抒情表现了杜甫不求仕宦的平淡心境。“但有故人供禄米，微躯此外更何求”，含着几分潇洒流逸的风神。但诗人写的只是短暂的安定之趣，终究还是“愁极本凭诗遣兴，诗成吟咏转凄凉”（杜甫《至后》）。

夏日　张耒

长夏江村风日清，檐牙燕雀已生成[①]。
蝶衣晒粉花枝舞，蛛网添丝屋角晴[②]。
落落疏帘邀月影，嘈嘈虚枕纳溪声[③]。
久斑两鬓如霜雪，直欲樵渔过此生[④]。

【注释】　①檐牙：檐瓦相互勾连有如犬牙交错。此处泛指檐瓦之下，檐角。②蝶衣：蝴蝶翅膀。③嘈嘈：形容水声。虚枕：中空的竹木枕头。④樵渔：砍柴的樵夫和打鱼的渔夫。

【评析】　张耒（1054—1114），祖籍安徽，后迁入江苏。熙宁六年进士，曾任起居舍人，太常少卿等职。张耒是“苏门四学士”之一，十三岁能文，十七岁作了名篇《函关赋》，诗风朴实自然，清丽洒脱，遗世的有《柯山集》。

这首《夏日》和杜甫的《清江》相比，诗人写自己在乡村的夏日生活，更自然，词句与乡间生活更贴近，以朴实见长。此诗一样可以分为两个部分来读。前三句是写长长的夏日里的风景事情，最后一句才直接抒发甘心隐居之情。

首联和颔联写的是白天的景致，颈联则是夜晚的景致，三联诗歌记录了诗人在一天之中的所见所闻。绵长的夏日中临水而居，自然比别处凉爽得多，故而起首一句总括“长夏江村风日清”，下面即具体展示“风日清”。

"檐牙燕雀已生成"，燕雀已经长大了，交代了节令，并引出人们无限的联想。夏日江村的早上，阳光和煦，微风浮动，屋檐上的燕雀，却早已在啁啾不停。时时看见燕子在照料幼鸟，那小燕子小口齐张，一阵啁啾。这些温馨而充满生气的场景让人的心灵格外宁静。

虽是在小小江村，只要留心，夏日里的风景绝不单调。阳光下，飞舞的蝴蝶在花枝上停了下来，轻柔地抖动着她的翅膀，仿佛正在晾晒她粉黄的蝶衣。在屋子外面墙檐的角落，不知何时蜘蛛又添上了它新织的网，那细细的蛛丝上挂着迷蒙的露珠，在阳光里闪着些微的亮光。"蝶衣晒粉花枝舞，蛛网添丝屋角晴"，蝴蝶、蜘蛛一点也不寂寞，都在享受它们美好的生活。夜晚来临，自己的院落里疏影横斜，月影斑驳。月光洒在稀疏的门帘上，一些还穿过疏帘，洒到屋中，像是来赴一个约会。夜深了，诗人头放虚枕躺在床上，静静地听着潺潺的溪水之声，周遭一片静寂，心思随那水声越飘越远，凉意顿生。以上三联均为写景，却处处含情，每一处都很细微，但是都被诗人看在眼中，细细地品味和忖度，透出一种闲适自足宁静的气息，表现出一个热爱生活，处处留心的诗人形象。

诗人观察着这一切，同时又喜爱这一切，直到读到尾联才知道，诗人已经是两鬓如雪，垂垂老矣。此时，他敬爱的老师苏轼已经去世，他执意为恩师服丧祭奠，还被人弹劾贬官，心境的萧条可知。"久斑两鬓如霜雪，直欲樵渔过此生"，这宁静的江村，是诗人心灵最好的归宿，生命过往中一切的不如意，都将在此纾解、消逝。

辋川夜雨[①] 王维

积雨空林烟火迟[②]，蒸藜炊黍饷东菑[③]。
漠漠水田飞白鹭[④]，阴阴夏木啭黄鹂[⑤]。
山中习静合朝槿[⑥]，松下清斋折露葵[⑦]。
野老与人争席罢，海鸥何事更相疑[⑧]。

【注释】 ①辋（wǎng）川：在今陕西蓝田终南山中，是王维隐居之地。诗题一作《辋川夜雨》。②积雨：久雨。空林：疏林。烟火迟：因久雨林野润湿，故烟火缓升。③藜（lí）：一年生草本植物，嫩叶可食。黍（shǔ）：谷物名，古时为主食。饷东菑（zī）：给在东边田里的人送饭。饷：送饭食到田头。菑：已经开垦了一年的田地，此泛指农田。④漠漠：广阔迷蒙。⑤阴阴：幽暗的样子。夏木：高大的树木，犹乔木。夏：大。啭（zhuàn）：小鸟婉转的鸣叫。黄鹂：黄莺。⑥槿（jǐn）：植物名。落叶灌木，其花朝开夕谢。⑦清斋：这里是素食的意思。露葵：经霜的葵菜。葵为古代重要蔬菜，有“百菜之主”之称。⑧野老：指作者自己。争席罢：据《庄子》一书记载，杨朱未得道时，人皆惧怕，不敢与之争席，等他得道后，人们则不再给他让座。此处指自己已经隐退山林，与世无争。“海鸥”句用“鸥鸟忘机”典故，详见李嘉祐《竹楼》诗注释。

【评析】 王维早年就信奉佛教，贬官济州时已经有了隐居思想的萌芽。再加上张九龄罢相、李林甫上台的政局变化，更觉得仕途生活压抑、黑暗。于是，后期的王维就开始了亦官亦隐的生活，“退朝之后，焚香独坐，以禅诵为事”。诗人在得到蓝田辋川宋之问的别墅后，浮舟往来，隐居其中，弹琴赋诗，吃斋礼佛。这首诗就作于王维隐居蓝田辋川时期。

此诗也叫《积雨辋川庄作》，是王维山水诗中的名篇，描写了辋川山庄连绵雨后的田园风光和山林景色，表达了诗人对田园风光及清新自然景色的眷爱，展露了诗人宁静致远、淡泊无争的心境。山间连绵雨后，在心绪宁静的诗人看来，别有一番自在景象。首联写山中人物，颔联写自然风光，颈联叙自家生涯，尾联抒淡泊心境。诗中有画，静中有动，不像韦应物的清幽冷寂，宁静平和而又不乏生趣。

首联即描写了一幅怡然自乐的田家生活画卷：久雨的村庄里农家炊烟缓缓升起，一个“迟”字不仅写出了炊烟在湿润空气中缓缓升起，也透露出了诗人一种悠闲宁静的心态。农家妇女炒好青菜，蒸熟黄米，挽着竹篮，往东边的田地去送给正在辛勤劳作的亲人，恍惚如在桃源。

颔联写积雨过后的辋川山野画意盎然的自然美景，广漠清寂的水田上缓缓飞过的一群白鹭，茂盛高大的乔木林里传来黄鹂鸟婉转的鸣声。我想这应该是一个阴天，漠漠青田，悠悠白鹭，阴阴夏木，给人鲜明的视觉感受，带有雨后的清新和空蒙。“漠漠”、“阴阴”四字，有深广、有明暗、有色彩，有浓淡，似虚而实，十分精妙。而深隐在夏木中的黄鹂，发出婉转清脆的鸣声，让一切显得更加幽静。这两联中人物活动与自然景色交相辉映，不仅是对事物的客观描写，而且带有诗人的主观性情。

颈联写诗人静坐空山、采葵清斋的修道生活。诗人山中习静，木槿朝开暮合、随风飘落。诗人带露采葵，素食清斋，在日积月累的思考中体悟到人生的无常与短暂，修身养性，得道入佛，远离尘俗。尾联运用了两个充满老庄色彩的典故，一正一反，两相结合，表现了诗人的淡泊超脱，回归自然的心境。诗人已经彻底随缘，于人无碍，与世无争。或看山林田园风光，或修道养生与自然为邻与鸥鹭为友，淡泊宁静，无忧无虑。

新竹 陆游

插棘编篱谨护持，养成寒碧映涟漪。
清风掠地秋先到，赤日行天午不知。
解箨时闻声簌簌[①]，放梢初见影离离[②]。
归闲我欲频来此，枕簟仍教到处随[③]。

【注释】 ①解箨（tuò）：竹竿生长过程中逐步脱落外壳。②放梢：竹梢生长伸展。离离：稀疏的样子。③簟（diàn）：竹席。

【评析】 这是一首表达对竹子喜爱、依恋之情的诗。在未长成时“插棘编篱”谨慎地保护着，竹子长成后颜色碧绿，倒映在水中泛起绿色的涟漪，非常美丽。

“解箨时闻声簌簌，放梢初见影离离”，笋壳脱落时簌簌作响，竹梢拔节后地上竹影斑驳离离。此句用动态的手法来细致地描写了竹子的生长过程，带着几分想象，竹笋脱壳之声大约是听不到的，但“声簌簌”的想象配合“影离离”的写实，将竹笋一夜冒出、几日成阴的快速生长情形写得非常鲜明生动。也从侧面体现了诗人观察的仔细，和对竹子的喜爱。

“清风掠地秋先到，赤日行天午不知”，是此诗中最出彩的一联。形象写出了夏日竹林中一片清幽情境。走入荫荫竹林中，地面略显潮湿，自觉一片阴凉，仿佛有清风从地面掠起，似乎秋天提前到来。即便是正午赤日行天，骄阳似火，却照不到里面，一点也感觉不到炎热，只有满怀惬意。

“归闲我欲频来此，枕簟仍教到处随”，辞官后我将带上枕头席子常来此处，随意坐卧，任情适性，自在逍遥。

读惯了陆游“铁马冰河入梦来”、“匣中宝剑空有声”的诗句，再读陆游《新竹》这样的小诗，顿时有一种清新细腻之感。因为竹子的亭亭净植，也因为是一片遮阳的阴凉所在，诗人从初生时便谨慎护持，逐渐养出了一片清凉竹林，最终寄望于逍遥林下。写得非常细致真切，充分表现了对竹林的喜爱和对竹林生活的向往。然而读完后，似乎心有慊慊，意不能足。抛开表达上的技巧，对偶上的工拙等等不说，除了诗中夏日竹林的那一片阴凉，似乎能打动我们的并不多。思想内容不够深厚，大约是宋人这类闲适诗歌的通病。相比而言，白居易笔下的竹子，更能给我们以启迪。

池上竹下作　　白居易

穿篱绕舍碧逶迤，十亩闲居半是池。食饱窗间新睡后，脚轻林下独行时。

水能性淡为吾友，竹解心虚即我师。何必悠悠人世上，劳心费目觅亲知。

偶成　程颢

闲来无事不从容，睡觉东窗日已红[①]。
万物静观皆自得[②]，四时佳兴与人同[③]。
道通天地有形外，思入风云变化中。
富贵不淫贫贱乐[④]，男儿到此是豪雄。

【注释】 ①睡觉：睡醒。②静观：冷静观察。自得：悠然自得，自在。③四时：四季。佳兴：饶有兴味的情趣。④富贵不淫：《孟子·滕文公下》“富贵不能淫，贫贱不能移，威武不能屈。此之谓大丈夫。”

【评析】 程颢是理学家，其思想的核心概念是“理”，说天地万物之理都是“自然而然，非有安排也”，认为“只心便是天，尽之便知性”，“仁者浑然与物同体”，这首诗所表现的是他作为理学家的处世心态，与其学说也相通。

前三联写诗人在日常生活中体悟道理的过程。心情闲静安适，做什么事情都不慌不忙从从容容。夜来一觉睡到自然醒，红日高照小东窗；冷静观察万物和四季变化，发现万物都各自有各自的特点，各自有各自的规律。它们都有自己存在的方式，和人一样都有生命的循环规律。和人不同的是它们没有机心，随顺自然，莫不适情尽性，悠然自得；四季变化，也一样各种季节各有佳趣，心性清明愉快的人，取长遗短，自有欣然。

诗人已然体悟了自然之道，“仁者浑然与物同体”，人也和自然一样有着不变的道，只要能够在富贵时不迷失本性，在贫困时却依然不改其乐，这样的人就能称得上是英雄豪杰了。

这首诗写得很有力度，一种信仰的力量，一种人格的力量，一种真理在握的自信自足自强。无坚不摧，无往不可，笔下千钧，气势不凡。这种境界，世人多不能到，而又嗤笑之，悲夫！

表兄话旧　窦叔向

夜合花开香满庭[①]，夜深微雨醉初醒。
远书珍重何曾答，旧事凄凉不可听。
去日儿童皆长大，昔年亲友半凋零[②]。
明朝又是孤舟别，愁见河桥酒幔青[③]。

【注释】 ①夜合：又名夜香木兰，常绿灌木或小乔木，花顶生色白，极香。②凋零：死亡，多指老年人。③酒幔：酒店门前所悬的布招子。

【评析】 窦叔向，晚唐诗人。字遗直，京兆金城（今陕西兴平县）人。唐代宗大历初进士及第。曾任左拾遗、国子博士、转运判官、溧水令和江阴令（皆在江苏）。五子窦群、窦常、窦牟、窦庠、窦巩，皆工辞章，有《联珠集》行于时。叔向工五言，名冠时辈。集七卷，但仅存诗九首。

此诗题一作《夏夜宿表兄话旧》。诗写诗人与表兄久别重逢，夜宿表兄处与其夜话的场景。诗歌不拘于格律，语言平易，纯用白描，情真意切，感人至深。

久别重逢，自然免不了一场畅饮，一醉方休，等到他们从醉中醒过来的时候，庭院里的夜合花已经开放，香气四溢，细雨纷纷，夜已深沉，诗人和表兄打开了话匣子。“夜合花开香满庭，夜深微雨醉初醒”，交代这是雨夕夜话，兄弟对谈，环境清幽，情感热烈。一联中两用“夜”字，却显得情感浓郁，真情实话，一本天然，绝无雕饰。

颔联和颈联即为叙旧内容与感慨。兄弟二人，酒后醒来话正多，乱世相逢诉不完：曾经用尽心思写满珍重的家书一封也没有收到，说到世事沧桑曾经往事无限凄凉，说者不忍心说，听者不忍心听，不知相对婆娑，眼睛湿润了几回；昔日离别时的那些儿童如今都已长大成人，年老的亲戚朋友也多半凋零。这样真实细腻的感受只在杜甫的《赠卫八处士》中似曾相识，二诗亦并为经典。

“明朝又是孤舟别，愁见河桥酒幔青。”不过一晚的相聚，第二日一早就又要分别，这样的认知让诗人在相聚今夜就感到了悲伤不舍。想想明日别后，又要乘着一叶孤舟远去，何其凄凉，旧愁未去，又添新恨。以至于都不敢想象明朝饯别的场景，那河桥那青青的酒旗，想一想都使人无限惆怅。“愁见河桥酒幔青”以景结情，既将悲伤的感情内敛，又写得情深意长。

清周颐《蕙风词话》卷一云“真字是词骨。情真、景真，所作必佳，且易脱稿。”王国维《人间词话》有云：“尼采谓：‘一切文学，余爱以血书者。’”信然！

赠卫八处士　杜甫

人生不相见，动如参与商。今夕复何夕，共此灯烛光！少壮能几时？鬓发各已苍！

访旧半为鬼，惊呼热中肠。焉知二十载，重上君子堂。昔别君未婚，儿女忽成行。

怡然敬父执，问我来何方？问答乃未已，驱儿罗酒浆。夜雨剪春韭，新炊间黄粱。

主称会面难，一举累十觞。十觞亦不醉，感子故意长。明日隔山岳，世事两茫茫。

游月殿 程颢

月坡堤上四徘徊[①]，北有中天白尺台[②]。
万物已随秋气改，一樽聊为晚凉开。
水心云影闲相照[③]，林下泉声静自来。
世事无端何足计[④]，但逢佳节约重陪。

【注释】 ①徘徊：缓慢行走的样子。②中天：犹参天。③水心：水中央。④无端：没有起点，没有终点。

【评析】 这是一首写景和说理相结合的作品。大致可以分为两个部分，前三联写游月殿所见所感，最后一联直接说理抒情。

诗人一个人在月坡堤上四处散步，北面有一座直上天空的百尺高台。台高显得月更小，“四徘徊”可想见月色皎洁美好。万物因为秋天的来临而起了变化，秋意慢慢沁人心脾。傍晚的清凉时节，兴之所至，还喝了一杯，聊以迎接这秋凉的到来。月殿的近处还有池塘。当水心闲静无波时，天上的云彩就自然倒映进去，好像揽镜相照；当人心境界清明时，林子里泉水潺潺流动的轻响声就会自动送来。这一联情景理交融，“闲”、“静”二字是其根本。《大学》有云：“知止而后有定，定而后能静，静而后能安，安而后能虑，虑而后能得。”虽境界大小不同，道理实则相通。

“世事无端何足计，但逢佳节约重陪。”世事就像自然万物一样，生生不息，循环无端，没有什么值得计较，还不如一遇到好时节好风光就相约重来游赏。

这首诗所说的理与前面程颢所写的《偶成》有相同之处，《偶成》从大处立定本心，无事不从容。《游月殿》从细微处体悟由定而慧的功夫，说得更细微，更形象。诗人说世事变化无端，但其本源不变，能立其大者，自能应世；能悟其微者，自能增慧。天长日久，志向愈定，智慧愈多，故自觉世事不足计较，而有安贫乐道的大胸襟。

秋兴 杜甫

玉露凋伤枫树林①，巫山巫峡气萧森②。
江间波浪兼天涌，塞上风云接地阴③。
丛菊两开他日泪④，孤舟一系故园心。
寒衣处处催刀尺⑤，白帝城高急暮砧⑥。

【注释】 ①玉露：指秋露。凋伤：使草木凋零衰败。②巫山巫峡：指夔州（今重庆奉节）一带的山峰和峡谷。萧森：萧瑟阴森。③塞上：这里指巫山。接地阴：风云盖地。“接地”又作“匝地”。④丛菊两开：杜甫离开成都已历两秋，故云“两开”。“开”字双关，一谓菊花开，又言泪眼开。他日：以往，昔日。⑤催刀尺：指赶裁冬衣。⑥白帝城：即今奉节城，在瞿塘峡上口北岸的山上。急暮砧：黄昏时急促的捣衣声。砧：捣衣石。

【评析】 《秋兴》八首唐代宗大历元年（766）杜甫旅居夔州时写的一组诗歌。当时严武去世，五十六岁的杜甫在成都生活失去依凭，遂沿江东下，滞留夔州。诗人晚年多病，壮志难酬，心境寂寞抑郁，当秋天到来，诗人情怀难遣，遂有此作。《秋兴》八首是一组结构严密的七言律诗，这是其中的第一首。

首联“玉露凋伤枫树林，巫山巫峡气萧森”，枫叶在深秋露水的侵蚀中零落枯萎，巫山巫峡也笼罩在这阴沉萧森的秋气之中。颔联紧承上联具体写萧森之气。“江间波浪兼天涌，塞上风云接地阴”，江间波浪翻滚，仿佛要涌上天去，山上乌云阴暗低沉，好似要压到地上来。“江间”照应“巫峡”，“塞上”照应“巫山”。安史之乱后，吐蕃、回鹘乘虚而入，藩镇拥兵割据，这一联通过描绘阴晦萧森景象，暗示了时局的动荡不安。同时也暗示了诗人内心的忧思和不平。

颈联睹景伤怀，“丛菊两开他日泪，孤舟一系故园心”，秋菊已两度开放，在这两年中诗人洒下许多泪水，孤舟漂泊在外，心里却从没忘记过家乡。丛菊开于陆，照应“塞上”，孤舟泛于水，照应“江间”；又“开”字既可指菊花开放，又可指诗人开泪眼，诗人欲买舟东下，辗转回京，从离开成都到此时，已两度经秋，故云“两开”。“系”字既可指系舟，又可指诗人心系故园，因长年心系故园，故云“一系”。

尾联以日暮秋砧声作结，哀婉凄绝，“寒衣处处催刀尺，白帝城高急暮砧”，天气渐寒，到处都在赶制过冬衣服，白帝城那的捣衣声也一阵紧似一阵。天寒日暮，诗人仍飘零在外，孤独抑郁之感溢于言表，《钱注杜诗》在评价这首诗的尾联时说：“以节则杪秋，以地则高城，以时则薄暮，刀尺苦寒，急砧促别，末句标举兴会，略有五重，所谓嵯峨萧瑟，真不可言。”

秋兴　杜甫

千家山郭静朝晖[①]，日日江楼坐翠微[②]。
信宿渔人还泛泛[③]，清秋燕子故飞飞[④]。
匡衡抗疏功名薄[⑤]，刘向传经心事违[⑥]。
同学少年多不贱[⑦]，五陵裘马自轻肥[⑧]。

【注释】　①朝晖：早晨的阳光。②翠微：泛指青山。③信宿：隔宿，连宿两夜，即天天如此。泛泛：漂浮貌；浮行貌。④飞飞：飞行貌。⑤匡衡：字稚圭，西汉经学家、大臣。抗疏：向皇帝上书直言。⑥刘向：

字子政，西汉经学家、文学家。传经：传授经学。汉宣帝时，讲论五经于石渠阁，成帝即位，领校内府五经秘书。⑦同学：同师受业。⑧五陵：指汉代长安城外五个帝王陵墓。陵墓旁有陵邑，系阔人豪富聚居处。轻肥：用来形容裘和马，《论语·雍也》："赤之適齐也，乘肥马，衣轻裘。"

【评析】 这首诗是《秋兴八首》中的第三首，前两联写夔州晨景，后两联感怀身世。

前两联咏景。白帝城里千家万户沐浴在晨晖之中，显得十分安静，诗人每天都要去江边的楼上坐坐，看着四周的青山；连宿两夜的渔民还驾着船只在江中漂行，清秋时节的燕子依旧飞来飞去。在"千家山郭静朝晖"这样明媚的秋日晨晖中，诗人没有丝毫的游兴，却日日独坐江楼，这反常的举动，已经掀开了诗人心灵的一角。渔舟泛泛，燕子飞飞，这本来是令人感觉舒适的风景，可在内心愁苦的诗人眼中，却显得单调，日复一日，没有变化，缺少生趣，让人生厌。"日日"、"还"、"故"等字，表现出诗人日日独坐的无聊，天天看着渔人泛泛、燕子飞飞时内心的疲倦，情绪的低落。为后面宣泄内心的愁苦，激愤做好了铺垫。

后两联抒怀，又略有变化。颈联诗人引用典故，曲折表露心事，深深感叹自己一生的事与愿违，写得苍凉沉重。诗人以匡衡、刘向自比。前半句说匡衡，汉元帝时，匡衡多次上书直谏，得到重视，升为光禄大夫、太子少傅，为帝王师。后半句说自己，自己也曾上书直谏，反遭到贬谪；刘向传授经学功成名就，自己也想一心沉浸在五经之中，为帝王讲授学问，但却四处漂泊、事与愿违。

尾联直接抒发诗人的满腔愤懑：当年同师受业的少年们如今多半身份显赫，在长安五陵那里乘肥马、穿轻裘。一个"自"字透露出诗人的悒郁不平和鄙薄不屑。

秋兴　杜甫

蓬莱宫阙对南山[①]，承露金茎霄汉间[②]。
西望瑶池降王母[③]，东来紫气满函关[④]。
云移雉尾开宫扇[⑤]，日绕龙鳞识圣颜[⑥]。
一卧沧江惊岁晚[⑦]，几回青琐点朝班[⑧]。

【注释】　①蓬莱宫阙：指大明宫。蓬莱，汉宫名。唐高宗龙朔二年（662），重修大明宫，改名蓬莱宫。南山：即终南山。②承露金茎：指仙人承露盘下的铜柱。汉武帝在建章宫之西神明台上建仙人承露盘，此乃以汉喻唐。霄汉间：高入云霄，形容承露金茎极高。③瑶池：神化传说中女神西王母的住地，在昆仑山。④东来紫气：《列仙传》记载，老子西游至函谷关，关尹喜登楼而望，见东极有紫气西迈，知有圣人过函谷关，后来果然见老子乘青牛车而来。⑤云移：指宫扇云彩般地分开。雉尾：指雉尾扇，用雉尾编成，是帝王仪仗的一种。唐玄宗开元年间，萧嵩上疏建议，皇帝每月朔、望日受朝于宣政殿，上座前，用羽扇障合，俯仰升降，不令众人看见，等到坐定之后，方令人撤去羽扇。后来定为朝仪。⑥日绕龙鳞：形容皇帝衮袍上所绣的龙纹光彩夺目，如日光缭绕。圣颜：天子的容貌。⑦卧沧江：指卧病夔州。岁晚：岁末，切诗题之“秋”字，兼伤年华老大。⑧几回：言多次忆及。青琐：汉未央宫门名，门饰以青色，镂以连环花纹。后亦借指宫门。点朝班：指上朝时，殿上依班次点名传呼百官朝见天子。

【评析】　这首诗是《秋兴》八首的第五首，是一首以回忆为主的诗。诗歌前两联写长安宫阙的壮丽，第三联写皇帝上朝的威仪，都是回忆中的情境。尾联感慨自己老年独卧沧江，以曾经立朝议事而自我开解。诗中写出了盛唐的华贵气象，对比诗人老年流离之悲，让人感慨时代与诗人的双重不幸。

诗歌的首句写大明宫遥遥对着终南山，托承露盘的金人铜柱高入云霄。蓬莱宫西有昆仑瑶池，东有紫气函关。前四句运用赋的铺陈手法，通过烘托渲染，展现了盛唐时代宫殿的巍峨雄壮和祥和气象。颈联描写宫扇云彩般地分开，在威严的朝见仪式中，自己曾亲眼见到过皇帝的容颜。尾联则是落到现实，感慨自己晚年远离朝廷，流离无依，卧病夔州。最后只能以自己也曾经立朝班自解。一个“惊”字写出了岁月蹉跎、世事变幻之感。

诗人通过今昔对比描写，深情回顾宫阙的巍峨和祥瑞，而对比之今日的流离多病，慨叹自己的人生，更是慨叹国家命运的变迁。

长安秋望 赵嘏

云物凄凉拂曙流[①]，汉家宫阙动高秋[②]。
残星几点雁横塞[③]，长笛一声人倚楼。
紫艳半开篱菊静，红衣落尽渚莲愁[④]。
鲈鱼正美不归去[⑤]，空戴南冠学楚囚[⑥]。

【注释】 ①云物：云气，云彩。拂曙：拂晓。②汉家宫阙：实指唐朝宫殿。阙，皇宫门前的望楼。③雁横塞：谓雁阵横在天边。④紫艳：菊花的颜色。篱菊：篱间的菊花。红衣：此指荷花花瓣。渚：水中的小洲。⑤鲈鱼句：用晋人张翰典故，表达思乡退隐之意。《晋书·张翰传》载，吴郡人张翰，为齐王司马冏幕僚。洛阳秋风起时，因思家乡之鲈鱼脍、莼菜羹，便挂印辞官而归。⑥南冠学楚囚：典出《左传·成公九年》：“晋侯观于军府，见钟仪，问之曰：‘南冠而絷者谁也?’有司对曰：‘郑人所献楚囚也。’”后因以“南冠”、“楚囚”代指囚徒。此处形容自己如囚徒一样羁留长安。

【评析】 这首诗通过写长安的深秋黎明晨景，抒发诗人的羁旅思归之情。

前三联写景，紧扣“秋”字，描写了清晨时长安城中远、近、动、静各种秋色。首联总揽长安全景，“云物凄凉拂曙流，汉家宫阙动高秋”，凄冷清凉的云彩缓缓飘游，长安城里的宫殿高耸秋空。几点残星犹挂远空，南归秋雁点点成行，此时一声凄怨的笛声打破清秋的寂静，不由让人百感交集，情不能禁。“长笛一声人倚楼”，交代诗人所处位置，点出笛声里诗人独倚楼头的孤单形象，并总束前三句。从首联至“残星几点雁横塞”都为诗人仰观所见。

颈联写俯瞰所得，竹篱下的菊花已经开了一半，花色紫艳，仪态安静，水渚边的莲花则凋落殆尽了，只剩下枯荷败叶，似亦生愁。诗人所写残星、塞雁、篱菊、衰莲，既是深秋常见之景又无不带着衰飒清冷的气息，给诗歌笼上了一层萧瑟凄凉的色调。正是这些景物，触发了诗人孤寂怅惘的愁思，并生出退隐故园之想。因此，尾联中诗人直接抒写胸中苦闷，家乡的鲈鱼风味正好，我却不能归去，像囚徒一样羁留在长安。

赵嘏羁留长安，心中愧恨，“鲈鱼正美不归去，空戴南冠学楚囚”；崔涂流落楚汉，只能苦笑，“自是不归归便得，五湖烟景有谁争？”晚唐的诗人便是这样处于颠倒流离失意中，无论是春夕还是秋晨，他们的诗歌都同样凄清悲凉，饱含着那个时代的凄凉和无奈。

新秋　杜甫

火云犹未敛奇峰，欹枕初惊一叶风[①]。
几处园林萧瑟里，谁家砧杵寂寥中。
蝉声断续悲残月，萤焰高低照暮空[②]。
赋就金门期再献[③]，夜深搔首叹飞蓬[④]。

【注释】①火云：俗称火烧云。欹（qī）枕：欹表示倾斜，此处指斜靠在枕头上。②萤焰：萤火虫发出的亮光。③金门：亦即金明门，唐时宫门名，内为翰林院所在，杜甫曾于此进献过《进雕赋表》。④飞蓬：本指枯后根断遇风飞旋的蓬草，这里比喻行踪漂泊不定。

【评析】 这首诗通过写新秋景色，抒发诗人功名未就、身世漂泊之感。

前三联写新秋景色，从傍晚写到夜中。高峰之上的晚霞还未消逝，风吹秋叶的声音忽然传到枕边，惊起诗人；许多园林都笼罩在萧瑟的气氛中，寂寥时何处传来捣衣声；寒蝉在月下断断续续地悲鸣，萤火虫在晚空中忽高忽低地闪亮。“萧瑟”二字，既属客观，也属主观，以园林的萧瑟来衬诗人内心的凄凉。以“寂寥”写“砧杵”，以“悲”写“蝉声”，都是移情于物，以内心的凄凉来写秋意之萧瑟。从傍晚到夜中的秋景无不触动着诗人的内心。此时诗人年近四十，旅食京华求官十几年，岁月蹉跎，白首无成，又到秋来，惊心感怀。

诗人心有不甘，“赋就金门期再献”，还想做进一步的挣扎，然而十几年干谒无成，又怎知下一次命运如何？只能“夜深搔首叹飞蓬”。此处的“叹”字与开头的“惊”字遥相呼应，一惊一叹之间，诉说出时光已逝功名难成的无限愤懑与哀苦，令人唏嘘。

中秋 李朴

皓魄当空宝镜升①，云间仙籁寂无声②。
平分秋色一轮满，长伴云衢千里明③。
狡兔空从弦外落④，妖蟆休向眼前生⑤。
灵槎拟约同携手⑥，更待银河彻底清。

【注释】 ① 皓魄、宝镜：都指月亮。皓魄写月之影，宝镜指月之形。② 仙籁：仙乐，比喻美妙的音乐。指天上的声音。③ 云衢：云彩铺成的道路。出自《乐府诗集》：“今日乐上乐，相从步云衢。天公出美酒，河伯出鲤鱼。”④狡兔：月中玉兔。弦：即弦月，此处指月的边沿。⑤妖蟆：月中蟾蜍。⑥灵槎：指能乘往天河的仙筏。典出晋张华《博物志》卷十汉张骞乘槎以涉天河之事。也写作“灵查”。

【评析】 李朴（1063—1127）字先之，虔州兴国（今江西兴国县）人，哲宗绍圣元年（1094）进士及第。为官敢于直言，不畏权奸。《宋史》本传记载“朴自为小官，天下高其名。蔡京将强致之……朴力拒不见，京怒形于色。”李朴一个小官敢和权奸蔡京叫板，可以想见其倔强。而自为小官，天下高其名，则必有可观。据其本传记载，他在广南曾一言以息边患，人称其智。又自志其墓曰：“以天为心，以道为体，以时为用，其可已矣。”其志向抱负可见。

题为《中秋》，实为歌咏中秋月夜，着重描写了当空的那一轮皓月，然言外有音，暗寓其志，气魄宏伟，理想高远。

首联写皓月于静夜中缓缓升起。浩瀚广阔的夜空中，万籁无声，中秋明月如宝镜般升起。颔联写月色皎洁，一句虚写，一句实写。中秋月正当八月十五，处于秋天的正中间，故云“平分秋色”，而以“一轮满”虚写月色。后一句写中秋月光明皎洁，长伴云渠衢，朗照千里万里。“长伴”二字，有期待祝愿之意。

据李朴《宋史》本传记载，“钦宗在东宫闻其名，及即位，除著作郎，半岁凡五迁，至国子祭酒”，考钦宗即为在宣和七年十二月（1125），名臣李纲于是年七月被召回京，此诗可能就作于1126年中秋。如果是这样，则此诗是写给钦宗皇帝，自明其心志抱负之作。如果不是这样，考其所处时代官场之混乱污浊，以及“更待银河彻底清”之句，也必定是有所寄托之作。只可惜文献不足，无法考定。

明乎此，则诗歌前二联乃颂圣之作，以钦宗比为中秋月，期待他有所作为，与其父皇平分秋色，并预祝他长伴云衢，千里长明。

颈联借用民间故事，写中秋月轮无比皎洁，任何东西都不能污染它。月亮上的阴影部分因形似兔子和蛤蟆，民间故事中认为月亮上居住着兔子和蛤蟆。诗人借此传说，一面写明月无物能污，一面寄情时政，指斥奸佞。大意是说，“你这个狡兔，跳出来也是白跳，你的阴影是盖不住明月光芒的；你们这些妖蟆就更不要在我眼前出现了，明月是如此明亮，你们的阴暗又能奈何？”表面上是诗人说狡兔的阴影盖不住月光，希望蛤蟆也不要出现，以使月亮保持永远那么圆那么亮。其实乃借狡兔、妖蟆来指斥人间妖魔、朝廷败类。

尾联，则是诗人借灵槎同携手，表达要辅佐君王，“更待银河彻底清”的抱负和理想。

此诗即便不是写给皇帝，知人论世，结合李朴生活的时代和诗人的性情与抱负，上文对此诗言外之意的分析当大致不谬。

惜哉！钦宗优柔寡断，反复无定见，有一李纲尚不能用，而天亦不假李朴以年岁，惜哉！

九日蓝田会饮[①] 杜甫

老去悲秋强自宽，兴来今日尽君欢。
羞将短发还吹帽[②]，笑倩旁人为正冠。
蓝水远从千涧落[③]，玉山高并两峰寒[④]。
明年此会知谁健？醉把茱萸仔细看[⑤]。

【注释】 ①九日：指重阳节。重阳节为农历的九月初九，又称重九节，有出游赏景、登高远眺、观赏菊花、遍插茱萸、吃重阳糕、饮菊花酒等习俗。蓝田：即今陕西省蓝田县，位于西安市以东，盛产美玉。《周礼》注曰：“‘玉之美者曰球，其次曰蓝’。盖以县出美玉，故名蓝田”。②“羞将”句：此处用“孟嘉落帽”的典故。王隐《晋书》：“孟嘉为桓温参军，九日游龙山，风至，吹嘉帽落，温命孙盛为文嘲之。”③蓝水：即蓝溪，在蓝田山下。④玉山：即蓝田山，位于蓝田县东南三十里，县以山名。⑤茱萸（zhū yú）：植物名，香气辛烈，可入药。汉族农历九月九日重阳节，佩茱萸以祛邪辟恶。《西京杂记》卷三：“九月九日，佩茱萸，食蓬饵，饮菊花酒，令人长寿。”

【评析】 此诗一题《九日蓝田崔氏庄》，写诗人在重阳节这天到陕西蓝田崔兴宗家聚会饮酒的事情。乾元元年（758）六月杜甫因上疏营救房琯，触怒肃宗，被贬华州司功参军。司功参军官不大，事却不少，负责祭祀、礼乐、学校、选举、医筮、考课等事。杜甫苦不堪言，曾作《早秋苦热堆案相仍》抱怨说："束带发狂欲大叫，簿书何急来相仍"，可以想见诗人心中的苦闷。

所以，诗人一出场，就是强颜欢笑。首联用工整的对仗，铺陈心境，带出强颜欢笑的苍凉之意。杜甫自云心中的苍凉凄楚之意乃是因为"悲秋"，不过是托词罢了，仕途不顺，连年战乱，颠沛流离，满腹辛酸如何形容得尽，只得勉强安慰自己，却以一个"悲秋"来概括，与辛弃疾的"却道天凉好个秋"有相同的意味。满腹心事，却只能"强自宽"，还要"尽君欢"，真是如鱼饮水，冷暖自知。

颔联化用"孟嘉落帽"的典故，却反其道而行之。孟嘉落帽而不顾，乃名士风流风度；杜甫却担心自己帽子被吹落，羞被人看见自己老来短发稀疏，只好苦笑着请旁人为自己正一正被风吹歪的帽子。此联笔意含蓄，却生动描摹出杜甫将醉未醉之际的微醺之态，无一字着愁，然而凄苦悲凉之意蕴于其中，用笔含蓄而传神。

以上两联皆是描绘伤感的意绪，然而下一联笔锋突转，用笔险峻，白描眼前山水的雄浑景象，"蓝水"、"玉山"此处既是山水之名，又借以表现景物的冷色调，"高"、"远"提升了景物空间的深广度，以写意笔法描绘出壮阔之景，又以"落""寒"收尾，显现出深秋的萧瑟意味。格调悲凉，笔力挺峻。眼见山水常健，作者却不由生出世事无常之叹来，"寄蜉蝣于天地，渺沧海之一粟"，如今颠沛流离，生活凄苦，又复年老力衰，自知已是时日无多，毕竟世事难料，明年此时，在座诸人还有多少能有幸同看此景呢？这般伤感的心思，不敢言说，亦不敢多想，只能借酒暂且抛却烦忧，醉眼蒙眬之中仔细把玩手中那据说能消灾祛病的茱萸，珍惜此时难得亦逝的相聚时光，其中的珍惜与苍凉滋味，恐怕也是一般人难以领会。

诗人满腹忧思，但并非一味伤感，却由峥嵘景象带出慷慨旷达的意味来。全诗前两联凄楚，后两联豁达，先抑后扬，《读杜心解》称其为"字字亮，笔笔高"。

秋思 陆游

利欲驱人万火牛[①]，江湖浪迹一沙鸥。
日长似岁闲方觉，事大如天醉亦休[②]。
砧杵敲残深巷月[③]，井梧摇落故园秋。
欲舒老眼无高处，安得元龙百尺楼[④]。

【注释】 ①利欲：对私利的欲望。火牛：战国时齐国田单用火牛阵将牛双角缚兵刃，尾部束苇灌脂，焚之使冲杀敌阵，大破围城三年多的燕过军队。此处比喻人们利欲熏心如火牛一般疯狂。②休：这里是“忘了”的意思。③砧杵：洗衣的石板和木棒。④“元龙百尺楼”：《三国志·陈登传》记载，许汜向刘备说起陈登待自己不礼貌，自己睡大床，然他睡地铺，结果刘备却责备许汜说：“君求田问舍，言无可采，是元龙所讳也，何缘当与君语？如小人，欲卧百尺楼上，卧君于地，何但上下床之间邪？”后借指元龙百尺楼为抒发壮怀的登临处。元龙，即陈登，字元龙，三国时人，素有扶世救民的志向。

【评析】 陆游晚年写过二十多首以“秋思”为题的七律，这是其中的一首，表现出诗人欲闲不能闲的矛盾心理。

这首诗里有诗人英雄无用武之地的愁闷，有对江北故园的思念，有闲中苦熬的心酸，有悲愤无处言的疼痛。世无英雄与知己，“但见庸凡感与伤”，诗人写得悲愤，写得沉郁：

“利禄私欲使人好比万头火牛一样挤撞着，向名利狂奔；而这时偏有人如我像沙鸥一样浪迹在江湖中。可是人闲心苦哪是真闲，闲中度日，日长似年，好不熬煎；再大的事情也只能靠喝个大醉、抛到天边！妇人洗衣服的砧声打破了小巷里寂静的月夜，故园吹来的秋风摇落了井边梧桐的枯叶。又是一年将尽，人生还有几个秋天。在这静寂凄冷的秋夜，只有我这样的人，才满怀悲愤心头滴血。我想纵目远眺一舒老眼，可寻遍人间哪里找得到陈元龙的百尺台榭?”

这首诗写得悲愤沉郁，但诗人内心的种种悲愤并不说破，只是旁敲侧击，反复渲染，加之比喻、夸张、反衬、双关等手法的成功应用，让诗人心中的块垒隐然可见可感，且感人至深。诗人以“万火牛”比喻世人为利欲驱使的疯狂，形象可感，震撼强烈。以“沙鸥”喻自己，隐约可以探知诗人的孤单与飘零之感。闲中度日如年，衬出不是真闲；醉了万事皆抛，可见是想真醉。然而醉酒又如何能真解脱，无非是一刻的心灵麻醉。砧杵、落叶烘托出一片浓浓乡情；登高无地，既烘托出满怀悲愤，又双关点出世无英雄，更无知己，真是“悲愤到无处可说”，何其痛也!

与朱山人[①] 杜甫

锦里先生乌角巾[②]，园收芋栗未全贫[③]。
惯看宾客儿童喜，得食阶除鸟雀驯[④]。
秋水才深四五尺，野航恰受两三人。
白沙翠竹江村暮，相送柴门月色新。

【注释】 ①朱山人：姓朱的山人，杜甫称之为“南邻”。故有的选本也题为《南邻》。②锦里先生：即朱山人。锦里：指成都南面锦江附近的里巷。乌角巾：黑色有棱角的头巾，常为隐士所戴。③芋栗（lì）：芋头和栗子。栗：栗子、板栗。④阶除：台阶。驯：温顺。

【评析】 这首诗是杜甫定居成都草堂时所写，朱山人是诗人的南邻，估计是个隐居的文化人，所以杜甫喜欢到他家串门。杜甫有的诗中称他为朱老，年纪应该比杜甫大。

诗歌写杜甫去拜访朱山人，写得非常细致。首句就写出朱山人的形貌，次句说朱山人家的园子里还可以收点芋头和栗子，还不是赤贫，其实也相当清贫了。两句写出朱山人有隐逸之风，家中不富，生活朴素。

但朱山人却似乎很能安贫乐道，尤其人好，热情好客，心地仁厚。“惯看宾客儿童喜，得食阶除鸟雀驯”，来到门前，见惯了宾客来来往往的应门童子一点也不羞怯，反是十分欢喜；进到院中，经常在台阶上啄食的鸟雀也没有因为诗人的到来而惊飞，仿佛是他家家养驯化的一般。两个细节不露声色地从侧面写出朱山人平日对人对物宅心仁厚，以致童子、鸟雀都为之感化，实在很高明。而豪门显贵家“鸳鸯占水能嗔客，鹦鹉嫌笼解骂人”（李山甫《公子家》），情形正好相反。

后两联写朱山人“送”别。颈联是流水对，描绘朱山人家门前的一派乡野恬淡风光：河水从门前流过，秋水浅浅，刚好行船；小船窄窄，恰恰适合两三个人。“才”“恰”二字，显出无欲无求、知足常乐的心态。尾联再次表现出朱山人的诚恳好客，诗人登上小船后回望，朱山人仍然站在柴门旁目送。秋水小船，水边白沙，岸上翠竹，清新月色、掩映柴门，夜间的江村显得特别的幽静，这境界真仿佛一幅天然相送图。

诗人不曾有一个字提及朱山人如何招待等等，但诗人和朱山人的亲热、朱山人待诗人的热情都不难想象出来。真是君子之交淡如水，淡的是虚假应酬，浓的是诚挚真情。

闻笛　赵嘏

谁家吹笛画楼中①，断续声随断续风。
响遏行云横碧落②，清和冷月到帘栊③。
兴来三弄有桓子④，赋就一篇怀马融⑤。
曲罢不知人在否，余音嘹亮尚飘空。

【注释】　①画楼：雕梁画栋的楼阁。②响遏（è）行云：形容歌声嘹亮，高入云霄，连浮动着的云彩也被止住了。出自《列子·汤问》：“抚节悲歌，声振林木，响遏行云。”　碧落：道家称东方第一层天，碧霞满空，叫作“碧落”，这里泛指天空。③清：清越。形容笛声清悠高扬。④桓子：即桓伊，东晋将领、名士、音乐家。字叔夏，小字子野

(一作野王)。据《晋书·桓伊传》记载，王徽之进京时，泊舟于清溪侧，正值桓伊从岸上经过，二人素不相识，恰好船中有人认出他就是野王，王徽之即请人对桓伊说："闻君善吹笛，试为我一奏。"此时桓伊已是有地位的显贵人物，但仍然十分豁达大度，即刻下车，蹲在胡床上"为作三调，弄毕，便上车去"，而两人却没有交谈过一句话。⑤马融：字季长，东汉著名经学家，会鼓琴，好吹笛，作有《长笛赋》。

【评析】 赵嘏以"残星几点雁横塞，长笛一声人倚楼"为杜牧所称赏，给他取了一个"赵倚楼"的雅号。这是一首写音乐的诗，写诗人一次秋月之下、帘下听笛的感受。孔子欣赏美好的音乐，称其能绕梁三日。这首诗里赞美笛声的动听，也说是人去音还存，"余音嘹亮尚飘空"，将丝竹音乐的悠扬很深刻地展现了出来。

整首诗歌和孟浩然的《春晓》一样，也是全从听觉和想象来展开的。笛子为丝竹乐器，可合奏、可独奏，以独奏为美。吹笛宜回廊、宜水榭，听笛宜伴月、宜映雪，《红楼梦》中的贾老太太很懂这个道理，听笛时就让优伶们到对面水榭去吹，自己隔水而听。

诗人听到的也是远处月下从高楼上飘来的笛声。首联开门见山，写一处画楼上传来了笛声，只是不知道是何人在吹，风儿轻微断续，使得这乐声也变得断断续续。次联具体写笛声，笛声响亮时，好像能止住流云，在碧空里回旋；笛声清柔时，便仿佛和着清幽的月光透过了帘栊，飘送到耳边。颈联运用典故写诗人闻笛时所想，听着笛声，诗人想起了桓伊为王徽之吹笛的故事，想起了马融那辞章美妙的《长笛赋》。尾联写曲终之后，不知道那吹笛人还在不在，只留下的余音似乎还在天空中飘荡，细腻地表现出吹笛人技艺的高超和诗人对笛声的眷恋。

冬景 刘克庄

晴窗早觉爱朝曦①，竹外秋声渐作威。
命仆安排新暖阁，呼童熨贴旧寒衣。
叶浮嫩绿酒初熟，橙切香黄蟹正肥。
蓉菊满园皆可羡②，赏心从此莫相违。

【注释】 ①朝曦：晨曦，早上的阳光。②蓉菊：芙蓉与菊花。木芙蓉又名芙蓉花，拒霜花，木莲，晚秋开花，因而有诗说其是“千林扫作一番黄，只有芙蓉独自芳”。菊花，别名寿客、金英、黄华、秋菊、陶菊等，在中国古典文学中及文化中，梅、兰、竹、菊合称四君子。菊花是中国十大名花之一。

【评析】 诗人喜欢的晴朗的阳光照到窗前，自己早早被冬日的温暖叫醒。“竹外秋声渐作威”，竹林外晚秋的风声开始作势，实为冬天要来的预兆。从下文命仆人在阁楼里放好暖手的火炉，让童子熨烫去年的冬衣便可知。天气渐冷可诗人却依然心情愉悦，“叶浮嫩绿酒初熟，橙切香黄蟹正肥”。如此景象一扫冬日来临的荒凉萧索之感，刚刚温好的酒上浮着如竹叶般嫩绿的米粒，清冽爽口。让人想到白居易“绿蚁新醅酒，红泥小火炉”的温馨。“蓉菊满园皆可羡，赏心从此莫相违”，而刚刚切好的香橙清香入鼻，螃蟹则刚到正肥美的时候。此时便可坐下来欣赏满园的芙蓉与菊花，赏景可不要违背心愿错过这大好的时光。冬日虽冷，却依旧美景如画。

这首诗虽说题目设为冬景，可在描写冬景的内容着墨不多，反而在赏景前的准备工作上大量说明，从暖炉，新酒到肥蟹，全都是生活中的细节，体现描写的细腻与真实。而这些冬日必备品恰好体现了冬日的到来，偏重侧面描写。

诗人心态如此好，一方面是因为他的经济水平早超过了小康，有丰富物质的基础。另一方面，也因为诗人有着诗意的生活情趣，能发现和欣赏生活中美好的事物，以乐观、诗意的态度对待生活。

冬景　杜甫

天时人事日相催①，冬至阳生春又来②。
刺绣五纹添弱线③，吹葭六琯动浮灰④。
岸容待腊将舒柳⑤，山意冲寒欲放梅⑥。
云物不殊乡国异⑦，教儿且覆掌中杯。

【注释】 ①天时：自然运行的时序。人事：指人世间的事。②冬至阳生：《汉书》“冬至阳气起，君道长，故贺。”古人认为自冬至起，天地阳气开始兴作渐强，代表下一个循环开始。唐宋时期，冬至是祭祀先祖的日子。③五纹：意指五色线。弱线：丝线。《唐杂录》载，冬至后日渐长，宫中女工比常日增一线之功。即冬至后女子可以做更多的针线活。④“吹葭”句：古代将苇膜烧灰放在律管内测示气候，第六管灰动，应冬至节。冬至前灰飞向下，冬至后阳气舒展则灰飞向上。⑤待腊：等到腊月。⑥冲寒：冒着寒冷。⑦云物：景物，景色。

【评析】 这首诗写于唐代宗大历元年（766），时杜甫居夔州（今重庆奉节）。此前一年，杜甫的靠山严武去世，蜀中复乱，杜甫流落到夔州。虽然国家元气大伤，但安史之乱毕竟已经平定，杜甫又得到夔州都督照顾，主管百亩公顷，衣食暂时无忧。诗人此时步入老年，叶落归根，心中难免时时会有买舟东下的念头。

此诗一题《小至》，乃作于冬至之时。首联点明了时节，天时人事每天变化，又是一年冬至到了，白天渐渐变长，春天也要来了。接下来两联具体写这一时节的时序人事。颔联紧扣“冬至”写“人事”，冬至后日渐长，刺绣女工比平常也可以多绣些东西了。测示气候的律管内，第六管的葭灰也已向上飞动。颈联“山意冲寒欲放梅”关合“春又来”写“天时”，春天快到了，堤岸上的柳条将要舒展，山上的梅花树在寒气中含苞待放，似有万千风光。针线十分细密。

尾联抒发感慨，夔州这里的景物与故乡没有多大区别，看到相似的景物，诗人自然想起故乡，心中感慨万千，于是让小儿斟上酒来，且尽掌中杯吧。

左迁至蓝关示侄孙湘[1] 韩愈

一封朝奏九重天[2]，夕贬潮州路八千[3]。
欲为圣明除弊事，肯将衰朽惜残年！
云横秦岭家何在[4]？雪拥蓝关马不前。
知汝远来应有意，好收吾骨瘴江边[5]。

【注释】 ①左迁：降职，贬官。蓝关：蓝田关，又称峣（yáo）关，在今陕西蓝田县南。侄孙湘：韩愈之侄韩老成之子韩湘，字北渚。②封：即“封事”，密封的奏章，此指《论佛骨表》。九重天：代指帝王或朝廷。③潮州：即潮阳郡，郡治在今广东潮阳县。④秦岭：横贯陕西西南部的大山脉，是南迁必经之地。⑤瘴江：笼罩着瘴气的江边。瘴，指南方山林间湿热蒸郁能致人疾病之气。

【评析】 唐宪宗元和十四年（819）正月，韩愈上书谏迎佛骨，对宪宗及王公大臣出言激烈，触怒宪宗，欲以死罪论处，后得朝臣说情，由刑部侍郎贬为潮州刺史。在离开长安经过蓝田关时，逢其侄孙韩湘来陪他同行，愤而作此诗。

首联陈述获罪原因，因为上奏《论佛骨表》，就被贬到了八千里外的潮州。“朝”与“夕”，“一封”与“八千”的强烈对比中，写出罹祸之速、罹祸之巨，满腔悲愤，已喷薄而出。

颔联补叙事由，剖示自己的忠心，诗人认定了为国除弊的正义性，绝不因为老迈而爱惜残年的安稳生活，大有为国捐躯，死且不惧的伟大精神。

颈联“云横秦岭家何在？雪拥蓝关马不前”，写进退无据、茫然失路之悲，上句回顾，下句前瞻。回首长安方向，只看得到白云横在秦岭之上，而看不到家；望着前路，大雪阻路，连马都不愿前行。以垂老之年远赴蛮荒之地，前程未卜，生死难料。本为江山社稷、国计民生而进谏，结果却落得如此地步，能不悲愤吗？所以，当遇到好心追赶而来的侄孙韩湘时，诗人不由得激愤地说道：“我知道你远远跟来，是为了在那瘴江边给我收拾这把老骨头啊”。

全诗格调激昂，笔势纵横，大义凛然。近人俞陛云《诗境浅说·丙编》云：“昌黎文章气节，震烁有唐。即以此诗论，义烈之气，掷地有声，唐贤集中所绝无仅有也。”

干戈[①]　王中

干戈未定欲何之，一事无成两鬓丝。
踪迹大纲王粲传[②]，情怀小样杜陵诗[③]。
鹡鸰音断人千里[④]，乌鹊巢寒月一枝。
安得中山千日酒[⑤]，酩然直到太平时[⑥]。

【注释】　①干戈：干，盾，防御武器；戈，平头戟，进攻武器。引申为战争。②大纲：大概。王粲：字仲宣，东汉末年人，有才略，善诗文，却漂泊流离、有志无成。③小样：略似。杜陵：即杜甫，杜甫自号少陵野老。④鹡鸰（jí líng）：《诗·小雅·常棣》：“脊令在原，兄弟急难。”后以“鹡鸰”比喻兄弟。⑤千日酒：晋张华《博物志》记载，中山人狄希能造千日酒，饮后醉千日。⑥酩然：大醉的样子。

【评析】　王中，字积翁，南宋末年诗人。生平未详。

首联自问，战争还没有停止，我该何去何从？虽然已是两鬓斑白的年纪却还是一事无成。诗人并未明说未成之事是什么，而是在颔联中引用两位人物来透露些消息。“踪迹大纲王粲传，情怀小样杜陵诗。”诗人说他的经历和王粲相似，他的情怀抱负和杜甫相当。王粲出身名门，但遭遇汉末乱世，只能“复弃中国去，远身适荆蛮”，前往荆州依附刘表，其间目睹“白骨蔽平原”以及百姓妻离子散、家破人亡的种种悲惨场景，客居荆州十余年而有志不能伸。于此，我们也大致能想象王中的经历了。杜甫少年时即有“致君尧舜上，再使风俗淳”的抱负，但终未实现，心怀郁郁，常在诗中透露。王中自比王粲和杜甫，既是对自己才学的自信，更是表明自己像他们一样，有建功立业的愿望却难以实现。

颈联继续写自己的身世遭遇，兄弟分隔千里，音书断绝，自己也流离失所，像乌鹊一样找不到归宿。“乌鹊”句化用三国曹操《短歌行》“月明星稀，乌鹊南飞。绕树三匝，何枝可依”。尾联抒发感慨，怎么才能得到中山人狄希造的千日酒，让我大醉直到天下太平时！一声喟叹，深刻表达了诗人身处乱世的绝望心情。

只是王中关注得更多的是他自己，他虽自比为老杜，却远远没有杜甫的伟大的同情心，也没能留下直面现实的动人诗篇，从这一点而言，他比起晚唐诗人杜荀鹤等人也逊色得多。

归隐　陈抟

十年踪迹走红尘①，回首青山入梦频。
紫绶纵荣怎及睡②，朱门虽富不如贫③。
愁闻剑戟扶危主④，闷听笙歌聒醉人。
携取琴书归旧隐，野花鸣鸟一般春。

【注释】　①红尘：佛教、道教等称人世为“红尘”。②紫绶：紫色丝带，古代高级官员用作印组，或作服饰，这里指代高官厚禄。③朱门：红漆大门，指贵族豪富之家。④危主：濒于危亡的君主。

【评析】　陈抟（871？—989），字图南，号扶摇子，著名的道家学者、易学家和内丹家，死后宋真宗赐号“希夷先生”。生于唐末，历经五代，曾隐居于武当山九室岩，后又隐居于华山云台观修道。著有《指元篇》、《无极图》、《先天图》等。

这首诗是作者隐居前最后对红尘的回顾，充分反映了一个看破红尘的道学家的心路历程。唐末五代，天下纷争，社会动荡不安，作者十年浪迹红尘，奔波人世，归隐之心越来越坚定，回头想想，青山不是时时在自己的梦中出现吗？

颔联和颈联从正反两面述说归隐的原因。诗人觉得官厚禄虽然荣耀，但怎么也比不上日日安然入睡，豪华奢侈更不如安贫乐道。但是他真是因为“富不如贫”而归隐吗？恐怕不是这样。他年少诗熟读经史百家，好佛学，通医理，也曾参加过科举考试。但乱世之中，这些都不再成为他的光荣与梦想。“愁闻剑戟扶危主，闷听笙歌聒醉人”反映出了诗人决心归隐的社会原因：最发愁的事情是在打打杀杀中又立起了新的君主，最苦闷的是耳边时常聒噪着使人醉生梦死的笙歌。诗人生于唐末，历经五代，见惯了乱世的称王割地，见惯了乱世的醉生梦死，他当然也见惯了百姓的流离颠倒，生不如死。这恐怕才是诗人愤而归隐的真正原因。尾联正是诗人的宣告，他要带着琴和书去归隐，在野花啼鸟中享受美好的春天。

诗人归隐山林有其深刻社会原因，但其性格原因也不容忽视。正是“少无适俗韵，性本爱丘山”（陶渊明），他才会“回首青山入梦频”。心性的超然物外，本来就融不进去多少俗世的功名利禄之念。更何况“愁闻剑戟扶危主，闷听笙歌聒醉人”。诗人并非不喜欢人世间的生活，他只是想逃避那不该有的战乱与人祸，远离那腐败颓废的笙歌。而只有大自然才能给予他所需要的一切。从这一点而言，与其说诗人是弃世归隐，不如说诗人是循着心灵的指引，走向了真实的自我，最终他选择了隐居，选择了道教，开创了太极文化。

时世行　杜荀鹤

夫因兵死守蓬茅[①]，麻苎衣衫鬓发焦[②]。
桑柘废来犹纳税[③]，田园荒后尚征苗[④]。

时挑野菜和根煮，旋斫生柴带叶烧[⑤]。

任是深山最深处，也应无计避征徭[⑥]。

【注释】 ①蓬茅：即茅草屋，用蓬蒿茅草搭盖的简陋房屋。②麻苎（zhù）：大麻与苎麻，泛用指麻织成的。焦：指因吃不饱营养不良导致发质枯黄。③桑柘（zhè）：桑木与柘木，叶均可养蚕。此处泛指农桑之事。④征苗：指征收青苗税。⑤旋：立即，马上。旋斫（zhuó）：现砍。生柴：刚从树上砍下来的湿柴。⑥征徭：征收赋税和摊派徭役。

【评析】 杜荀鹤（846—904），字彦之，号九华山人，池州石埭（今安徽石台）人。出身寒微，早有诗名。唐昭宗大顺二年（891），举进士第。后因谄事朱温，经其推荐为翰林学士，晚节有亏。其诗全为近体，语言通俗浅近，曾自编诗集《唐风集》，今存诗300余首。

此诗又名《山中寡妇》，又作《时世行赠田妇》，全诗细致地描绘了山中寡妇的艰难生活，再现了晚唐的残酷现实。诗中的妇女因为战祸失去了丈夫，独自寡居于茅屋中。妇女身着粗糙麻衣，面容憔悴，鬓发枯黄。面对这样一个可怜的寡妇，统治者仍不放过她。颔联“桑柘废来犹纳税，田园荒后尚征苗”，由于连年征战，桑林和田园都遭到了破坏，根本无法生产，可统治者依然残酷地收取赋税。颈联写这位妇女在压迫下的悲惨生活，她只能长年挖来野菜，连着菜根一起煮了吃，连烧柴也是临时砍下来的带着树叶的湿柴。尾联是诗人深沉的感慨：即使是逃到深山的最深处，也无法逃掉统治者的赋税和徭役。果然是“苛政猛于虎”。

唐朝末年，社会动荡，军阀混战，给人民带来深重的灾难。此诗所写虽是山中寡妇一人的遭遇，反映的却是当时社会所有民众的苦难，具有强烈的现实意义。杜荀鹤的这类诗作还有不少，都写得鲜明形象，深刻再现了晚唐的百姓遭受的巨大痛苦和悲惨生活，也是他对历史的最大贡献。

附录： 旅泊遇郡中叛乱示同志 杜荀鹤

握手相看谁敢言，军家刀剑在腰边。徧收宝货无藏处，乱杀平人不怕天。

古寺折为修寨木，荒坟开作甃城砖。郡侯逐出浑闲事，正是銮舆幸蜀年。

送毛伯温[①] 朱厚熜

大将南征胆气豪，腰横秋水雁翎刀[②]。
风吹鼍鼓山河动[③]，电闪旌旗日月高[④]。
天上麒麟原有种[⑤]，穴中蝼蚁岂能逃[⑥]。
太平待诏归来日，朕与先生解战袍[⑦]。

【注释】 ①毛伯温：字汝厉，号东塘，江西吉水县人。因讨平安南（即越南），封太子太保。②秋水：形容刀剑如秋水般明亮闪光。雁翎刀：形状如大雁羽毛般的刀。③鼍（tuó）鼓：用鳄鱼皮蒙的鼓。鼍：鳄鱼、扬子鳄，又称“鼍龙”、“猪婆龙”。④旌旗：指挥作战的军旗。⑤麒麟：一种传说中的神兽，这里用比喻来称赞毛伯温的杰出才干。⑥蝼蚁：蝼蛄和蚂蚁，这里用来比喻安南叛军不堪一击，不成气候。⑦朕：皇帝的自称。

【评析】 明世宗（1507—1567），即明嘉靖皇帝朱厚熜，庙号世宗。明朝第十一代皇帝，在位四十五年。他统治的早期斩杀奸佞，还田与民，政治清明。但到了统治后期，朱厚熜迷信道教不理朝政达十余年，致使国家边患遍起，内外交困，从一定程度上造成了明朝的最终灭亡。

这是一首送将领出征的作品，出征的这位将军是兵部尚书兼右都御史毛伯温。诗里的南征，指平定安南（今越南）境内莫登庸叛乱的那次远征。在这次征讨中，毛伯温出征一年多，兵不血刃，成功凯旋，还因此被加封太子太保。安南在汉唐事情是领土的一部分，五代十国时独立出去，到此时又被收入版图。

诗的首联先赞毛伯温将军胆气豪壮，再写将军装束，聚焦于将军腰上雪亮的雁翎刀，显出将军的威猛。次联军队气势之盛大，鼍鼓擂动，旌旗高展，仿佛山河都被撼动。颈联对这次南征做出预判，以“麒麟”喻毛伯温，以“蝼蚁”喻叛军，暗示毛伯温此次将大获全胜。尾联紧承上联，设想毛伯温凯旋，他将亲自为毛伯温将军解下战袍，显示出一派有道之君礼贤下士的形象。这既是对毛伯温的信任与鼓励，也显示出明世宗前期的励精图治。

这首诗写得颇有豪气，结尾一联带出明世宗自己形象，表现豪迈而礼贤下士，十分精彩。但仔细考察一下，发现这首诗并非是他原创。《全明诗》中有他的祖宗明太祖朱元璋一首，分明就是这首诗的祖宗。

附录：　　赐都督佥事杨文广征南　明 太祖朱元璋

大将南征胆气豪，腰悬秋水吕虔刀。雷鸣甲胄乾坤静，风动旌旗日月高。

世上麒麟真有种，穴中蝼蚁竟何逃？大标铜柱归来日，庭院春深听伯劳。